提线玩偶

李振平　著

作家出版社

目 录
CONTENTS

第一章

1. 黑色轿车

夏夜，十一点多，路边，一个中年男人在人行道上遛弯。

路灯洒下昏黄的光，每隔几十米照亮一次他的大脑袋。他光着膀子，短裤肥大及膝，趿拉一双人字拖，一手摇着大蒲扇，一手摸着引以为傲的几根胸毛。他打了一个长长的酒嗝，今天是八月四日，四十多年前，他妈这会儿生的他。他没成家，他的豪言是《水浒》里的好汉大多是光棍，他每天最爱抱的是白酒瓶子，二两酒下肚，天下都是他的。今天是生日，他有了多喝一两的充足理由。他叫牛伯安，逮谁跟谁聊天，人送雅号牛伯。

今天怪了，他右眼皮狂跳，心神不宁，觉得有大事将要发生。

走到垃圾箱旁，喵呜，一只野猫从脚下蹿过，他吓得酒醒了一半。这时，马路对面停下一辆出租车，车上下来一对男女，男的穿一件式样新潮的浅色短袖衬衣，女的一身红色宽松休闲装，肩上挎着一只红色坤包，她紧紧抱着男人左臂。两人相偎相依，横过马路，一看就是正处于甜得腻人、热得发烫的爱情开蒙阶段。牛伯安心想：大马路上就搂搂抱抱的，忒不像话，回家亲热去！

夜深了，路面上车辆稀少。

远处，一辆停在路边的黑色轿车悄然发动，起步，速度不快，这辆车没开大灯，也没挂车牌，驾驶席上方的遮阳板放下来，隔着前风挡玻璃看不见开车人的脸。黑色轿车像只无声飘行的幽灵。

那对情侣走得不快，抱得更紧。

夜色宁静，空气中仿佛有股奶糖的甜香味儿。牛伯安又心想：这个女人偏胖，不过，胖乎乎的女人……

那对情侣快走到牛伯安跟前了。

突然，黑色轿车猛地加速，直冲过来！

短袖衬衣男人刚好扭过头，一眼看见，他使劲儿甩开胖女人的手，一步跳上马路牙子，脚下一绊摔倒，他连滚带爬地躲到路边一棵绿化树后。黑色轿车并不减速，照直继续前冲，一身红衣的胖女人完全吓呆了，站在原地，一动不动，嘴巴半张，喊不出声。

黑色轿车就要撞上她的前半秒钟，车头左转，砰，车身右前侧拍到胖女人的身上。

胖女人被撞得飞了起来。

胖女人的身体从牛伯安眼前掠过，红色休闲装的一角擦到他的鼻子尖。只听咚的一声，胖女人飞越人行道，跌到草坪上，摊开四肢，伏地不动。

吱——黑色轿车急刹车，左前车门打开，下来一个穿白色裙子的女人，她绕过车头，从牛伯安眼前跑过，跑到胖女人身边，弯下腰。牛伯安以为她是在查看被撞者的伤情，没想到，这个白衣女人抓起地上的红色坤包，扭身往回跑，她往返时与牛伯安相距不过一尺。

白衣女人上车，一脚油门到底，黑色轿车疾驶而去。

这一切前后不过半分钟，牛伯安反应过来，大喊："开车撞人，抢东西，还想跑，站住！"

黑色轿车消失在马路尽头。

短袖衬衣男人从树后探出头，犹在发抖。

牛伯安冲他说："喂，看看你媳妇怎么样啦。"

短袖衬衣男人朝草坪凑过去，一点点伸出手，碰了碰胖女人的身体，又推了推，声息全无。他瘫坐到地上，哭出声："她像是没气了。"

牛伯安说："哭什么哭，快报警呀。"

"报警？"

"打 110，你吓傻啦！"

夜空中响起一个男人的哭号："死了，她死了……"

2. 白衣女人

警灯闪烁，一辆警车飞驶而来。

警用摩托旁的交警小焦连忙迎上去。警车上跳下刑警耿直与小霍。

耿直不擅客套，直接问："什么情况？"

小焦说："我认为，这不是一起普通的交通肇事逃逸案，涉嫌抢劫，所以给市刑警队打了电话，请求派人来。"

耿直问："抢走了什么？"

小焦说："一只坤包。"

耿直问："坤包里有贵重物品？"

小焦说："这个……不清楚。我当了五年交警，从没见过开车撞了人还下车抢东西的，这肯定是一件离奇的大案。毕队长和小袁警官没来？"

耿直说："毕队长和小袁去外地办案了，碎尸案，领导派我们两个来处理。"

小霍轻飘飘地说："抢个坤包，小案子一件，小菜一碟。"

小焦说："这种大案还是得毕队亲自处理。"

这句话让小霍很是不服气。

耿直问："两名受害人呢？"

"送医院了。"

"伤得重吗？"

小焦说："男的只是受了点惊吓，女的担架抬走的。"

小霍在现场立锥筒、拉起警戒线。牛伯安还没走，他往跟前凑。小霍闻到这人一身酒气，像是个醉汉，就往外轰他："出去出去，不许过线，破坏案发现场，捣什么乱哪。"

"我……"牛伯安想说，"我全看见了"。

小霍认定这是个半夜还在街上晃荡的社会闲人，斥道："我什么我，离远着点儿，没看见警察办案哪，不要妨碍公务。"

牛伯安被驱赶到警戒线外。

刑警耿直按程序勘查现场。这里是朝阳西路北侧，正对着莺桃小区大门；交通事故发生地点不在机动车道，而是在自行车道内，距离路边仅有半米；人行道不宽，过去就是绿化带，种植着低矮的灌木与绿草坪；草坪白天刚浇过水，湿润，柔软。

路面上没有散落的因撞击产生的车身破碎物。

铺着方砖的人行道上提取不到足迹。

草坪上，一处青草被压倒，依稀可见一个人体轮廓，呈大字形。

小焦打开笔记本电脑，屏幕上放出交通监控探头拍下的事故过程的视频，事发地点在两个路灯之间，光线较暗，加上路边树盖遮挡，画面质量不高，但可以隐约看到一对男女走到树荫里，一辆黑色轿车急冲而至，碰撞发生，女人飞起……

小焦根据车辆外形以及车头车标判定，这是一辆黑色红旗轿车，由于没有悬挂或有意摘掉车牌，无法查找车主是谁。

肇事车辆司机疑为女性（不排除男性乔装的可能），穿白色深V领中短裙，身高一米六左右，年龄在二十五至三十岁之间。

事故发生的准确时间为：八月四日二十三点四十一分。

线索少得可怜，耿直有点不知从何下手。他揉揉眉心深刻的三道川字纹，别看他长相老成，其实只有二十三岁，从警时间并不长。

警戒线外，牛伯安坐在花坛旁一张供行人歇息的长椅上，不断用大蒲扇拍打身体，赶蚊子。他气闷地想，警察为什么不向他这个目击者了解情况，他看见那个白衣女人啦，看得真真的。

他在等警察找他，酒劲上来，他靠着椅背，头一歪，鼾声立起。

现在是八月五日一点一刻。

耿直盯着笔记本电脑屏幕上静止不动的白衣女人。

交通监控探头位置较高，距离事发地点较远，又是正对马路，因此，视频斜下方一角中，只能看到白衣女人那张模糊不清的脸。

一张没有五官的脸飘浮在迷蒙的夜雾中。

3. 惊魂

"急诊"两个大字闪着红光，在漆黑的夜幕下分外醒目。

病房门外，一位穿白大褂的男医生说："一个半小时前，急救车拉来的那位胖女士没死。"

耿直急问："会不会成为植物人？"

男医生笑了："不会。那位女士受到外力撞击，导致双侧臀部青紫肿胀，软组织大面积挫伤。我给你解释一下，车刚好撞到她的臀部，通俗地讲，就是屁股，人体这个部位的皮下脂肪最厚，而且富有弹性，尤其是那位女士体形偏于肥胖，她的屁股像头大象，她又刚好跌入新浇过水的草坪，所以只是屁股受伤。至于男的吗，我给他开了点镇静剂。"

耿直问："这两个人可以接受询问吗？"

男医生说："没问题。"

病房内，胖女人换上病号服，斜靠在病床上，身边坐着她的男友，一个文弱书生。两人手拉手，惊魂未定。

小霍搬来一把椅子，让耿直坐下，他在旁边背手站立。耿直先问胖女人："你的姓名？"

胖女人答："肖芳。"

"职业？"

"会计。"

"工作单位？"

"光明集团财务部。"

"有职务吗？"

"我是财务总监。"

耿直转脸问男的："你的姓名、职业、工作单位一起说吧。"

男的文静地回答："光明集团董事会秘书高文明。"

光明集团是本市有名的大公司，董事长是丁香。肖芳、高文明两人在集团的地位都不低，属于金领阶层。耿直有种感觉，这一男一女怎么看都不像情侣，像姐弟，更像母子。他问："肖芳女士，你的年龄？"

肖芳不大想说。

耿直说："按规定需要记录在案。"

肖芳低声道："三十七岁，差几天才到生日呢。"

耿直又问："高文明先生，你呢？"

高文明答："三十一岁。"

难怪嘛，耿直想起一句俗语：女大五……他转入正题："现在是八月五日凌晨两点半。应该说昨天，昨天夜里十一点多钟，很晚了，你们两个为什么会出现在事发地点？"

肖芳说："我住在莺桃小区，昨天晚上加班加到十一点。"

耿直问："高先生也住在莺桃小区？"

高文明答："不是，我到肖姐家，我们……"

肖芳脸红了。

耿直证实了这两人的关系。他问："你们看见开车人的脸了吗？"

肖芳说："我没看见。"

高文明说："我……也没看清。"

耿直忽略了两人的回答中有一个关键字不同。他感到失望，通过询问两名受害人以掌握白衣女人相貌特征的目的落空了。

高文明的手机响起来电铃音，他看看显示的号码，没接。

耿直接下去问："肖女士，你被抢走一只坤包？"

"嗯，是他送我的。"肖芳边回答，边伸手为高文明理了一下他额头垂下的一绺头发，动作自然、亲昵。

耿直问："什么式样？什么材质？"

高文明说："网上买的。"他打开手机，找到网店与坤包的照片，拿给耿直看。这是一只贝壳形状的坤包，红色，仿羊皮的。耿直看了一眼售价，很便宜。

耿直问："包里有什么东西？"

肖芳记忆力奇佳，她说："有一包淑女牌湿纸巾，用了两张；一盒粉底，丽人牌的，刚用了一次；一支口红，娜娜牌的，正红色，用了三分之一；一串家门、办公室的钥匙，上面系着一只大熊猫，绒绒的；还有一张银行卡。"她流利地说出卡号。

耿直问："卡里有多少钱？"

肖芳脱口而出："一千一百七十六元三角八分。"

"包里有没有现金？"

"没有。"

耿直与肖芳问答期间，高文明的手机响个不停。

耿直问："肖女士，包里还有别的东西吗？"

肖芳肯定地回答："就这些。"

高文明说："我记着还有一样……"

肖芳说："没有了。"

高文明的手机再次响起。

耿直觉得吵，说："你怎么不接呀，接吧。"

高文明轻声细语地说："我妈妈打来的，准是问我怎么还不回家，一会儿再接。"他把手机调成静音状态。

耿直合上记录本，眉心的川字纹更深了，他想，为了包里这么一点点东西，白衣女人不惜开车撞人、抢劫？他说："肖女士，高先生，如果想起什么新情况，请随时与我联系，这是我的手机号。"

走廊里，小霍泄气地说："一无所获。"

耿直毫不气馁："发协查通报，查找红色坤包的下落，如果有人用肖女士的银行卡取款，立即通知刑警队。"

小霍用手机发出通报。

走廊那头出现一个瘦皮猴模样的男人，三十多岁，他的一对大招风耳朵引起耿直的注意。耿直认出，这是一个老贼，名叫钱隆，江湖绰号"钱隆皇上"。只见钱隆皇上经过每间病房时，都要隔着门上的小方玻璃窗朝里面窥视。

钱隆皇上与耿直目光相接，钱隆皇上一哆嗦，扭头要跑。

耿直喝道："站住，过来。"

钱隆皇上像耗子见了猫，一步三蹭地挪到耿直面前，没等问，急忙说："耿警官，在这儿碰见您了，办案哪，人民警察，辛苦。我吃坏了肚子，五分钟一趟厕所，蹿稀拉黄水，到医院挂个急诊，开点药。我这儿找厕所呢，我又快憋不住啦，我可真的没干坏事，我已经改邪归正啦。"

高文明从病房里出来，他听到钱隆皇上的话，说："这位先生，厕所在前面，我领你去。"

钱隆皇上连声道谢。

高文明在前，钱隆皇上随后，朝走廊尽头的厕所走去。

耿直看着钱隆皇上的后背，觉得不大对劲儿，还想追上去再盘查几句："你别走！"

钱隆皇上停步，转回身，双手捂着肚子，一脸痛苦的可怜相。

耿直手机响了，他接听："红色坤包找到了？我马上去。"

小霍问："怎么回事？"

耿直兴奋地说："有人用肖芳的银行卡在自助机上取款，人已抓获，同时搜出一只红色坤包。"

他没注意到钱隆皇上溜了。

小霍一拍巴掌："嘿，这么快，案子破了，咱们立功啦，耿哥，你是头功！"

4. 二傻

两位刑警兴冲冲地赶到派出所。

办公室里，一个十七八岁的半大小子靠墙蹲着，一只手铐在暖气管子上。这小子穿件脏兮兮的背心，牛仔裤膝盖上露出大洞，一双旧球鞋上脚后就没刷洗过，头发乱蓬蓬的，像是个打零工为生的游民。

他身边的办公桌上放着红色坤包、银行卡，还有半块砖头。

民警小董介绍情况：

半小时前，派出所值夜班的民警接到报警，有人正在砸一台自助取款机。小董赶到现场，见这小子用砖头咣咣拍向取款机的显示屏，干得挺起劲儿，警察来了，他不跑，站那儿傻笑。抓住一审，这小子看到别人插卡，按几下键盘，取款机就往外吐钱，他不知从哪儿弄来一张卡，也学样操作。他胡乱按着键盘，取款机不吐钱，还嘟嘟报警。他一气之下，想用砖头砸开取款机，弄出钱来买碗面条吃。这小子饭量奇大，到了派出所喊饿，给他泡了三袋方便面，吃完还伸手要。这小子自称叫李光宗，说话有口音，裤袋里装着一张揉得快烂了的身份证。

耿直坐在这小子对面，一言不发，看得这小子心里发毛。

耿直问："银行卡哪儿来的？"

李光宗答："红包里。"

耿直问："红包哪儿来的？"

李光宗答："捡的。"

耿直问："在哪儿捡的？"

李光宗答："垃圾箱。"

这些小董都问过了，李光宗两次回答一致。他交代：他在路边长椅上睡觉，一辆黑色轿车开过来，停住，车窗缓缓落下，从车里飞出一样东西，掉进垃圾箱，黑色轿车开走了。他从长椅上爬起来，从垃圾箱里捡起一只红色坤包……

红色坤包上沾了不少秽物，气味难闻。

小霍一拍桌子："胡扯，红包是不是你抢来的，坦白交代！"

李光宗一点不怕："你想打我，打吧，我爹从小打我狠着呢，我爹手痛，我不痛。"

小霍说："这是个二傻子。"

李光宗倍感稀奇："二傻子是我的小名，我娘、村里人都这么叫我，你咋知道的？"

耿直仔细观察二傻子的言谈举止以及面部细微的表情变化，心想，这小子会不会是在装傻？

小董说："刚才查过了，身份证是真的，当地派出所说有这么个人，天生弱智，没有犯罪记录。"

李光宗（二傻）被送往收容站。

耿直打开红色坤包检查，里面的东西一如肖芳所述，一样不少，丝毫不差，确无值钱或特殊物品。

两位刑警乘兴而来，扫兴而归。警车上，小霍哈欠连天："耿哥，回去先睡一觉，明天再查吧。"

耿直说："不行，咱俩谁也别睡，查，连夜查。"

"查什么？"

"查车。"

回到刑警队大办公室，耿直从交通队调来本市全部红旗轿车的资料，黑色的一共十七辆。小霍靠着椅背睡着了，耿直不睡，他或是给车主打电话；或是去停车场找到车辆，用强光手电检查车身有无撞痕；或是直接登门，半夜将车主从睡梦中叫醒，当面询问；十七辆车一一排查完毕，天已大亮。

所有黑色红旗轿车均被排除。

肇事的红旗车不是本市车辆，流窜作案？如果调取沿线全部交通监控视频查找这辆车，岂不是要查到猴年马月？

现在正值夏季，满大街穿白裙子的女人，哪一个是嫌疑人？

耿直站在窗前，又揉起眉心的川字纹。

小霍醒了，揉揉眼睛："耿哥，我做了一个好梦，梦见案子破了。"

耿直苦笑。

门卫给耿直打来电话:"有人找你,光明集团姓高的。"耿直说:"请进。"不一会儿,大办公室弹簧门开了,高文明进来,他换了一件浅蓝色新衬衣,熨得十分平整,扎着深蓝色领带,银色领带夹,头发梳理得一丝不乱,应该喷了发胶。耿直不喜欢这种奶油小生类型的男人,他问:"想起新情况了?"

高文明说:"抱歉,没有。"

小霍说:"那你来干吗?"

高文明说:"肖姐的红色坤包找到了?"

耿直问:"你听谁说的?"

高文明笑笑:"朋友,朋友说的。"

耿直心想,谁的嘴这么欠,查出来,报毕队严肃处理。他指指办公桌上的红色坤包:"在那儿,别动,这是证物,还没提取指纹,结案后会发还原主的。"

高文明问:"包里的东西跟肖姐说的一样?"

"一样。"

"没有少一件,多一件?"

耿直不耐烦:"跟你说过了,还有别的事吗?"

高文明看看大办公室里有三四位刑警,他对耿直说:"能借一步说话吗?"耿直跟着他来到院子里,站在一辆黑色轿车旁。高文明不好意思地说:"我跟肖姐的关系光明集团里没人知道,还没公开,肖姐脸皮薄,请你务必替我们保守秘密。"

屁大的事。耿直说:"你放心吧,我们有纪律。"

"太谢谢啦。"高文明高兴地一拍黑色轿车的车身。

随着高文明的一拍,耿直的视线被引到这辆黑色轿车上。这是一辆红旗轿车,挂着外地车牌。清晨初起阳光的斜射下,车身右前侧隐隐可见修复过的痕迹。

耿直尽量不动声色地问："这是你的车？"

高文明说："不是，这是我们光明集团丁香董事长的车。"

"挂的不是本市车牌？"

"外地一位生意人欠丁香服装公司的货款，还不上了，就用这辆车抵的债，车牌没换，还是外地的。"

因此，这辆黑色红旗轿车不在本市十七辆之内。耿直忽然变得热情起来："高秘书，你没吃早点吧，我也没吃，一起去吃，走吧。"他不由分说，拉起高文明就走，走了几步："哟，我忘带钱了，我去拿钱包，等着我啊，你是客人，这顿早点我请，我请定了。"

大办公室，耿直拉过小霍，紧急吩咐了几句。

耿直与高文明出刑警队大院，来到附近一家早点摊。耿直要了油条、豆腐脑、羊杂汤，还有一碟小菜，对于耿直来说，这已经很奢侈了，警察工资不高。

两人边吃边闲聊。

耿直问："你身为光明集团大秘，怎么不买辆车？"

高文明说："我买不起。"

耿直问："丁董事长的红旗车挺气派，平时谁开？"

高文明掏出一把车钥匙，晃了晃，说："只有两把车钥匙，分别在我跟丁董事长手上，你说谁开。"

"再没别人开？"

"丁董事长的专车，谁敢乱动。"

"你今天怎么开出来了？"

"今晚八点在王朝酒店举办庆祝光明集团成立一周年的酒会，我给关系单位补送几份请柬；我一会儿还要开车送丁董事长去医院看望肖姐，所以用一下这辆车。"

"你多吃呀。"

"夜里陪肖姐，只睡了一小会儿，累，没胃口。"

高文明吃相斯文，油条咬了两口，豆腐脑吃了小半碗。耿直将两根油条、一大碗羊杂汤一扫而光。吃完，耿直坚持由他结账，高文明不便过于勉强，好在没几个钱。

回到刑警队大院，耿直像对待老朋友一样送高文明上车。

黑色红旗轿车刚一开出院门，耿直转身进大办公室，冲着小霍急切地问："快说，那辆红旗是不是肇事车？"

5. 暗夜魅影

"是。"小霍只说了一个字。

在有限的时间内，刑侦技术人员争分夺秒，经过专业检验，对这辆黑色红旗轿车做出初步鉴定：该车车况良好，车身右前侧有与钝物碰撞后修复的痕迹，碰撞变形部位距地高度与中等身高的人直立行走时臀部距地高度大致相同；受撞击部位修复的钣金手艺高超，旧漆面没有发生脱落，只是产生细碎的网状裂纹，表面新涂抹了一层薄薄的去划痕蜡；基本认定该车为肇事车辆。

看到这个结论，耿直眉心的川字纹舒展开来，呵呵，这顿早点钱花得不冤。

案件调查取得突破性进展。

一栋栋各式别墅散落在绿树与花草之间。

带尖刺的绿铁栅将小区与外界隔开。这里离市区很近，由于包围着宽宽的绿化带，阻断城市噪声，小区环境安静、优美。挣工资吃饭的平头百姓路过时，常用羡慕而又好奇的目光朝里看一看，心里不够善意地想，住这儿的人钱从哪儿来的？

小区监控室里，耿直与小霍调看昨夜到现在的视频。因为案件尚处于秘侦阶段，小霍不客气地请物业经理老景出去，只留下一个负责监控的年轻保安小郭子。两名刑警先看小区大门监控探头拍下的视频，画面显示：

八月四日　21:10　黑色红旗轿车开进小区大门，高文明坐在驾驶席上，副驾驶座位空的，后排座隐现一个白色影子；小郭子介绍，丁香董事长昨夜饮酒了，因此高秘书开车送她回家；黑色红旗轿车后面跟着一辆电动自行车，骑车的是一个穿送外卖制服的小伙子，因为与本案无关，小霍略去不看；

几分钟后，高文明徒步走出小区，在大门外拦了一辆出租车；

23:00　黑色红旗轿车驶出小区大门，驾驶席上坐着白衣女人，车内放下遮阳板，看不见人脸；

八月五日　1:55　黑色红旗轿车返回，进入小区大门，驾驶席上还是那个被遮阳板挡住脸的白衣女人；

5:07　凌晨时分，天色发白，黑色红旗轿车再次驶出小区大门，驾驶席上方遮阳板抬起，丁香董事长独自驾车，上穿白衣，分不清是否为裙装；

之后，黑色红旗轿车没有返回。

再看小区内部正对着路面的一个监控探头拍下的视频，画面显示：

八月四日　21:13　一辆黑色红旗轿车顺着柏油路开来，停在一栋单层别墅前；

22:56　黑色红旗轿车开走；

八月五日　1:58与5:04　黑色红旗轿车开回，停下，较长时间停留后开走；

由于柏油路两侧绿化树木枝叶茂盛，按物业规定监控探头不能对准路旁别墅，因此，无法看到开车人员是否从单层别墅中出入。

画面中的黑色红旗轿车始终悬挂车牌。

小郭子将视频复制了一份，交给小霍。

耿直请物业经理老景进来，问："车辆进出小区，门卫查不查司机的身份？"

"不查。"景经理说，"住在小区的业主中，有的不愿意透露真实身份，为了保护他们的隐私，所以不查。每名业主都有自备车辆的通行证，门卫认证不认人，凭放在车内前风挡玻璃处的通行证放行。"

耿直说："请你带我们到小区里走走。"

景经理问："两位警官，你们这是查什么呀？"

小霍说："少打听。"

景经理很有涵养："我是为了更好地配合警方工作，二位请。"

整个小区里，绿树洒下大片浓荫，几声鸟叫，更显幽静。虽值盛夏，清风徐来，使人顿感凉爽。小霍感慨："还是有钱好啊。"顺着环小区的柏油路，耿直在前，他不会绕弯子，径直走向小区唯一的单层别墅。

景经理心里明白了几分。

与单层别墅相邻的一栋尖顶别墅前传来争吵声。一个半老徐娘气愤地说："你才来半个月，犯了三次错，看在介绍人的面子上，我没追究，你不能得寸进尺，蹬鼻子上脸哪。"她对面站着一个戴围裙、保姆模样的年轻女人。

景经理问："马太太，怎么啦？生气伤肝。"

马太太用手揉着开始下垂的胸脯："气死我啦，这是我新请的保姆涂三妹。三妹，我给你开的工资比别家都高，你对得起我吗？"

那个叫涂三妹的保姆是个厉害角色："叫唤什么，草驴似的，我不干了！"她解下围裙，扔到地上。

耿直无心关注这种闲事，他围着单层别墅转了一圈。

不远处，一个头发花白的老保安注视着两名刑警。

单层别野外观朴素，门前草坪修剪得格外整齐，种着几株不知名的绿色乔木，景经理介绍："这是紫丁香。"

耿直有种感觉，单层别墅的每扇窗户都透出神秘气息。他问："这套房子漂亮，谁的？"

景经理回答："光明集团董事长丁香。"

"她一个人住这么大的房子？"

"丁董事长和她的母亲丁苦菊一起住，这几天没见丁苦菊，只有丁董事长一个人。"

小霍问："一个人，她夜里不害怕？"

耿直站在单层别墅前，他第一次独立办案，尝试着按照在警校学到的逻辑推理方法思考问题，分析案情。他的脑子里陡然跳出一个念头：

开车撞人并抢劫的就是丁香！

耿直被自己的这个念头吓了一跳。

6. 动机成谜

"就是丁香干的，拘她！"警车上，小霍跃跃欲试，"我真想看看，那位女老板戴上手铐时，脸上是什么表情。"

耿直开车，不语，警车开得很慢。

小霍振振有词："耿哥，我给你分析一下，一、黑色红旗轿车已经确定为肇事车辆；二、黑色红旗轿车的车钥匙只有两把，高文明是受害人，他不会分身术，不可能自己开车撞自己，开车人只能是丁大董事长；三、咱们刚查过黑色红旗轿车的活动时间与活动轨迹，昨夜十一点出小区，正常车速二十几分钟就可以开到案发现场，案发时间是十一点四十一分，今天凌晨一点五十五分该车返回小区，从案发到返回，中间刚好有近两个小时的修车时间。凭这三条，我敢断定，丁香就是疑犯，没错，错不了！如果我错了，我把我自己的脑袋吞下去！"

耿直加快车速。车窗外，一根根路灯杆向后飞掠。

刑警队大办公室，小霍把案发现场平面图、调查笔录、监控视频、受害人谈话录音、鉴定报告一样一样地摞在办公桌上。耿直看看手表，时针指向十点半，从案发到现在还不到十一个小时。啪，小霍把一张呈请拘留报告书拍到桌面上，递过一支笔，说："耿哥，别再犹豫了，证据确凿、充分，基本可以认定丁香为犯罪嫌疑人。"

耿直拿起笔，笔尖落到报告书上。

小霍神采飞扬："耿哥，咱俩可要露脸了，光明集团董事长丁香涉嫌交通肇事逃逸、抢劫被刑事拘留，这是轰动全市的特大新闻。"

耿直放下笔。

小霍问："怎么啦？"

耿直说："我不踏实，咱们缺少丁香就是开车人的直接证据。"

"咱们掌握的间接证据足以构成完整的证据链。"小霍把笔塞回耿直手中，说道，"我的耿哥耶，你怎么变得磨磨叽叽的，怕这怕那，不像你的性格。平时抓个小流氓，你又干脆又利落。"

耿直说话实在："丁香不一样，她是光明集团董事长，社会影响大，万一抓错了……"

小霍一撇嘴："耿哥，我没想到，你是这种人，一见大人物，尿了。"

耿直自尊心受到伤害："我是那种人吗？"

小霍说："不是？你签了这份呈请拘留报告书，我就信你是位秉公执法、不畏权势的好刑警。"

耿直握紧笔，想了想，又放下了。他说："还缺少一件关键证据。"

小霍问："缺什么？"

"犯罪动机。"耿直说，"肖芳、高文明分别是光明集团财务总监、董事会秘书，按常理，这两个人应当是丁香身边最亲近、最信任的人。丁香为什么甘冒风险，开着自家的红旗车冲撞二人，去抢一只不值钱的坤包？她的犯罪动机是什么？"

小霍答不上来："你问我，我问谁去，也许丁香也看上高文明了，三角恋爱，争风吃醋；也许……"

耿直正色道："也许？咱们刑警不能凭'也许'办案。"

小霍不以为然："拘她，抓来一审不就知道她的犯罪动机了。到了看守所，关几天，吓唬几句，她还敢不招？噢，我明白了，你是不是错抓过一次丁香，至今心有余悸？"

小霍说对了一小半。

耿直考上警校，收到录取通知书后，晚饭桌上，老父亲破天荒地给他倒了一杯烈性白酒。老父亲干了一辈子翻砂工，天性疾恶如仇，最爱见义勇为。老父亲让儿子喝了这杯酒，要求儿子做一名好警察，为民铲奸除恶，不许欺负弱小良善。耿直将酒一口喝下，向老父亲作了保证。毕业后，耿直分配到市刑警队，成为一名光荣的刑警，他要兑现向老父亲许下的诺言。他第一次执行任务，抓捕一个通缉已久、号称千面女郎的在逃犯。他换上便衣，一身街头混混的打扮，在机场巡查。

一个女人走出机场自动门，她穿着奶白色套裙与半高跟鞋，披着同色风衣，她是刚从外地出差回来的丁香。

巧了，丁香的这身装束与通缉令上对女逃犯的描述一致。

耿直一时紧张，忘记自报"我是警察"，冲上去，伸手擒拿。

丁香看他的衣着，以为遇到流氓，果断反击。

结果可想而知，耿直被打倒在地。

毕队长赶到，双方消除误会。事后，耿直成为同事们的笑谈，搞得他很长一段时间抬不起头，这件事在他心中留下不大不小的一块阴影。

耿直手中的笔在报告书上悬了一会儿，他放下笔，说："走。"

小霍说："去哪儿？"

耿直说："你就跟我走吧。"

7. 隐情

警车驶入医院大门，与黑色红旗轿车交错而过。

小霍回头看看："开车的像是丁香。"

耿直找到停车位，边倒车边说："她作为董事长，来探望在车祸中受伤的财务总监肖芳，合情合理，如果她不来，反而显得有问题了。"

"猫哭耗子。"小霍已经有了成见。

急诊部走廊里，高文明在打手机，他小声说："东西是我亲手放进去的，怎么会找不到呢？我再找找。"他掏出手绢，抹去额头沁出的几粒汗珠。

护士站前，高文明问："肖芳换下的衣服呢？"

一位年长的女护士从柜子里取出揉成一团、沾满污泥的红色休闲装："在这儿，拿走，签字。"

高文明一把抓过，摊开，红色上衣有两个装饰性的半月形小口袋，他四个手指伸进去，反复摸索，小口袋里空无一物。高文明急躁地问："谁给肖芳换的衣服？"

年长女护士说："夜班护士小刘，她下班了。"

高文明情绪激动："口袋里的东西不见了。"

"什么东西。"

"一样贵重物品。"

"钻戒？金项链？"

"不是。"

年长女护士问："到底什么东西，你说清楚哇。"

高文明一时情急，口不择言："肯定被人偷了。"

年长女护士恼了："你说谁是贼？嘴巴干净一点，我用洁厕灵给你刷刷。"

男医生过来："别吵。"他指指墙上一个大写的"静"字。

年长女护士说："今早交接班，夜班护士小刘跟我说，急救车把肖芳拉来的时候，一身衣服全是泥，小刘给她换的病号服，换下的衣服放在柜子里了，我碰都没碰。这位先生说上衣口袋里一件贵重物品不见了，问他是什么，他又不说，分明是想讹人。"

男医生说："高先生，如果真的丢了东西，我马上报告医院保卫部，你也可以找你身后的两位警察。"

高文明这才发现，耿直、小霍在他身后站了一会儿了。

耿直问："丢了什么？"

高文明马上改口："我记错了，护士小姐，对不起。"

年长女护士说："我明年退休，你该叫阿姨。"

高文明乖巧地说："护士阿姨，我错怪您了，我检讨，我向您赔礼道歉。"

年长女护士消了气。

有人说，刑警的眼睛里永远闪动着怀疑的目光，耿直正用这种目光审视着高文明。红色休闲装上衣口袋小得可怜，装的什么不见了？高文明不明说，一见警察又改口，说他记错了，这里面有名堂。

高文明问："两位警官不是找我吧？"

小霍说："找的就是你。"

病床旁的小柜上放着一大束各色鲜花，给四壁皆白的病房带来盎然生机。肖芳说："丁董事长刚走。"

耿直说："肖女士，我有问题要问你。"

肖芳怯怯地说："你问吧。"

"丁董事长有没有重大违法行为，你知情，或是掌握相关证据？"

"没有。"

耿直说："肖女士，你不要有所顾虑，请你如实回答，警方会为你保守秘密。"

肖芳说："真的没有。"

病房外，小霍向高文明提了同样问题，高文明的回答与肖芳相同，不过有些迟疑，停了几秒钟才说。

离开医院，耿直开着警车，再到昨夜的案发地点。现场的锥筒、警戒线均已撤除，马路上，车辆穿梭如流；人行道上，行人往来如织；谁能看出这里十几小时之前发生过一起交通肇事逃逸、抢劫案呢？耿直大弯着腰，在马路边沿、人行道铺砖缝里、草坪上每棵绿草之下细细搜索，不一会儿满头大汗，身上警服湿透。

耿直说不清要找的是什么，他猜测，会不会在车辆撞击下，肖芳红色休闲装口袋里的东西被撞飞了？前提是这样东西确实存在。

天气太热，小霍躲在有空调的警车里。

病房里，肖芳侧卧，高文明坐在她身边，问："昨天晚上，我亲手把那件东西放进你的坤包，怎么会不见了呢，我看你一点不着急。"

肖芳说："我把它拿出来了。"

"我翻了你的上衣口袋，没找到，你把它藏哪儿了？"

"我怕弄丢了，就戴在脖子上，刚好像个胸坠。"

高文明去解肖芳的衣领。

肖芳误会了，害羞地躲开："你要干吗？"

高文明说："我看在不在。"

男医生进来例行查房。肖芳在高文明耳边小声说了一句话。

高文明以手扶头，呻吟一声。肖芳问："你怎么啦？"高文明说："我头痛。"

看样子，高文明真的头很痛。

路边。耿直没有搜查到可疑物品。

是否对丁香采取刑事拘留的强制措施？耿直决心难下，他盼着毕队长快点回来。

8. 众星捧月

夜幕中，王朝酒店灯火通明，直入云霄，宛如一座金碧辉煌的宫殿。

晚上七点四十五分。东大厅，光明集团成立周年酒会将于八点整在这里举行。会场布置并不奢华靡费，铺着白色桌布的长条桌上摆放着西式小点心、冷拼、各种颜色的酒与大簇鲜花。轻缓的乐声中，各界嘉宾到了八成，不断有新的客人进入大厅，他们都是本市工商界的翘楚，其中也有一些来宾债务大于资产，是名副其实的"负翁"，但他们的胸脯挺得更高。

律师吴良没有收到请柬，他想法子混了进来，神色坦然地自取了一杯红酒。

他那双过于灵活的小眼睛四处乱看：

大厅一角，一个年轻男人半靠半躺在大沙发上，懒散地伸出两条大长腿，一套做旧的牛仔服紧绷在身上。他上唇留着小胡子，一头披肩长发梳成小辫儿，眼神迷茫。他是丁香服装公司的首席设计师，在国内国外小有名气。

他身边站着女助手木子，相貌平平，胸部比一般女人高许多，穿一身朴实的藏青色套裙。

吴良律师像见到老朋友，伸手打个招呼。对方微笑回礼，他叫钟人杰，高大、英俊、帅气。他是青云科贸公司老板，二十八岁，名牌大学毕业的高才生。青云公司是光明集团的持股百分之二十五的法人股东，与丁香持股比例相同，平起平坐。钟人杰一定具有过人才干，所以年纪轻轻就创下如此大的一份家业，他的来历、背景对外秘而不宣。

在他身旁，紧跟着一个叫朱天佑的男人。朱天佑，海归硕士，脑瓜顶只剩一圈头发，四肢细长肚子大，像是一个油腻的中年男人，其实他与钟人杰年纪相仿。他是九鼎投资公司驻本市联络处的主任。别看他相貌猥琐，他的爸爸却是九鼎投资公司董事局主席朱辰，投资界巨子，一言九鼎。

在公开场合，钟人杰与朱天佑总是形影不离，亲密无间，坊间传言两人的关系有点"那个"。

钟人杰与一位来客谈话时，朱天佑溜到长条桌前，拿起一杯鸡尾酒，尝了尝，皱皱眉，他见没人注意，把喝过一口的酒杯放回到原来的位置。他在旁观察，那杯酒被一个叫孔全的人拿走了。

朱天佑偷乐。

孔全团团脸，逢人笑脸相向，笑口常开，像尊弥勒佛。他是光明集团中小股东之一，自己还开着一间齐鲁大酒楼，食客常常需要排队等座，生意兴隆。他端着鸡尾酒，走到同为光明集团中小股东的宋诚、娄长贵身边。

宋诚高大威猛，军人出身，方脸，腮帮子刮得铁青，他还是光明集团的董事，受到丁香董事长的信任与倚重。

娄长贵，一身老农民中式装束，满脸皱纹密布，他虽然只持有光明集团百分之一的股份，却是位铁面监事。丁香董事长常说，只要娄长贵在，集团里就没人敢作奸犯科。

这三人是好友，都是五十多岁的老男人。

差五分八点。两个男人走进大厅，走在前面的肤色黝黑，身体标枪般挺直，瘦而精干，他叫甄帅。他的秘书威尔逊，一个浑身长满金毛的白种人，拖着拉杆箱尾随其后。甄帅三十多岁，长年定居国外，名下拥有十余家海外公司，是位成功商人。他是光明集团中小股东之一，从不过问集团事务，每三个月飞来一次本市，参加光明集团股东例会，投张赞成票。

甄帅与迎上来的股东们挨个握手，每人送上一盒经典巧克力，朱天佑也有一份。吴良律师凑过来，想跟他握手，挤不进圈子。

孔全问："你专程来参加酒会？"

甄帅说："我回国办事，顺路，来看看。"

宋诚问："这次住几天？"

甄帅说："住一个晚上，我预订了明早的航班。"他四下看看，问："怎么没见高秘书、肖总监？"

朱天佑嘴欠，抢着说："他俩昨晚出了车祸，肖总监住院啦，屁股受点轻伤，嘻，她的屁股更大了。"

甄帅说："酒会结束，我去医院探视，我给他们也带了巧克力。"

八点整。柔美的乐声响起。

丁香董事长到了。

她款款而来，一身白色丝质旗袍，左胸处绣着一朵淡紫小花，细纱披肩勾勒出圆润的双肩。这是一位成熟女性，她的脸具有含蓄的东方美，嘴唇线条清晰，唇角微微上翘，总是含着淡淡的笑意。但是，男人们在她面前，无不感到紧张与压迫。

她周旋于形形色色的来宾之间，不时与某一位私下低语几句，一笔生意又做成了。

来宾们排队等候与她交谈。

丁香是一名弃婴，出生日期不详，哪儿的人不详，父母是谁不详。三十一年前的雪夜，养母丁苦菊在路边一辆轿车的引擎盖上捡到她，靠做保姆的微薄收入，含辛茹苦，将她抚育成人。母女二人相依为命，挣扎向上。丁香大学毕业后从事多种职业，她具有过人天赋，很快在生意场上崭露头角，不过几年时间，成长为今日酒会上的女王。

她频频举杯。

来宾们簇拥着她，如同众星捧月。

一片云遮住明月。

两辆警车快速驶向王朝酒店。

距离酒店不远的街角，阴影里，涂三妹看到警车一掠而过，她在这儿站了半个小时。她扯扯短到大腿根的黑色蕾丝吊带裙，又抹了点鲜艳的珠光口红。

她朝一辆停在路边的巡逻警车走去。

她的鞋跟足有十二厘米，臀部一扭一扭的。

警车前，她看中一个路过的戴眼镜的年轻男人，挑逗地用胸撞了那人一下。哎哟，她叫了一声，假装要摔倒。

眼镜男扶住她，连连说"对不起"。

两名巡警被叫声吸引，目光射到衣着暴露的涂三妹身上。

涂三妹浪声道："三百块钱，拿来。"

眼镜男莫名其妙："什么三百块钱？"

涂三妹抓住他的胳膊，整个人贴上去："三百块钱，不能再少了。"

眼镜男甩不开她，又急又恼。

两名刑警走过来："干什么哪？"

眼镜男像见到救星："她跟我要三百块钱，我不认识这女的，我就碰了她一下。"

涂三妹也不分辩，摆弄着黑色手袋。一名老巡警要过手袋，打开按扣儿，手袋里面除了身份证，还有三百块钱。老巡警问："钱哪来的？"

涂三妹说："挣的。"

"怎么挣的？"

"我卖我自己，犯法呀。"

就这一句话，两名巡警认定涂三妹是个卖身为生的风尘女子，不用抓，涂三妹自己上了巡逻警车，主动要求去看守所。

酒会进行到高潮。

一对对男女来宾相拥起舞。没人邀请董事长丁香，想，不敢。

香槟，鲜花，华丽的舞曲，共同组成美好的时刻。

一名侍者过来，在丁香耳边低声说了几句。

丁香柳眉一挑，走出大厅。

厅外，站着两男一女三名刑警，男的是耿直与小霍。耿直默默地出示刑事拘留证。丁香看看上面的罪名：交通肇事逃逸。她颇感意外，问："你们搞清楚了？"

小霍不大客气："不搞清楚能抓你吗？"

丁香问："我可以打个电话吗？"

小霍口气强硬："现在不行，乖乖的，赶紧跟我们走。"他拍拍腰间，"你不想当着这么多来宾的面给你戴上铐子吧？"

丁香招手叫过侍者："你对钟人杰说，请他代我主持酒会，我有点急事要办。"说完，她朝外走去，三名刑警一左一右一后。

朱天佑第一个发现情况不对，大声喊："快看，丁董事长让警察带走了。"

来宾们无不大吃一惊，一阵慌乱，蜂拥到落地窗前。

窗外，丁香上了警车。

警车内，女刑警给丁香戴上手铐。小霍的眼睛眨也不眨，紧盯住丁香的脸。他深感诧异，丁香的表情毫无变化，唇角竟然依旧含着一丝微笑。

警车拉响警笛，驶离王朝酒店。

大厅里，朱天佑向所有来宾们发问："谁能告诉我，究竟出了什么事？"

没人能够回答。

9. 沉重的铁门

沉重、高大的铁门向两边缓缓滑动，开启。

一辆专门用于押解疑犯的警车驶入市看守所，车身后部是带有钢制护栏的封闭车厢。警车停在一栋小楼前，探照灯的光束投射在车顶上。小霍打开后车门，喝道："下来！"

喝声在暗夜中震响。

丁香出现在后车门口，双腕上不锈钢手铐泛着寒光，她缓步而下。涂三妹跟着跳下车，她斜视前面的丁香，眼中凶光一现。

随后，两个女人例行体检：量体温、血常规、胸透等，以免将传染性疾病带入看守所内。丁香非常健康，涂三妹被查出患有胃溃疡与晚期肝硬化，身体糟到一塌糊涂。两个女人脱光后，换上蓝白条纹的囚衣，白色平底无带鞋。两个女人妆容尽去，丁香素面朝天，清水芙蓉一般，而涂三妹则老态尽显，脸上皮肤粗糙松弛，又黄又暗，眼角、嘴角一条条皱纹像放射状的蛛网。

涂三妹在手里藏了一段软绳，乘检查的医生不备，塞入内裤。她的目光像毒蛇一样在丁香的脖子上盘绕。

两个女人被分别押入两间相邻的审讯室。

在正式审讯之前，先让丁香接受体检，换上囚衣，从心理上摧毁她的自信，以此打掉她的嚣张气焰，这是小霍出的主意。耿直觉得有道理，照做了。但是，当他看到面前的丁香时，发现这一套没有半点效果。

丁香尽管一身囚衣，依然态度从容，优雅的举止与气质丝毫未变。

"耿警官，又见面了。"丁香语音柔和。

"请坐。"耿直冒出这么一句。

小霍对这个"请"字极不感冒。丁香是疑犯，请她坐，是不是还要给她沏杯碧螺春哪？

两小时前，因为接到一条匿名短信，促使耿直不再犹豫，下定决心立即对丁香采取刑事拘留的强制措施。

短信内容：丁香已将黑色红旗轿车送至万里汽车修理厂做车身大修，企图毁灭罪证。

耿直赶到万里汽车修理厂时，黑色红旗轿车移入车间，正准备开始车身大修。耿直叫停后，向厂方说明情况，将车开回刑警队。

几名刑侦技术人员对车门、车锁进行重点检验。

鉴定结论：车门、车锁完好无损，未见使用工具或暴力打开痕迹。这个结论说明，昨夜打开黑色红旗轿车车门所使用的只能是两把车钥匙中的一把。

耿直终于坚定了信心。

邢局在呈请拘留报告书上签字同意之前，叫耿直到他的办公室去了一趟。耿直详细汇报了案情与相关证据，并保证没有问题。邢局批了。

审讯刚要开始，邢局接到本市新上任的邬代市长的电话。

"光明集团董事长丁香被你们抓了？"

"是。"

"丁董事长是知名的女企业家，拘留、审讯务必符合法定程序，免得将来被动。"

"是。"

"我只说一句话，以事实为依据，以法律为准绳。"

没等邢局说"是"，电话挂断了。

邬代市长亲自过问此案，耿直感到压力，他问："毕队什么时候回来？"

邢局说："碎尸案的凶犯已被抓获，他和小袁正在回来的路上，估计前半夜能到。"

"对于拘留丁香，毕队没说什么？"耿直问，他听说丁香与毕队长之间曾为恋人关系。

"他是老刑警，懂得纪律，不会贸然干预。"邢局一笑，说，"他让我转告你一句话。"

"什么话？"

"警察是六亲不认的职业。"

耿直放心了。

现在，面对丁香，耿直挺直身体，目光威严，神色凛然，他要在气势上压倒对方。这是一场听不见刀剑撞击声的白刃战！

丁香悠然地说:"耿警官,这次你又抓错了。"

耿直胸有成竹:"这次绝不会错。"

耿直在讯问笔录首页写下时间:八月五日二十一点五十五分。

审讯正式开始。

10. 交锋

路灯下,长椅上,大脑袋牛伯安唾沫星子横飞,与一位大爷聊在兴头上。

牛伯安晚饭吃了一大碗炸酱面,喝了二两白酒,照例出来遛弯,解酒消食。遛到这儿,遇上素不相识的大爷,海阔天空神聊起来。大爷怕回家晚了老伴儿骂,急着走,牛伯安强拉硬拽地不放。

牛伯安一指车来车往的马路,说:"昨天夜里,这儿出了一起车祸,人都撞飞起来了,叭叽,掉到草地上,死了,我亲眼所见。"

大爷应付地说:"够惨的。"

牛伯安说:"开车撞人的那个白衣娘们跑了,我还记着她长什么样儿,我亲眼所见。"他冲自己跷起大拇指。

"真的?"

"当然,见面我准能把她认出来。"

"你是现场目击证人哪。"

"大爷,您挺懂行,说的是行话,您老是警察?"

"我在派出所做过两年饭,厨子。"大爷谦虚地说。

"失敬失敬。"牛伯安一抱拳。

"你应当到公安机关报案,他们能根据你的描述,对疑犯画像。"

"是吗?"

大爷说："一看你就是好市民，协助警方破案，人人有责。"

牛伯安掏出一只旧手机："大爷，您说得在理，我这就打110。"

"你忙着。"大爷赶紧回家了。

审讯室里，小霍负责记录。耿直问："你的黑色红旗轿车现在在哪儿？"

"万里汽车修理厂。"

"车出故障了？"耿直似是随意一问，如果丁香掩饰或撒谎，说明她心里有鬼。

"去做车身大修。"丁香平静地回答。

耿直急问："为什么今天急于送到修理厂做车身大修？"

丁香慢答："不是急于，高秘书上周安排的修车计划，预约在今天，你可以向他核实。"

耿直记下这个情况。他接着提问：

"昨天夜里二十一点十分，你乘坐这辆黑色红旗轿车回的家，高文明开车？"

"是。"

"车钥匙只有两把？"

"对。"

"你的那把丢失过吗？如果丢失过，你必须说明丢失的时间、地点、在哪儿后配的。"

"没有，我一向随身携带。"

"高文明离开后，除了你，还有谁能够打开黑色红旗轿车的车门，并且发动车，把车开出小区？"

丁香说："有一种可能。"

"嗯？请讲。"

"高秘书忘记拔车钥匙、锁好车门了。"

这种可能并非不存在。耿直责备自己事先没想到，百密一疏。他无暇多想，提出新的问题：

"昨天夜里，零点前后，你在哪儿？"

"在家。"

"没有外出？"

"没有。"

"在家做什么？"

"看了一会儿书，上床休息。"

"谁能证明？"

"我一个人，没有旁证。"

耿直问到最关键的问题："你的黑色红旗轿车昨晚二十三点驶出小区，四十一分钟后出现在案发现场，肇事后逃逸，八月五日一点五十五分返回，停在你的单层别墅门前，你对此如何解释？"

丁香反问："你们确定开车的人是我？"

小霍插话："不是你是谁？"

丁香平和地说："开车的人什么样子？耿警官，请你描述一下这个人的特征，可以吗？"

耿直说："是个女人，穿白裙子，V形领，身高一米六左右，年龄初判在二十五至三十岁之间。"

丁香说："我有白裙子，不过不是V形领；我身高一米六，这点与我符合；可是有一点不对。"

"哪点不对？"耿直问。

"我今年三十一岁，超出你们说的年龄区间了，我的嫌疑可以解脱啦。"丁香语气轻松，带有一点调侃的味道。

小霍气了："只大一岁，对疑犯年龄的估计允许有一定偏差。"

丁香请求："我可以看看视频吗？"

耿直同意了。

丁香专注地看了一遍别墅小区大门与案发现场两处监控探头拍下的视频。看完，她思索了一会儿，赞道："设计得十分精巧，干得漂亮。"

耿直听懂了，问："你的意思是有人设局陷害你？"

丁香回答："这个开车的白衣女人没有脸，但我猜到她是谁。"

小霍说："她就是你！"

丁香唇角的笑意不见了："耿警官，你始终没有问一个最重要的问题。"

耿直沉默。

丁香说："我为什么要大费周折，开着我自己的黑色红旗轿车冲撞肖总监、高秘书，还抢走一只坤包，我的动机呢？"

耿直不说话，小霍一拍桌子："老实交代你的犯罪动机！"

丁香放慢语速："我没犯罪，何来动机。"

讯问僵持。

耿直的手机在桌面上振动。他接通，电话中，刑警队值班警员通知他，有位叫牛伯安的，自称是八月四日交通肇事案发现场的目击证人，主动要求指认疑犯。耿直沉住气，说："马上派车送他到看守所来。"

小霍乐了，他瞪视丁香，心想：看你猖狂到几时。

隔壁审讯室，涂三妹满嘴胡扯，没一句实话。

女预审员问她年龄，她回答：豆腐渣。女预审员不明所以。涂三妹说：女人三十豆腐渣，我今年三十。

据两位巡警介绍，涂三妹涉嫌卖淫，还怀疑她有其他犯罪行为，建议严审深挖。

经查，涂三妹因盗窃坐过三年大牢。

涂三妹一再问，会不会跟那个穿白旗袍的女人（指丁香）关在一间囚室。她想干什么？

女预审员气闷，从审讯室出来，在走廊里透透风。

小霍领着一个大脑袋中年男人，从女预审员面前匆匆而过。

室内光线较暗，大脑袋中年男人站在一面单向透视玻璃前，他是牛伯安。隔着一层玻璃，那面是审讯室。

耿直、小霍站在他身后。

小霍指着坐在椅子上的丁香，说："你看仔细了，那个戴手铐的是不是开车撞人、抢包的白衣女人。"

牛伯安伸长脖子，鼻子头贴到玻璃上。

耿直虽然心急，但没有催促。

丁香似乎感觉到有人在注视她，朝单向透视玻璃这边转过头。

牛伯安看到她的正脸，终于开口了。

第二章

1. 不是她

"不是她。"牛伯安说。

小霍一听就急了："你没看错？你再看看。"

牛伯安晃着大脑袋："不用再看，不是她。"

小霍说话的声音中隐含怒气："怎么会不是，你一定看错了。"

牛伯安怔怔地问："您的意思是让我非得说是她？"

耿直问："牛先生，当时你在现场？"

牛伯安对"牛先生"这个称呼很不适应，他说："您叫我老牛，当时我站在树底下，撞人，抢包，我亲眼所见。那个穿白裙子的娘们在我眼前跑来跑去，离我只有这么远。"他用双手比画着距离。

耿直问："昨天夜里十一点多，那么晚了，你不睡，还在街上？"

牛伯安说："昨天是我生日，多喝了一两，家里憋闷，电风扇坏了，出来走走。"

"你平时喝几两酒？"

"二两。"

"昨天喝了三两，醉了？"

"嘿嘿，有点儿高。"

小霍说："你喝多了，没看清吧。"

牛伯安很不服气："我这俩眼，全是一点五。我一直在现场，你忘了，咱俩见过面，你往警戒线外轰我，说我妨碍公务。"

小霍想起来了："你当时为什么不说？"

牛伯安感到委屈："我等着你们找我作证，没人理我呀，等着等着，酒劲上来，我就睡着了。"

耿直搬来椅子，请牛伯安坐下，又给他倒了一纸杯水，问："开车的白衣女人有什么特征，你说说看。小霍，记录。"

小霍不情愿地拿过纸笔。

牛伯安来了兴致："那女的一身白，白裙子，领口开得特低，快低到肚脐眼儿了；那女的穿双高跟鞋，跑起来屁股一扭一扭的，我给你们学学，就这样扭，扭得挺好看；那女的长头发，烫的大波浪卷，她从我跟前跑过去的时候，我闻到一股香味儿，不是香水，像是花露水，味儿特冲；那女的……"

耿直打断他的话，说："请你重点讲讲那个白衣女人的相貌特征。"

牛伯安笑了，笑得有几分不正经："那女的高颧骨，大嘴巴，眼睛画了一圈黑，一看就是个浪货，我亲眼所见。嘿嘿，嘴大颧骨高，杀夫不用刀，这种女人娶不得，身子骨弱点儿的男人受不了。"

耿直忙道："打住，你还能回忆起什么？"

牛伯安想了想："没了。"

耿直说："请你在笔录上签字。谢谢你在百忙中来向警方提供证言，一会儿警车送你回家。"

牛伯安说："百忙？我不忙，大闲人一个，你们如有需要，我随叫随到。"

他被请走了。

耿直与小霍重看案发现场视频，路边大树荫下，确有一个大脑袋若隐若现，不特别细看发现不了；同时，也确实有小霍将大脑袋牛伯安轰出警戒线外的画面。

两位警官相对无言。

小霍脑子好使，突发奇想："这个大脑袋会不会是丁香预先布下的棋子，收买的伪证？"

有道理！耿直用拳头一捶桌面。

查，马上查！牛伯安住地的派出所民警介绍，此人靠低保为生，没老婆，没亲戚，没朋友，因为他没钱；查不出他与丁香有任何交集。

耿直眉心的川字纹合成一道深沟。又抓错了？他拍着胸脯向邢局做过保证的，保证这是一件铁案。

小霍说："耿哥，你听听我的想法。"

"快说。"

"我认为，一、案发时，牛伯安处于醉酒状态，因为酒精的作用，他的证言可能失真或夸大；二、牛伯安的证言与其他证据之间存在冲突，没有得到合理的排除。根据以上两点，牛伯安的证言不宜轻易采信，所以，丁香不能放。"

"如果牛伯安的证言查证属实呢？"

"我的耿哥耶，干脆明说吧，如果认定牛伯安的证言属实，就得放了丁香，咱俩就是办了错案，那可应了一句老话：蒸好的窝头倒放着……"

"怎么讲？"

"咱俩是有多大眼现多大眼。"

2. 小酒馆

小酒馆，墙上贴着上世纪三十年代的烟酒广告画。

宋诚、孔全与娄长贵围坐在方桌旁的长条木凳上，面前摆着两壶老白干，三只酒盅，几样简单的小菜。三人常到这儿小聚，所费不多，无所不聊。今晚，丁董事长被警方带走后，酒会草草结束，三人不约而同，来此聚齐，喝了两个多小时，话题只有一个。

宋诚端起酒盅，仰脖，一口喝干，他把空酒盅用力蹾在桌面上："我绝不相信丁董事长会做出违法犯纪的事。"

孔全挑了一粒最圆最大的煮花生豆，送进嘴里："难说，世事无常。"

娄长贵牙不好，他吃小葱拌豆腐："我担心集团业绩因此受到影响，除了丁董事长，谁能撑起这片天？老孔，你行吗？"

孔全连连摆手："我不行，没那本事。论起丁董事长的才识、眼光、韬略，咱们这些大男人谁不甘拜下风，心悦诚服？可我听说，警察带着拘留证来的，我专门咨询了一下吴良律师，据他说，犯罪后即被发现、身边或住处发现犯罪证据，并有毁灭或伪造证据可能的重大犯罪嫌疑人，可以对其先行拘留，下一步就是逮捕。丁董事长这次凶多吉少，十有八九要在看守所里住上一年半载。吴律师还说……"

"别听他扯淡！"宋诚不想听下去。

"我也不相信那个吴律师的话。喝酒，咱们老哥仨走一个。"孔全从不与人争执。

三人各自喝了一盅，没心情碰一下。

孔全又说:"刚才,酒会快结束的时候,朱天佑把甄帅拉到一边,小声商量事儿,我听了一耳朵。朱天佑传达钟人杰的意见,想召开临时股东会。"

娄长贵说:"两名及以上股东,并达到股权比例百分之三十的,有权要求召开临时股东会,商议重大紧急事项,这是集团章程中的明文规定。钟人杰持有法人股百分之二十五,甄帅持有自然人股百分之六,符合规定。"

孔全说:"甄帅不表态,让朱天佑找你。"

"找我?"宋诚问。

"是呀,你持股百分之八。"

"临时股东会?钟人杰想提什么议案?"

"我没听清。"孔全说。他其实听清了,怕惹怒宋诚,所以不说。

"为什么不找你,你也持股百分之八。"

"人家看不上我。"

"一定不是好事。"宋诚肯定地说。

"哟,三位老前辈果然都在这儿。"小酒馆门口,传来朱天佑嘎哑的声音。

朱天佑笑嘻嘻的,挽着钟人杰的胳膊走过来,他说:"钟总有要事跟几位老前辈商量,这儿太吵,换个单间,说话方便。"

单间不大,老式吊灯的四只灯泡中有一只不亮。钟、宋、孔、娄各坐在方桌一边,朱天佑搬来一只小方凳,坐在钟人杰左侧。桌上酒菜没加,服务员把剩酒残菜端了过来,只是添了两双筷子,两只酒盅。朱天佑张罗着添几个菜,宋诚没让。

宋诚不绕圈子,问:"什么事?"

朱天佑给在座的斟了一圈酒:"我替钟总说吧,据钟总向警方了解,丁香董事长不仅涉嫌交通肇事逃逸,还有更重的罪名,抢劫。"

"无稽之谈！"宋诚斥道。

朱天佑一改往常说笑的神态，严肃起来："没有证据，警方不会随意抓人。对于光明集团，一个现实问题摆在眼前，如果丁香女士长时间不能正常履行职务，光明集团处于群龙无首的状态，各项工作必然受到严重影响，怎么办？这个问题迫在眉睫，必须尽快解决。"

朱天佑说得不无道理。

单间里静下来。

朱天佑继续说道："因此，钟总建议，四天后的八月九日下午三点，在温泉山庄，召开临时股东会。"

娄长贵问："什么议题？"

"钟总建议，选举新的董事长。"朱天佑回答得很快。

孔全问："选谁？"

"我不是光明集团的人，无从置喙。"朱天佑的手端起酒壶，单独给孔全斟了一盅酒，然后问："孔老前辈，您对钟总如何评价？"

"钟总少年英俊，实乃人中龙凤，是青年企业家里难得的人才，堪当大任。"孔全及时收住口，明白他被朱天佑利用了。他"哎哟"一声，站起身，说："看我这脑子，忘了一件事，我的酒楼今晚进货，送货的人等着结上批货的账呢，我得赶紧走。"他边说边往单间外挪步，溜之乎也。

娄长贵说："我也该走了。"

单间里只剩下宋诚。朱天佑满面笑容，说："宋老前辈，钟总邀您作为召开临时股东会的共同提议人，您看……"

宋诚明确回答："我不同意。"

朱天佑笑容不改："您不考虑一下？"

宋诚说："不用。钟总，你太着急了，年轻人，听我一句劝，董事长的位子不好坐。"

钟人杰自进小酒馆，到现在还没开过口。

"不说这事了，喝酒。"朱天佑的手伸进裤袋，按了一下手机。

咣，单间门被撞开，钱隆皇上的屁股挨了一脚，滚进来。后面，跟着一个戴棒球帽的男人，帽檐压低到看不清脸，他说："人给你们带来了，随你们处置。"

钱隆皇上委顿在地，吓得瑟瑟发抖。

朱天佑吩咐："揍他一顿，让钟总消消气。"

宋诚起身，准备告辞。

朱天佑拦住："您喝您的酒，顺便看一出好戏。钟总前天陪几位朋友到酒吧玩儿，这人是服务员，钟总让他拿几瓶冰冻啤酒，他不理不睬，还对钟总出言不逊。这人不听招呼，您说他是不是欠揍？"

宋诚看着眼前情景，微微一笑。

戴棒球帽的男人提起钱隆皇上的脖领子，捣出一拳，钱隆皇上手捂小腹，痛苦地弯下腰。戴棒球帽的男人打得不紧不慢，下手很重，钱隆皇上痛得连"妈"都叫出来了。

朱天佑颇为兴奋，他关上单间的门，踢了钱隆皇上一脚："不许叫。"

钱隆皇上低声哼哼。

宋诚自斟自饮，夹了一筷子菜，嚼得津津有味。他对这种暴力场面视若无睹。

朱天佑问："宋老前辈，您还喝得下去酒？"

宋诚嘴里含着食物，话音不清地说："你们忙你们的，这家小酒馆的麻豆腐做得地道，绝对正宗，你不尝尝？"

钱隆皇上脸上挨了一拳，鼻血呼地涌了出来，满脸都是。他膝行数步，要去抱钟人杰的大腿，哀求道："以后我再也不敢了，您叫我做什么我就做什么，吃屎都行，您大人大量，饶了我吧。"

钟人杰避开他，怕弄脏了名牌裤子。

朱天佑说："够了，今天饶了你，以后不可再对钟总不敬。"

"是是是，我再见到钟总，保证比见了我亲爹还要孝顺。"钱隆皇上说。

"滚吧。"朱天佑一摆手。

钱隆皇上抱头鼠窜而去。

宋诚问："下面还有什么节目？"

朱天佑讪讪地说："没了。"

"看得不过瘾。"宋诚举杯，"两位年轻人，这是六十五度的老白干，纯粮食酿的酒，咱们换大杯，连干三个。"

朱天佑绝不逞强："我可没您的海量。"

朱天佑与钟人杰面面相觑。

小酒馆外，路灯照不到的阴影里，戴棒球帽的男人掏出一沓钞票，钱隆皇上双手接过，没数，他用食指、拇指一捻就知道多少钱。他说："老板，我的演技还行吧，往后再有这种好事，您还找我，我这人禁揍。"

戴棒球帽的男人又塞过一样东西，说："拿着。"

钱隆皇上摸了摸，这是一件毛绒玩具。

戴棒球帽的男人说："今天夜里，你还要干件事。"

"入室盗窃？这是我的长项。"

"不是偷东西，是送东西。"

3. 怪物

门锁哗啦啦一阵大响，宋诚开门进家。

他的老婆慧芬从客厅迎出来，给他找出拖鞋，说："你小点声，小虎刚睡着，一身酒气，又喝酒了。"

宋诚直奔孙儿小虎的儿童室，这是他每天回家的第一件事。

床上，小虎睡得不老实，薄单子踢到地上，小脸圆圆的，红润的小嘴噘得挺高。小虎今年三岁，该上幼儿园了，他是宋诚老两口的心头肉，命根子。小虎父母都在国外，正在闹离婚，不争财产分割，只争小虎的监护权。宋诚把小虎抢回家，他冲着昔日关系良好的亲家吼出四个字："小虎姓宋！"

小虎的小手胖嘟嘟的，宋诚亲了一口。

慧芬说："你的胡子刮了吗，别扎着我孙子。"

"我的胡子有那么硬吗？"

"钢刷子似的，我忍了你三十年。"

老夫妻俩说话的声音很轻。

空调发出轻微的咝咝声。宋诚蹑手蹑脚地退出儿童室，在门口又看看睡梦中的小虎，带上门。

楼下，钱隆皇上仰着脖子往上看，亮灯的是宋诚家。

小区保安巡逻经过。

刺溜，钱隆皇上躲到一株树后，隐起身形。保安走过。钱隆皇上怀里抱着那只毛绒玩具，他张嘴呼吸，两只鼻子眼里插着止血的纸棍。他拔出纸棍，鼻血又流出来，有几滴掉到毛绒玩具上。他耐心等待。

宋诚家的灯熄了。

小区一片静谧。钱隆皇上走进楼门，没坐电梯，顺着楼梯一级一级往上走。

楼顶出现一个黑影。

月儿落下，天边升起一颗星星。

晨光中，宋诚醒了，他伸手从床头柜上拿过手机，显示时间：

八月六日六点半。他一动，慧芬醒了。他搂过慧芬："亲热一下？"慧芬推开他："一边去。"他笑着说："今天，我带小虎去钓鱼。"他翻身下床，穿上拖鞋，走到阳台上。面对初升的太阳，他大张双臂，痛痛快快地伸了一个懒腰。

一个美好、宁静的早晨。

慧芬下床，她穿过走廊，推开儿童室的门。

透过窗帘缝隙，溜进一缕细细的阳光，室内光线迷蒙。小虎睡得甜甜的，两只小手抱着一团软软的东西。慧芬走到床边，用手一碰，感觉毛茸茸的，小虎抱得很紧。

慧芬俯下身，定睛一看。

阳台上，宋诚听到老婆慧芬的尖叫声。

宋诚冲进儿童室，只见慧芬跌坐在地板上，脸吓白了，她指着小虎怀里，颤声说："那、那是什么鬼东西？"

小虎抱着一只不知从哪儿来的毛绒玩具。

半小时后，派出所民警小董赶到。

他接到报案，宋家进了一只怪物。餐桌上，那只怪物仰面躺着，就是它使得宋诚的老婆慧芬受到极度惊吓。

这是一只怪物卡通，深绿厚绒布做成的，里面塞满棉花。怪物长着大嘴，锯齿一样的白牙，圆圆的眼睛，红色鼻头儿，大圆脑袋上长着一对犄角，屁股上拖着一条细细的长尾巴，尾端缀着一只小绒球。这种毛绒玩具模样奇特，在市面上刚流行起来，并无可怕之处。

但是，这只怪物卡通的胸前画了一把尖刀，刀尖淌着鲜血！

小董警校毕业，他按照老师在课堂讲授的方法，勘查现场：

宋诚家位于这栋楼的十五层，顶层，左右及楼下住户都没有安装防盗网，阳台与各扇窗户也没有邻近的排雨水管，夜贼不可能从地面攀爬上来；

因为开启空调，窗户全部自内闭锁，只有阳台是推拉门，没有锁住，可以从外面推开；

楼顶垂下一根拇指粗的绳索，另一端系在砖砌的排烟道上；

阳台护栏的木质扶手上有一处新鲜的踩踏痕迹；

打蜡的客厅地板上留有四十码男式皮鞋的足印，宋诚脚大，穿四十四码皮鞋，他在家穿拖鞋；足印从阳台门走向儿童室，再到防盗门；

经清点，宋诚家没有丢失任何物品，客厅茶几上的果盘里好像少了两个苹果。

据此，小董推断，半夜，一个夜贼从楼顶缘绳下降，打开阳台门，进入客厅，摸向儿童室，在小虎怀中放下怪物卡通后，开大门逃走，作案当中顺手偷了两个苹果；

夜贼对宋诚家的建筑布局、儿童室在哪儿十分熟悉；

夜贼目的不是盗窃，而是意在恐吓。

小董问："宋先生，你最近是否得罪过什么人？"

宋诚断然否认。

小董说："我争取尽快破案。"

宋诚故作轻松地说："我想了一下，这一定是哪个朋友跟我开的玩笑，我请求撤案。"

小董不问为什么，说："撤案？我向所长请示一下。这只怪物我要带走，回去有个交代。"他高度怀疑毛绒玩具上几个暗红色斑点是人血。

送走小董，宋诚双手抱肩，站在客厅。

小虎坐在地板上玩儿积木。

宋诚为什么请求撤案？他不想此事搞得满城风雨，如果让亲家知道了，可能以此为由，主张小虎在宋家的人身安全得不到保障，不利于小虎的健康成长，再把小虎夺回去。他还有更深层次的考虑，谁送来的怪物，他心里明镜似的。他无所畏惧，但有一个致命的软肋，就是小虎，他害怕，怕小虎受到伤害。

对方的手段卑劣下流，防不胜防。

可是，如果他提议召开临时股东会，无异于落井下石，他将终生愧对丁香董事长。

他能成为集团董事，完全出于丁香的力荐。

一双小手抱住他的大腿，他低下头，小虎冲他仰起小脸，叫着"爷爷"。他把小虎抱到怀里，闻到一股奶香味儿。他的心融化了。

他亲亲小虎柔嫩的脸蛋，小虎被胡子扎得咯咯地笑，童稚的笑声清脆悦耳。

他艰难地做出抉择。

他给钟人杰打去电话："我同意作为共同提议人，要求召开光明集团临时股东会。"

4. 大快我心

一张比床还大的面案，两口大锅，几只不锈钢桶，三张小桌、十几把折叠小圆凳，这就是曹记面摊的全部家当。

四十多岁的摊主曹民从油锅里捞起现炸好的油条，又从不锈钢桶里盛出豆腐脑或羊杂汤，递给排队的食客。一身送外卖制服的小伙子赵刚在旁帮忙。两人忙而不乱。虽已八点，食客仍然不少，来的大多是回头客。

长着一对招风耳朵的钱隆皇上不排队，过来抓起一根油条，咬了一大口，说："来碗羊杂汤。"曹民给他盛了满满一碗。他端着滚烫的羊杂汤，找个小桌，赶紧放下。

赵刚小声咒道："烫死你。"

钱隆皇上觉得今早的油条格外香脆，还是活着好啊。半夜时分，他抓着绳子从楼顶往宋诚家的阳台下降时，头一晕，手没劲儿，差点从十五层楼掉下去，幸亏一脚踩住了护栏扶手，这才保住一条小命。最近，他常常犯晕，唉，十二岁出道，做了二十几年的贼，老啦，想当年……

他打算吃完早点，找个地方好好睡一觉，中午去烤肉馆。

律师吴良出现在面案前，要了一碗羊杂汤，一份火烧夹油条。他对曹民说："曹叔，丁香被刑拘的事听说了吧？"

曹民没有表示。

"我专门来告诉你这个好消息，真是大快我心。"吴良律师喜不自胜。他转向赵刚，说："你哥的死就是那个女人一手造成的，曹叔也因此受到她的无情迫害，你们从此可以扬眉吐气了。我建议，你应当趁此机会，就你哥惨死一事向警方提起控告，控告丁香残酷压榨员工，非法致死人命，争取一大笔民事赔偿金。我给你们做风险代理，收费公道，我的胜诉率百分百。"

赵刚说："行。"

曹民说："油条煳了。"赵刚赶紧把锅里的油条捞到钢丝篮子里。曹民训斥："别傻呵呵的，人家说什么你就信什么。"他冲着吴良律师一伸手："钱。"

吴良律师问："什么钱？"

"油条、火烧、羊杂汤的钱。"曹民说。

"给你们白送来这么大的一个好消息，连根油条都不请我吃？"吴良律师往外掏钱，"羊杂汤里多加香菜，两滴辣椒油。"

他一转身，朝排在后面的人打招呼："高秘书，早上好。"

高文明点一下头，神情闷闷的。他要了一碗豆腐脑，一根油条，要求打包。

"高秘书，这儿有座，过来聊几句。"吴良律师喊。

"抱歉，我还有事，改天。"高文明提着早点走了。

他走得不快，一副心事重重的样子。

他推开急诊病房的门。肖芳背对着他，面朝窗户，靠在病床上。他说："早点打来了，曹记面摊的，他那儿不用地沟油。你怎么啦，哪儿不舒服？撞伤的地方又痛啦？我去叫医生。"

"我没事。"肖芳没回头，"你别叫医生。"

高文明用湿纸巾擦拭勺子："豆腐脑还是热的，油条有点凉了，快吃吧。"

肖芳回过头："穆会计刚才跟我通了电话，她说，昨天晚上，丁董事长被警察带走了，刑事拘留。"

"你先吃早点。"

"我要去刑警队。"

"你去干吗？"

"我去作证，开车撞我的人绝对不是丁董事长。"

肖芳穿着病号服往外走。高文明拉住她，说："你当时休克了，到了刑警队，你凭什么作证？"肖芳说："你没让车撞上，你看见开车的人啦。"

高文明说："我没看清那个女人的脸。"

"你就对警察说，不是丁董事长。"

"你想让我因为作伪证进监狱？肖姐，应该相信警方，他们一定会查明事实真相，还丁董事长清白，说不定今天丁董事长就能走出看守所。"

"真的？"肖芳问。

高文明宽慰地冲她笑笑，脸上的笑容是强挤出来的。

肖芳问："你有心事？"

高文明欲言又止。

"你说呀。"

"我说了，你不许着急。"

说之前，高文明先吻她，手从她的胸前滑过，她浑身一阵轻微的战栗。两人抱着，脸贴脸，用旁人听不到的小声说话。

肖芳像遭到电击，失声道："借出去的钱回不来了？借钱的人死了？"

高文明用手捂住她的嘴："你小点声，别乱叫。"肖芳嘴里呜呜地响，身子扭动，极力想挣脱。高文明加倍用力。肖芳窒息，腿一蹬，四肢瘫软。高文明松开手，大力拍她的面颊："肖姐，醒醒。"肖芳喉咙咕噜一响，缓过气来。

肖芳说："你真狠，差点掐死我。"

高文明连说："对不起，我一时情急，不是故意的。"

肖芳六神无主："那些钱是公款，如果查我的账，我该怎么办哪。我要去找丁董事长。"

"丁董事长在看守所里，你怎么找她？"高文明咬咬牙，"会有办法的，医院太乱，人多眼杂，咱们回家商量。"

不顾医生反对，肖芳执意提前出院，高文明带她走的医院后门。

随后，她的手机处于关机状态。

曹记面摊上，律师吴良还在做曹民的思想工作，动员他再次起诉丁香。

曹民不理他。

吴良律师自讨没趣。他开上新买的二手车，一路不停地按着喇叭，车速轻快。丁香被刑拘，使他有一种莫名的快感，他憎恨这个拒绝过他的爱情表白的有钱女人。车从福利院门口经过，他好像看见一个人，一个最不应该此时出现在此地的人。

看花眼了？他决定返回时再去看看。

一个不大的农家小院，空地种着绿油油的青菜，院墙上爬满瓜蔓，在一只红冠公鸡的率领下，几只母鸡踱来踱去。院内，律师吴良放下三袋大米、两桶豆油，还有几条腊肉，说："这是钟总送给您的，一点心意，请您笑纳。"娄长贵没请他屋里坐。吴良律师往院门外走："请您留步。"

娄长贵关上院门，把那些"心意"搬进正屋。

屋里，孔全坐在一把旧太师椅上，喝着新沏的茶，说："你这小院不错。"小院是娄长贵租的，租金便宜，他原来的老房拆迁，得到一大笔补偿款，这些钱几经周折后，成为他在光明集团的股金。

娄长贵说："钟人杰、宋诚共同署名的提案交给我了，你来打听这事的吧。"

孔全说："宋诚昨晚还坚决不同意召开临时股东会呢，他可是丁香董事长的铁杆支持者，这家伙变得真快，过了一夜，投靠钟人杰了。"

娄长贵蹲在地上，翻看大米商标，说："经审查，两位股东提交的议案符合集团章程，我照章办事，签字同意。"

"都知道你是铁面无私的娄监事。"

"无私？未必，我有私心，光明集团不能垮，如果垮了，我的股金、分红全泡汤了。"

"是得有人出来主持大局，董事长的位子不能总空着，选谁好呢？"孔全斜瞟了娄长贵一眼。

娄长贵没搭话。

孔全吐出嘴里的茶叶末儿："你真抠门，就请我喝这破茶。丁香董事长也许真的要判刑，坐大牢，出不来啦。其他股东什么想法？"

"都在观望。"

"临时股东会上，你站哪边？"

"我站我自己这边。"

"大实话。"

娄长贵说："你还要问什么？"

孔全不再绕来绕去："如果选举新一任董事长，你准备投谁一票，咱们是老朋友，透露一下。"他看着地上的米、油、腊肉，带点嘲笑地说，"这点东西不是白送的。"

娄长贵闻闻腊肉的香味儿。

孔全问："你看钟人杰怎么样？"

有人拍院门。娄长贵喊了一嗓子："进来。"

来人是宋诚。

他沉着脸，不坐，站着说："我来找二位老朋友，就一句话，临时股东会上，选谁，也不许选钟人杰为董事长！"

孔全、娄长贵听愣了。

5. 首席设计师

二手车停在一栋米黄色叠拼别墅前。

吴良律师按响门铃。片刻，里面传出脚步声。门开了，木子问："你找谁？"吴良律师说："你不认识我？律师，吴良，特来拜访大设计师滕飞老师，送一份请柬。"

"请进。"

"换拖鞋吗？不好意思，我是汗脚。"

"那就别换了。"木子说,"滕飞老师正在画室,没有他的允许,任何人不得进入。我去问一下他见不见你,请你稍候。"

吴良律师心说,好大的派头。他素有耳闻,丁香服装公司的产品之所以畅销海内外,除了依靠丁香的经营头脑,滕飞的设计更是功不可没,因此,这位大设计师也就成为各家服装公司竞相猎逐的对象。

宽敞明亮的画室内,滕飞一身沾满各色颜料的工作服,仰面朝天,斜躺在同样是颜料斑斑的长沙发上。他双手枕在后脑勺上,对着天花板上的吸顶灯发呆。

画架上,一张服装设计图只画了几笔,勾出大致轮廓。

木子推开画室的门。

滕飞斥责:"谁让你进来的,出去。"

木子说:"有人想见你,在外面等了一会儿了。"

"谁?"

"姓吴,是个律师。"

"不见,轰他走。"滕飞这人喜怒无常,尤其是小有名气之后,脾气更是见长。

"是。"木子刚要退出。

"他什么事?"滕飞问。

"他说给你送来一份请柬。"

"又是请柬,让他进来吧。"

吴良律师一进画室,立刻闻到一股比他的汗脚还要重的味儿。他恭而敬之地奉上一张烫金请柬,说:"滕飞老师,今晚六点,西子酒店,请你大驾光临。"

"放那儿吧。"滕飞指指茶几。

吴良律师注意到茶几上已经有了一份式样相同的请柬。

滕飞不再理他,牙咬笔杆,看着只勾了几笔近于空白的画纸,目光凝滞。

吴良律师心里骂句脏话，只得退出画室。他听到身后咯吧一声，回过头，只见滕飞把画笔撅断，扔到地上，又从画架上抓起画纸，几把扯得粉碎。滕飞气喘咻咻，拿起画架，在地上猛摔，摔到粉碎。

吴良律师心想，搞艺术的人都是神经病吧。

画室门关上。

一通发泄过后，滕飞坐到地板上，双手揪住头发。

木子收拾凌乱的现场。

滕飞说："秋季服装会的设计图你来画，画好了，拿给我看。"

木子很快在画纸上画出一件长裙，款式新潮，很美。

滕飞站在旁边，他看着木子的作品，双眼放出光。他的目光落到木子胸部，呼吸骤然紊乱。他抱起木子，上楼，进卧室，用脚后跟一撞，门关上了。

叠拼别墅外，吴良律师折腾了十几分钟，二手车哼哼着发动了。

他开车朝福利院走。

那个熟悉的人影使他心乱。到了福利院，他把车停在百米开外。

他站在福利院门口，朝里窥探。

他看见那个人了。

他异常惊愕地睁大眼睛！

6. 一杆进洞

一只白色高尔夫球划出优美的弧线，落到碧绿的矮草坪上，缓缓滚入球洞。

"一杆进洞！"

朱天佑鼓掌喝彩。手持球杆的钟人杰正正领带，脸上并没有打出一记好球后的喜色。女记者小贾挽住他的胳膊，大方地说："我输了，你亲吧。"两人刚才打赌，如果这次击球一杆进洞，她就让钟人杰亲一下，而且是舌吻。

钟人杰一笑而已，并不想当众表演。

一行人走向下一个球洞。

朱天佑没看成热闹，有点扫兴。他留心观察走在最后的甄帅，甄帅是他请来的，这个人在中小股东中人际关系不错，具有一定威信。据调查，甄帅资金雄厚，不容小觑，这是个值得下力气拉拢的人物。朱天佑慢走几步，与甄帅并排，问："老甄，机票退了？"

甄帅说："没退，改签明天的航班。昨晚酒会上出了那么大的变故，我多待一天，了解一下情况。"

"你不参加三天之后的临时股东会？"

"临时股东会的时间、地点、会议内容高秘书都通知我了，我很为难。"

"为难什么？需要我帮忙吗？"

"我的老婆孟艳怀胎十月，临产在即，她一个人在国外，我不放心，急着赶回去。"

"孟艳，以前我见过，曾经是本市最有名的性感大美人。"朱天佑舔舔嘴唇。

甄帅面露不悦，他反感这种既涉及个人隐私又属于低级趣味的话题。朱天佑搂住他的肩膀，他甩了一下，没甩开，朱天佑这人很"黏"。

朱天佑问："你的秘书威尔逊说，你准备今天下午去一趟刑警队？"

甄帅说："是的，作为光明集团的股东，我有权利向警方表达我对案件的关切。我认为，以丁香董事长的人品，她不可能干出触犯刑律的事，这里面一定有误会。我希望丁董事长能够尽快回来主持工作。"

"如果她回不来呢？"

"不可能吧。"

"如果需要选举新一任董事长，你投谁一票？"

"当然是投票给我最信任的人。"

"谁？"

"我、我自己。"

一直尖着耳朵听两人对话的贾记者问："谁是新一任光明集团董事长的热门人选？"

朱天佑色眯眯地看着她："我不能白告诉你。"

贾记者捂住嘴，后退。

"我刷牙了。"朱天佑愤愤不平，"你们女人哪，不懂什么是真正的好男人，我，朱天佑，品德高尚，聪明绝顶，才干出类拔萃，大肚子里装的全是锦绣文章，更有一颗多愁善感、温柔细腻、真诚火热的心！你笑什么？"

贾记者指着他脱发严重的头顶，笑言："你说对了一句，聪明绝顶。"

朱天佑恢复戏谑神态，说："请我吃顿西餐。"

"行。"贾记者一口答应，又说，"我请，你买单。"

朱天佑转为严肃："到了八月九日，你就要称呼钟总为钟董事长了。九日晚上，钟董事长将在王朝酒店大宴四方，安排你坐在他的身边。你还不满意？"

贾记者收起笑容："我替丁香董事长感到惋惜。"

"惋惜什么？"

"如果没有丁香董事长，就不会有今天的光明集团，你们这些股东的股金早被人骗得精光，哪还轮得上你们在这儿争抢她的位子，我说得对吧？"

朱天佑承认："对。不过，你别冲我说，我不是股东，钟总是。"

光明集团前身是吴氏集团，光明集团股东基本上是吴氏集团的债权人。当年，吴氏集团董事长姓吴名礼，他用极不正当的手段，花言巧语，并诱以高利，从这些债权人手中骗走大量资金。由于吴氏集团野蛮、无序扩张，资金日益紧张，只能拆东墙补西墙。在资金链即将断裂前几天，吴礼将吴氏集团全部资产抵押借款，再将借来的全部款项以虚假对外贸易合同的方式转移出境，企图携款跑路。如果得逞，将有多少人因此跳楼。关键时刻，丁香出面，把一盘散沙的债权人召集到一起，组成债权人会议，协助公安机关在吴礼外逃前一刻将其擒获，又通过宣告吴氏集团破产的诉讼程序，追回境外资金，挽回全体债权人的绝大部分损失。然后，在吴氏集团的一片废墟上，债权人们以各自债权作为出资，成立了今天的光明集团。

吴氏集团的员工没有一个失业，全部被光明集团录用。

光明集团成立仅一年，即取得骄人业绩。

朱天佑说："我承认，也不能不承认，丁香有恩于光明集团的全体股东。可是，你想过没有，在召集债权人会议之前，丁香趁机以超低价收购了十几笔吴氏集团的债权，所以才能通过债转股，成为持有光明集团百分之二十五股权的大股东，与钟总平起平坐。其他股东只是挽回损失，唯有她占了大便宜，从中发了一笔大财，赚得盆满钵满。"

女记者小贾问："当时你为什么不以超低价收购那些债权，也占大便宜发大财？"

朱天佑的脸有一点点红。

女记者小贾说："你们这些大男人，没有丁董事长的眼光，也没有丁董事长的胆魄，更没有丁董事长的能力。"

"Sincere admiration。"甄帅突然冒出一句英语。

朱天佑虽是海归硕士，却听不懂，他问："什么意思？"

甄帅说："由衷钦佩。"

朱天佑问："你钦佩谁？"

甄帅向前走，从裤袋里掏出高尔夫球，放在球托上，奋力挥杆，白色的小球直上蓝天，下降，落地，滚动，准确进洞。

"神了，你也打了个一杆进洞。"朱天佑吃惊地大张着嘴，他说，"我也试试。"

他打了一杆，姿势难看，像鸭子甩尾。

他也打出一杆进洞。

三个人，连续三次打出一杆进洞。

朱天佑乐得手舞足蹈："好兆头，咱们三个都能心想事成。"

正得意间，律师吴良从远处跑来，他一身臭汗，脸色煞白，上气不接下气，越着急越说不出话来。

朱天佑问："什么事，快点说。"

吴良律师断续说道："我……看见丁……香了。"

"在哪儿，你去看守所了？"

"丁香在福利院，身边没有警察跟着。"

朱天佑难以相信，他问："你认错人了吧？"

"丁香被放出来啦！"吴良律师大声道。

7. 意外

准确地讲，丁香是被取保候审了。

辨认结束时，已是凌晨一点。小霍发着牢骚，用警车送走讨厌的大脑袋牛伯安，对丁香的审讯暂时中止。

丁香一个人留在审讯室里。

走廊上，耿直警官靠墙而立，陷入深深的思索。

天上，月儿在云纱后面时隐时现。

耿直实在委决不下，他给老父亲打去电话。睡梦中，被铃音吵醒的老父亲听完儿子的述说，沉默半晌，回了一句话："你用心背诵一遍入警誓词。"

执法公正！

耿直豁然开朗。

悬挂警徽的办公楼前，耿直走上台阶。一辆风尘仆仆的警车开来，在他身后刹住。

魁伟的毕队长从车上一跃而下。车后，女刑警小袁押下一个身高体壮、面有刀疤的凶汉。凶汉右手无力下垂，萎靡不振，他对小袁格外畏惧。

耿直像见了亲人："毕队，你可回来了。这是碎尸案的疑犯？"

小袁冷哼一声："还敢拒捕。"

凶汉凶焰尽消。

邢局办公室里，耿直一口气汇报了丁香交通肇事逃逸、抢劫一案的侦查经过、辨认结果。他说："邢局，我办案有误，您处分我吧。"他垂手肃立，以为一定会受到邢局的严厉批评。

没想到，邢局起身，戴好警帽，庄重地向他立正敬礼。

耿直大感意外："您，这是……"

邢局说："忠于法律，公正无私，勇于承认办案中的疏漏，而不是加以掩饰，你无愧于这身警服，是一名合格的人民警察。明天，全局通令表扬。"

耿直请示："人还在看守所，是否马上释放？"

邢局想了一下，说："这件案子不像表面那样简单，背后的水很深。除了目击证人的辨认结果，其他证据都指向丁香为嫌疑人，因此，丁香的嫌疑尚不能完全排除。人要放，强制措施变更为取保候审。"

邢局批准，鉴于该案重大，交由毕队长与小袁侦办。

回到看守所，耿直隔着单向透视玻璃，再次观察审讯室里的丁香。

丁香静静地坐着，几个小时内几乎没有变换姿势。身处这样的环境，她神色恬淡，犹如一池波澜不惊的碧水。

耿直走进审讯室，带来白色旗袍。

丁香用探询的目光看着他。耿直不与她的目光相接，略有一点不好意思地宣布变更强制措施的决定。又一次出乎他的意料，丁香没有嘲笑他"又抓错人了"，而是主动伸出手，诚恳地说："你是一个好警察。"

两人握手，丁香的手小、柔软，但有力。

隔壁审讯室，涂三妹干脆不回答问题了，看架势只等着被关进囚室。遇上这么一个油盐不进的东西，女预审员心里有气，心火上升，多喝了几口水。她让书记员别停，继续审问，自己去上卫生间。门开时，换上白旗袍的丁香刚好从门前走过，耿直引路。

涂三妹一见，先是一呆，接着差点蹦起来。

书记员喝止："别乱动，老实点。"

女预审员回来，涂三妹问："跟我一起抓进来的那个女人放啦？"

"交代你的问题。"女预审员说。

涂三妹正经说话了。她否认刑满释放后有过任何犯罪行为，声称彻底改造好了。她对向眼镜男索要三百块钱的解释是：眼镜男故意撞她的胸部，那小子不是好鸟，耍流氓，她要的三百块钱属于人身伤害赔偿，可能要得多了一点，但一不犯法，二钱没到手。

女预审员问："你包里的三百块钱哪来的，你说过，是你卖你自己挣的。"

涂三妹摸着她的短发，说："是啊，我卖了我的长头发，人家给了我三百块钱，这不就是我卖我自己挣的吗？"

"你的长头发？"

"我的头发又黑又长又亮，美着呢，我没钱了，没办法，只好卖了。"

"卖给谁了？"

"我租住的地下室二房东的老婆，她一头黄毛，买我的头发织假发套。"

"说实话！"

"我说的就是实话，你可以去查，这是二房东老婆的手机号。"

女预审员当即核查，情况属实。

女预审员更气了："你为什么不早说？"

涂三妹一脸惨相："我最近手头紧，看守所里管吃管住，看病不要钱，我想进来长住。"

"胡闹！"女预审员气得拍桌子了。

看守所大铁门外，丁香打手机叫了一辆夜行出租车。

丁香回到单层别墅，天已大亮。

她把水量放到最大，冲了一个冷水浴，冰冷的水流强烈冲击赤裸的全身，她的头脑更加清醒。她虽然走出看守所，仍是取保候审的疑犯。

她披着一件淡紫色薄纱睡衣，躺到大床上。

她很快睡着了。

她睡了一个小时，起来给自己做了一份简单的早餐。她端着一杯牛奶，站在客厅的落地窗前。窗外，阳光下，绿草坪上的紫丁香枝繁叶茂，欣欣向荣。

她给司机小王打电话，指示开车来接她。黑色红旗轿车扣押在刑警队。

半小时后，一辆黑色加长林肯轿车停在单层别墅前。

她换上一件朴素的家常服装。

她走进福利院大门。

此时，律师吴良恰好开车从这儿经过。高尔夫球场上，正是钟人杰打出第一个一杆进洞的时候。

8. 老保安

整洁的物业办公室里，景经理说："昨天来过两位男警官，该查的都已经查了。"

小袁说："补充调查。"毕队长观看墙上"先进物业"之类的十几面大红锦旗。小袁问："八月四日晚九点到次日凌晨五点，有没有外人进出小区？"

景经理叫来前天夜里当班的门卫。门卫长相秀气，年纪不大，双手捧着一大厚本来客登记表。景经理自夸地说："本小区物业年年评为先进，管理严格，外面来访的人一律登记，还要与业主电话确认，坏人钻不进来。"

小袁查了一下登记表，这个时间段来客仅三位，均为男性，一位五日上午离开，两位住下没走。

小袁问："全在这儿，再没别人？"

门卫眨眨眼睛，眼角偷视了一下景经理，闭紧嘴巴。

毕队长见状，说："景经理，出去谈。"到了门外，他问景经理："小区夜里有几组巡逻的保安？"

室内，小袁问："八月四日夜里还有谁进过小区？"

"……"门卫低头不语，他的上嘴唇刚长出细细的茸毛。

小袁说："我可以查监控，你瞒不过去的。"

门卫只得说了："九点多钟，一个送外卖的跟在丁香阿姨的车后面进过小区，进出不到十分钟，没登记。"

"送外卖的，叫什么名字？给谁送外卖？送的什么？"

"叫什么名字，我没问，不知道；外卖是一个叫涂三妹的保姆订的；送的是馄饨。"

小袁问："还有没登记的吗？"

门卫说："没有了，警察阿姨，您别跟景经理说，我会被开除的，这儿的工资比别处高。"

第一次被一个大小伙子叫作"阿姨"，二十岁出头的小袁心里大乐，她说："我不告诉景经理。听阿姨的话，你以后要严格遵守物业的各项规章制度，不能马马虎虎的，去吧。"

门卫高兴地走了。

小袁整理一下笔录，她想，一个送外卖的小伙子短暂进出小区，应该与案子没多大关联。她与毕队长翻阅了这起交通肇事逃逸、抢劫案的全部证据材料，分析认为：外人很难不留痕迹地随意进出小区，也不可能躲过巡逻保安的眼睛，长时间潜藏于小区某个角落；开车的白衣女人显然对小区各方面都十分熟悉，所以能够毫无阻拦地开走黑色红旗轿车，作案后，再将车开回原处；因此，疑犯就在常住小区之内、有条件接触到车钥匙的年轻女性之中（不排除丁香）。

小袁走出办公室。

景经理正向毕队长介绍一位老保安："这是负责夜班巡逻的保安班长，卢汉章。"

毕队长一边打量，一边与对方握手。

卢汉章六十多岁，这把年纪还做保安的人不多。他一头梳理整齐的银发，腰很直，个子一米七几，相貌清癯，气质儒雅，年轻时应当是位俊俏书生，特别招女孩子喜欢的那种风流倜傥的男人。

"你们谈，我回避。"景经理走之前，再三叮嘱，"老卢，有一说一。"

站在单层别墅前，小袁很喜欢那些生机勃勃的紫丁香。她问："卢班长，前天夜里，你巡逻的时候，有没有发生过异常情况？"

"有。"卢汉章说。

一个"有"字，引起小袁极大的兴趣。毕队长不动声色。

卢汉章指着与丁香家相邻的一栋尖顶别墅，绘声绘色地述说："那是马太太家，前天夜里，我准时巡逻到这里……"

远处，晃动一束手电光柱。卢汉章与一名年轻保安顺着小区柏油路走来。

夜，静悄悄的，一阵风吹过，树叶哗啦啦地响。

年轻保安眼神好，他扯扯卢汉章的衣袖，说："班长，你看，那是什么？草坪上有东西。"一道手电光打过去，隐见一团不大的黑影。年轻保安说："谁家的猫啊狗的跑出来了吧。"

"不会。"卢汉章说，"如果是猫狗，见到我们会跑，会叫。"

那团黑影一动不动。

两人一前一后，向黑影走去。走近，卢汉章吃惊不小。草坪上躺着一个小孩儿，只穿小裤衩，光着小脚丫。年轻保安躲在后面，问："活的？死的？"卢汉章抱起小孩儿，摸摸额头，热乎的，有气儿，睡着了。他认出，这是马太太两岁的宝贝儿子龙儿。

大半夜的，龙儿怎么睡在这儿？

卢汉章拍打马太太家的大门。许久，里面传出一个女人的声音："谁呀？"卢汉章说："我，夜班保安，老卢。"

"什么事？"

"你家龙儿跑出来了，睡在草坪上。"

"啊？！"门很快打开，马太太光脚跑出来，一把将龙儿抱在怀里，亲了又亲。马太太冲进与儿童室门对门的保姆房，涂三妹睡得像个死人，使劲推她也不醒。估计龙儿半夜醒来，找涂三妹，涂三妹睡死了，不理他，保姆房有一扇通往外面的门，龙儿就这么溜了出来。

他一个人玩了会儿，累了，睡在草坪上……

卢汉章讲到这儿，顿了一下，说："这个涂三妹才来了半个月，就捅出三件事。昨天，马太太说了她几句，她生气不干了，连半个月的工钱都没要，甩手走了。"

"当时是半夜几点？"小袁问。

"八月五日凌晨三点整。"卢汉章不假思索地回答。

小袁问："这位涂三妹是哪家家政公司派出的服务员？"

卢汉章说："她是经人介绍到马太太家做保姆的，介绍人叫苏小蝶，开着一家花店，与马太太是好朋友。"

毕队长问："涂三妹好大的脾气，她长什么样？"

"嘴有点大，颧骨高高的，从马太太家走的时候，穿一条白裙子，V领。"

"哦？"

卢汉章说："涂三妹这人有点怪。"

"怪在哪儿？"

"夜里，她不睡觉，常在丁香家周围逡巡，我巡逻时见过几次。"

卢汉章说了一个极少在口语中使用的词：逡巡。小袁没听明白，卢汉章在纸上写给她看，解释："就是有所顾虑而徘徊不前的意思。"

卢汉章的字有几分王羲之行书的神韵。

毕队长说："卢班长有学问，你原来做什么工作？"

卢汉章说："文字工作。我的退休工资不高，出来做保安，一是挣些养老钱，二是老来难耐寂寞。"

小袁说："谢谢你的协助，请在笔录上签字。"

"还有一个情况。"卢汉章十分主动，"八月五日凌晨一点钟，丁香家的灯亮了一下，亮了大约十几秒钟，位置在她家的厨房。丁苦菊回老家了，只有丁香一个人在家。"

这个情况极为重要。

询问结束。毕队长望着老保安的背影对小袁说："你注意到了吗，他每次提到丁香时，不是称呼丁董事长或丁香女士，而是直呼其名丁香。"

小袁问："那又怎么了？"

9. 天使

与卢汉章同班巡逻的年轻保安证实，八月五日凌晨一点左右，他也看见丁董事长家的灯亮了一小会儿。小袁问他为什么记得这么清楚，年轻保安说，他们严格按照物业规定的固定路线、定时巡逻，每天一点走到单层别墅前，前后时间差不了一两分钟。

灯不会自己亮。

经查，丁香一人在家。她有了不在案发现场的旁证。

警车开往福利院。小袁问："去那儿干吗？"毕队长说："今天周六，丁香每周这天上午都到福利院，做两个小时义工。"

两位警官走进福利院大门。

绿树成荫的院落里，身着统一制服的工作人员忙忙碌碌，或领或抱着年龄不同的收养儿童出来晒太阳。这家福利院是公办的，接受社会各界爱心人士的赞助，凡送到这里的都是先天残疾的婴幼儿。他们被亲生父母狠心遗弃，姓名与出身不详。小袁皱起眉头，她不是出于嫌弃，而是满怀怜悯与心疼，因为这里的儿童多为智障、畸形，每一个小小的生命都是浓缩的苦难。

一株大树下，丁香穿着福利院普通员工制服，手拿奶瓶，给怀抱的孩子喂奶。

她怀里的孩子是个无脑儿，没有头盖骨，没有头发，眼睛突出硕大，没有脖子，既丑陋又怪异。丁香抱着无脑儿，一缕金色阳光穿过树叶缝隙，照在她的脸上，她的侧脸线条柔美，目光中充满慈爱，犹如一位美丽圣洁的天使。

绝美与绝丑结合在一起，给人以难以言传的强烈的视觉冲击。

毕队长说："这所福利院的一半费用由丁香捐助。"

小袁的话不知是褒是贬："媒体经常报道，因此给她带来好名声，对她的生意帮助很大，还省了公司形象宣传的广告费，她真会算计。"

毕队长说："她的养母丁苦菊几乎天天来。"

小袁问："你也来吗？"

毕队长说："来过几次，做义工，我的工作是清运垃圾。"

"没听你说过。"小袁的话里有点酸味儿。

丁香看到两位警官，她让一名女工作人员抱走无脑儿，走过来。

毕队长说："你的案子现在由我和小袁负责。"

丁香说："我是你的疑犯了？两位警官，有新问题吗？"

毕队长问："你与夜班保安卢汉章很熟悉？"

丁香眼里闪过警惕的光，回答："我妈妈跟小区保安相处得都很好，过年还给保安队送饺子，她不像有些业主看不起保安。"

"你呢？"

"饺子是我和妈妈一起包的。"

毕队长问："八月五日凌晨一点，你在哪儿？"

丁香回答："这个问题耿警官问过了，我在家，一个人，没有旁证，讯问笔录上有记录。"

毕队长问："你确实整夜睡在床上，没起来走走？"

丁香笑了："我不是夜游神。"

"你家厨房装的是声控开关吗？"毕队长问。

"不是。你这个问题有点怪，噢，想起来啦，我半夜醒了，口渴，去厨房拿过一瓶矿泉水。开冰箱门时，内置灯亮了，灯光映到窗户上，让巡逻的保安看见了，他们每天巡逻到我家门前时是凌晨一点，我猜得对吗？"丁香慧黠地问。

小袁又一次见识到，这个女人不仅反应快，还聪明到极点。

毕队长转换话题："你认识一个叫涂三妹的吗？"

"认识，她是马太太家新请的保姆。"

"以前认识吗？"

"说来话长，你查一下涂三妹的档案，应该有五年前对她的刑事判决书，不用我浪费时间介绍。毕警官，还有要问的吗？"

"暂时没有。"

丁香说："我要工作了，欢迎你来给孩子们换尿布。"

毕队长尴尬，他一个单身大男人，哪里干过这种活儿。

丁香笑道："还是算了吧，别弄脏了你这身威严的警服，垃圾该清理了。"

丁香转身要走时，毕队长叫住她："等等。"丁香站住，等他问话。毕队长认真地问："开车的白衣女人是不是你？"

丁香轻柔地一笑，笑容像紫丁香的香气一样，不可捉摸。

两位警官回到警车上。

毕队长本来还想说一件事，在丁香面前，他临时改变主意，没说。

他不想伤害到丁香。

他与小袁追捕碎尸案凶犯，去的正是三十一年前丁苦菊捡到弃婴的那座城市，弃婴就是现在的丁香。追凶途中，刚好路过丁苦菊所述捡到弃婴的地点，尽管警车开得飞快，凭借多年从警练就的本领，毕队长还是一眼看清并记住了这里的地形地貌：一条公路直插江边，向右一转通往山里。公路拐弯的地方，有处孤零零的院落，院内立着几栋老式灰砖楼房；院西是山，院东是一块块农田，院南隔着公路是宽阔的江面，院北是大片林地，市区在两公里以外，院子四周没有人家。据丁苦菊自述，冬夜，她从一户人家干活出来，为省车费，步行回她租住的大杂院。路边，一辆轿车的前引擎盖上，传来婴儿啼哭声，她过去，借着路灯，看到一个蓝色包裹，打开见里面包着一个新出生女婴，踢动两条小腿，嗓子哭哑了。当时，周围没人。毕队长立即产生怀疑，这里被山脚、江面、农田与林地四面包围，丁苦菊所说的雇她干活的那户人家根本不存在，除非是狐妖变化而成的。丁苦菊不可能顺路经过此地，她说谎了。毕队长向当地刑警打听，那处院落曾是市剧团所在地，院里只有演员的集体宿舍、排练间与办公楼，剧团里成家的都住在市区。剧团早已解散，人员流散四方。三十一年前，剧团出过一件案子，一个艺名丁丁的女花旦，剧团台柱子，年轻貌美，冬天烧煤取暖，不幸死于煤气中毒。丁丁、丁苦菊、丁香，这里面有什么联系，或许可以借此解开丁香的身世之谜？

毕队长与当地刑警队长罗强成为好朋友，他请罗队长搞张丁丁的照片，传真过来。

罗强队长是个一诺千金的老刑警，答应四十八小时内办到。

刚才，毕队长本想向丁香问个究竟，因此事与案件无关，又是人家的私事，所以没问出口。

随着思绪，毕队长开的警车时快时慢。

黑色加长林肯轿车风一样从警车旁掠过。

10. 悬在头顶的花盆

路边，一家精巧的花店，各式各样的鲜花争奇斗艳，色彩绚丽，花香四溢。

黑色加长林肯轿车停在不远处。

店外，一株合抱粗的参天大树洒下浓荫。一张小圆桌上，放着亮晶晶的咖啡壶，丁香坐在桌旁。小桌另一边，坐着一位秀美的年轻女子，小巧玲珑，乖顺得像只笼子里的金丝雀。她叫苏小蝶，是花店的店主。苏小蝶独自开店，生意不错，街头混混却不敢欺负她。据说，曾经有个叫"老二"的地痞想打她的歪主意，不出三天，被打断两条腿，至今坐在轮椅上。苏小蝶一个人住在一套大四合院里，院墙很高，院门常年紧闭，她从不邀请外人到家里做客。关于她的传言很多，都带点儿"聊斋"色彩。

丁香工作之余，常到这儿看花，与苏小蝶谈花，两个女人成了好朋友。

花美，两个女人更美。时间久了，这里成为本市一道亮丽的风景。很多司机，无论年长年轻，宁愿绕点弯路，也要从这儿经过，看看两个美丽的女人，既养眼，还能得到一天的好心情。从这儿经过的车速度都很慢，没人鸣笛催促前车快行。

咖啡壶擦得像一面镜子。

丁香每次来，都坐在这个固定的位置，身后是摆满各种盆花的花架。她没注意到，花架的最高一层，一只又大又沉的盆花摇摇欲坠，正悬在她的头上。她没有换下福利院员工制服。

苏小蝶耸动鼻子，闻了闻，皱起好看的小鼻头。

丁香浅啜一口咖啡，神态悠闲、惬意。

苏小蝶定定地看着她。丁香说："我脸上有花？"苏小蝶说："你比花美多了。你不像刚从看守所里出来的，如果把我抓进去，吓也吓死了。"

丁香信口问道："涂三妹是你介绍给马太太的？"

"是呀。"苏小蝶说话声音糯糯的。

"你们怎么认识的？"

"涂三妹到我的店里，想在这儿打工，我不需要人，就介绍给马太太了呀。"

"涂三妹判过刑，还是个陪酒女郎，你不知道？"

"哟，是吗？我就见过她一面，没说几句话。"

苏小蝶吓得花容失色。

丁香说："你一向不管别人的闲事，这次怎么动了慈悲心肠？"

苏小蝶说："我看她可怜，她没给马太太惹麻烦吧？"

丁香宽慰："没有。"

一个开着黑色奔驰轿车、戴墨镜的小伙子来买花，苏小蝶向他推荐了一盆开小红花的带刺仙人球。丁香认识，小伙子是九鼎联络处的司机小陆，花店的常客。

十一点半，丁香的手机响了，高文明打来的。电话中，高文明汇报："钟人杰、宋诚两位股东共同提出议案，要求九日下午三点在……"丁香打断他的话，说："我已经知道了，我准时参加。"高文明意外地问："你不表示反对？"丁香说："我为什么要反对？"

电话挂断。

丁香又喝了一口不加糖的咖啡，苦味液体在口腔中扩散。

她走出看守所之后，就有人不断向她报告关于召开临时股东会的情况。她清醒地意识到一场风暴正在向她袭来，来势迅疾、猛烈。

她责备自己，做事大意了。

她回想起两天前。

八月四日上午十点。机场咖啡厅，丁香把一盒绿茶放到小桌面上，说："你移民国外，那儿不缺咖啡，送你点儿茶叶，雨前的，晚上喝一杯它，你就会想起故乡、旧友。"

对面，一位穿蓝长裤、蓝条纹衬衣的高个子女人说："谢谢。"

她叫宛霞，在南方一家大型投资公司工作。

落地窗外，一架大型客机滑向跑道。

一个黑衣男客坐到两个女人的邻桌。

宛霞伤感地说："以前，大学同学聚会，每隔一两年总能见一次面。我这次一走，不知哪年哪月才能再相见了。"

丁香说："老同学，你不会不走？"

宛霞说："我丈夫移民一年多了，如果我还留在国内，他就要跟我离婚。我离不开他，我不想一个人躺在床上数羊，数到一万只还睡不着。这是我在国外的新家。"她拿给丁香一张照片，别墅、草坪、白色名车、一个扶着割草机的健康男人，组成温情的画面。

丁香问："工作找好了？"

宛霞说："找好了，也是一家投资公司，还做我的老本行，计算机工程师。"

丁香问："这家公司叫什么名字？我可以与它建立业务关系，共同搞个项目，今后我们就还能经常见面。"

宛霞说："永泰投资公司。"

丁香说："听公司的名称，你的新老板应当是个华人。"

宛霞说："你真聪明，一猜就准。"

丁香问："你的移民办得顺利吗？"

宛霞说："非常艰难，如果不是得到一位贵人的帮助，到现在也办不下来。"

"贵人？"丁香问。

宛霞不往下说了。她从随身手袋里取出一样细小的物件，攥在手心里，说："你让我办的事办好了。"

丁香伸手去接。

宛霞缩回手："不想给你，它会给你带来大麻烦，或许是灭顶之灾。"

丁香的目光中只有沉静的笑意。

宛霞呼出一口气，再次伸出手，松开五指。

丁香接过那个小物件，先放进钱包，再放进白色坤包。看得出来，物件虽小，却相当受她的重视。

宛霞说："我冒着极大风险，好不容易才把它搞到手，我第一次做这种偷偷摸摸的事，如果不是为了移民……"

"移民？"丁香问，"这跟移民有什么关系？"

宛霞改口："这一段时间光顾着办移民的事，说差了。丁香，欠你的人情我总算还了。"

她欠丁香一个大大的人情。

一年多前，她怀孕五个月的时候，每天挺着隆起的肚子，帮丈夫办移民手续，一时没顾得上按期去做孕检。一次，她冒雨给丈夫取一份证明文件，大风卷走雨伞，她从里到外被冰冷的雨水浇透了，回家就发烧，体温一下到近四十度。因为怀孕，她不敢吃药，硬挺了三天，病见好后，她又陪着丈夫四处奔波。整整三个月，丈夫的移民手续终于办下来了，夫妻二人开瓶红酒，举杯相庆。肚子一阵剧痛，她早产了。女护士把新生儿抱给她看时，她吓呆了，这是一个无脑儿，丑陋的外形令人作呕。她与丈夫把无脑儿抱回家，再过几天，丈夫就要出国了。登机前，丈夫对她说："无论用什么办法，必须把这个妖怪处理掉，否则……"

她的丈夫最爱说的就是离婚。

宛霞不忍，也不敢杀了这个孩子。束手无策之时，她想到大学同学、睡上下铺的好朋友丁香。

电话中，她泣不成声地诉说遇到的困难，请丁香帮忙想个办法。

丁香问了个无关的问题："听说你跳槽到九鼎投资公司工作了？"

宛霞回答："去了三个月。"

丁香说："这样吧，我派人把孩子接走，送到福利院。"

宛霞千恩万谢。

时间过去半年，她没问无脑儿的近况，情愿忘记这件事，丁香也绝口不提。又过了一段时间，丁香请她帮个小忙，并说如果为难就算了。丁香让她办的事不仅难办，而且风险极大，她没敢答应。丁香给她寄来无脑儿的近照，说起无脑儿需要专人照顾，添了很多麻烦，福利院想把无脑儿退回去。她听懂弦外之音，丁香托办之事再难也要办。

宛霞今天还了欠下的人情。

宛霞关心地说："丁香，我大致想到你要干什么用，咱们是老同学，我劝你一句话，不要招惹那个人，你的实力不够。我说了也是白说。"

丁香笑道："那就别说。不留下住几天？"

宛霞说："不了，我订的航班四十分钟后起飞。自从帮你办了这件事，这几天我一直提心吊胆的，总觉得有人跟踪监视我。"她四下看看，邻桌的黑衣男客似乎盯住她不放，很可疑。

丁香一笑："你有点神经过敏了。"

宛霞说："我还是赶紧出国，那个人手再长，伸不到国外吧。"

一架飞机直入蓝天。

黑色红旗轿车旁，丁香仰脸目送。此时，她绝对不会想到，飞机起飞前，机舱里的宛霞发出手机短信：东西已交给丁香。坐在咖啡厅的黑衣男客也发出一条意思相同的短信。

丁香回到集团总部所在的光明大厦。她拨通内部电话："肖总监，你马上到我的办公室。"

肖芳进来，丁香说："把门关上。"

十分钟后，肖芳从办公室里出来，丁董事长指示她办一件重要的事，不许对任何人讲。

当天晚上，发生交通肇事逃逸、抢劫案，她因此进了看守所。

"香姐，香姐。"有人叫她，苏小蝶的声音。

丁香的思绪被打断。

苏小蝶说："香姐，我不相信是你开车撞的人。谁干的？准是跟你有仇的人。"

丁香说："生意场上，敌人不一定是与你有仇的人，利益共同时，可以化敌为友；利益冲突时，朋友也可以反目成仇。"

苏小蝶听不懂。她无意中望向丁香身后，眼睛里突现惊恐之色。

丁香从镜子似的咖啡壶上看到，背后花架上，那只大而沉的盆花被风带动，倾斜，无声下坠。丁香闪电般躲开，盆花准确地落到她坐的椅子上，将椅子砸碎。

苏小蝶惊呼："哎哟，这是谁放的？"

丁香看了一眼裂成两半的花盆，对苏小蝶说："这盆花很重，你搬不动。"

第三章

1. 不翼而飞的金项链

办公桌上，摊开一本厚厚的刑事卷宗。

毕队长一页一页看下去。

涂三妹，女，二十四岁（该案中被刑拘时的年龄，推算现年应为三十岁），因盗窃罪判处有期徒刑三年，服刑期间表现一般，没有悔罪表现，刑满释放。

案情：

涂三妹二十三岁时，到新成立的佳友公司应聘，成为一名家政服务员。

佳友是丁香名下的公司。

一位聂太太到公司来请保姆，经过面谈，相中涂三妹。聂家三口人，夫妻与一个十岁男孩，住一套大房子。到了聂家，涂三妹手脚勤快，做饭好吃，加上会说话，与聂家人相处和睦，聂太太对她赞不绝口。

初冬，聂家三口人去南方旅游，留下全部钥匙，放心地将家交给涂三妹看管。旅游归来，聂太太发现，放在大衣柜里的首饰盒中少了一条金项链。

金项链重七十三克，千足金，市值不菲。

涂三妹找遍所有的犄角旮旯儿，找了不止一遍，比聂太太还要着急。

金项链长上翅膀，飞走了？

聂太太报案。

警方调查，首先确定是内贼干的，如果是外贼入室盗窃，应该将全部值钱的首饰席卷一空，不会只偷走一条金项链。

警方询问涂三妹，她坚决否认是偷金项链的贼，并发了毒誓。

警方将视线转移到聂家请的男家教身上，这是一名在校大四年级的学生，家境贫寒，为贴补学费，每周日来一次，给聂家十岁的男孩补习功课，挣些辅导费。大学生人很老实，面对警方连珠炮似的提问，结结巴巴地说不出一句完整的话，但表达的意思很清楚，这些天他没来过聂家。

涂三妹作证，聂家人旅游期间，她没放一个人进过门。

涂三妹与大学生串通作案？聂太太说，不可能！大学生每次辅导两个小时，拿了钱就走，不多待一分钟，他与涂三妹没说过半句话；再者，涂三妹人长得漂亮，小区里有两个富家子弟比赛着追她，竞争激烈，她不会看上一个穷学生。

一件小案子，迟迟不见进展。

警方甚至开始怀疑，真的存在一条失窃的金项链？

警方发出协查通报。一家小典当行报告：他们收到一条一模一样的金项链，一个脸捂得严严实实的小伙子拿来做抵押，取走了规定比例的当金，约定三个月后赎当。小伙子留下一张假身份证复印件。

警方按这条线索追查下去，重新确定大学生为嫌疑人，并传唤他到刑警队接受讯问。

大学生没来。

这时，所有人没有想到，涂三妹主动投案自首，她承认见财起意，偷走了金项链。她说，是她女扮男装，去典当行把金项链卖了。

她交出当票。

在她住的小屋里，褥子下，搜查出假身份证与一套男式服装，与典当行员工对小伙子衣着的描述完全一致。

但是，涂三妹拒绝交代赃款的下落，胡说在路上弄丢了。

涂三妹获刑三年，罪有应得。

这起案子简单、老套，从中看不出涂三妹与丁香之间有什么私人恩怨。毕队长合上卷宗，推到一边。

毕队长又查了一下涂三妹出狱后的表现。

这些年，涂三妹大多数时间在一家名为"会摇尾巴的狼"的酒吧里做服务员，说白了，其实就是陪酒女郎，一种灰色职业。因为与客人发生纠纷，她进过几次派出所，小事，不够治安案件的格。

最近一次是昨天夜里，涂三妹当街招嫖，巡警将其现场抓获，送到看守所后，她又全盘翻供，因证据不足，今晨被放出来了。

她与丁香同乘一辆警车进的看守所，这是巧合？

半个月前，涂三妹，一个陪酒女郎，忽然跑到丁香的邻居马太太家，循规蹈矩地做起看小孩的保姆，并且常常于深更半夜之时，在丁香家周围"逡巡"，又是巧合？

毕队长再次打开卷宗，端详涂三妹入狱时手拿写有编号、姓名的白纸板的正面照：

一个大嘴、高颧的女人。

2. 但愿长醉不醒

一间不足十平方米的地下室小屋，终年不见阳光。铁管双人床，简易布衣橱，折叠圆桌椅，几样做饭的用具，都是旧的，处处显示着住在这儿的人没有钱，经济十分窘迫。

床下，塞着满满的空酒瓶。

刚从看守所出来的涂三妹在小屋里四处翻找，她找出一只还剩一口残酒的酒瓶，拧开瓶盖，仰脖倒进嘴里，又伸出舌头接住最后的几滴。

她一手按住隐痛的肝部，从内裤中抽出那段软绳，扔到床上。她在回来路上买了一辆遥控玩具小汽车，钱包空空的，没钱买酒了。她从旧坤包里拿出几样廉价化妆品。她打开化妆盒，有裂纹的小镜子中，映出一张憔悴的面孔。

她揉着眼角的皱纹。

渐渐地，镜中的脸一点点变得年轻、红润起来，皱纹不见了，现出甜美的笑容。

二十三岁的她，站在门后，门打开一道缝，她偷听大学生给聂家十岁男孩讲解一道数学题。大学生的声音富有磁力，深深吸引住她。她从门缝中偷看大学生俊气的侧脸，心比平时跳得快了。

她换上最好看的一条花裙子，从大学生身边走过，裙子下摆蹭到他的身上。

大学生题讲错了。

两个年轻人眉目传情。聂太太粗心哪，没有发觉就在眼前，一堆干柴燃起烈火。

她对聂太太说，要去菜市场买晚饭吃的菜。聂太太说，去吧，钱在抽屉里。她挎起菜篮，出门，坐电梯，下楼，没去菜市场，走向公交车站。每次大学生辅导结束，到这儿坐公共汽车回学校。

她和大学生以这种形式约会，已经半年。

不到十分钟，大学生来了。

两人一前一后，走向街心公园。今天，大学生沉着脸，不说话。

她问："怎么啦？"

大学生说："这个小区里有两个男人追你，都是有钱的，你打算跟哪一个好？"

她说："那两个男人打赌，谁能把我带上床，赢一瓶红酒，都不是好东西。你呀，真是个小心眼儿，不过，你因为这个生气，我喜欢。"

大学生问："你准备怎么办？"

她说："昨天，我对那两个男人说，他们两个赛车，谁最先绕着环城路跑完一圈，我就跟谁走，结果……"

大学生问："结果呢？"

她说："那两个男人互不相让，车速太快，跑了不到一半路，两辆车撞到一起，翻了，两辆车报废，两个人都进了医院，三个月下不了病床。我去医院看了一眼，两个人身上打满了石膏绷带，活该！"

大学生说："你的性格太偏激了，你不理他们就是了，何必害他们。"

她说："那是他们自找的。聂太太全家去南方旅游，明天走，家里就我一个人。"

大学生拉住她的手。

第二天傍晚，有人轻轻敲门。她打开门，放大学生进来，两人抱在一起，第一次忘情地接吻。大学生还想再进一步，她说："你要先娶我。"她做的晚饭。两人在聂太太夫妇的大床上相拥而眠，说不尽的情话绵绵。大学生连来数天，两人做着一夜又一夜的好梦。

聂家三口人旅游归来，聂太太发现丢了金项链。

她立刻想到是谁干的。

夜很黑。楼下，她问："为什么？"

大学生只会说："我错了。"

她想打大学生一巴掌，抬起手，狠不下心。在警方的调查过程中，她极力为大学生遮掩，眼看就要过关了。

大学生慌慌张张地来找她，哭成泪人儿。她问了十分钟，才算问明白，警方找到金项链，向大学生发出传唤令，大学生要连夜逃跑。她问："你往哪儿逃？"

大学生只会哭，样子让她心疼。

她亲亲大学生满是泪痕的脸，柔声道："你回学校，安心写毕业论文，问题我去解决。"

她经过一番布置，向警方自首，扛下罪名。

看守所里，她听刚抓进来的人说，丁香向法院要求对她给予严惩，以儆效尤；丁香代表佳友公司向聂太太赔偿了一条更重的金项链。消息传开，社会上对丁香这种不护短、不推卸责任的做法评价甚高，佳友公司的生意反而更好了。

她对丁香心生怨气。

法院公开宣判那天，大学生坐在旁听席上，泪水充满眼眶。

她有自首情节，但未退赃，故判刑三年。

她坐在囚车里离开法院时，大学生跑着跟在后面，泪水洒在很长的一段路面上。

服刑三年，大学生没来探视她，是她不让来的，她不想让大学生的姓名留在探视犯人的登记册上，她怕影响大学生今后的前程。

她掐着手指头数日子，盼望着与大学生重逢的那一天。

她走出监狱大门。

没人接她，父母、兄弟姐妹都跟她断绝了关系，因为她是一个贼。

她坐公交车进城。她想重回佳友公司，再做家政服务员，她急需一份挣钱吃饭的工作。她的请求被丁香严词拒绝，理由明确：她是一个有着盗窃雇主家财物污点的人。

她到聂太太家打听大学生在哪儿。

聂太太没让她进门，隔门告诉她大学生的住址。莺桃小区，一栋漂亮的小高层楼下，想到就要见到大学生，她的心怦怦地跳。一辆银灰色小轿车从她身边开过，停在楼门前。车上下来一位抱小孩的少妇，一个男人钻出前车门，从少妇手中接过孩子，孩子叫着"爸爸"。

一瞬间，她的全身像被冰冻住，那个男人就是她三年来朝思暮想的大学生。

大学生抱着孩子，与少妇走进楼门。

她昏头涨脑，走出小区，茫然不辨方向。一辆辆小轿车鸣着喇叭，从她的身前身后疾驶而过，她站在马路中间。一只手抓住她的胳膊，把她拉到路边，是大学生。刚才，大学生看到她了，当着妻子的面，不好与她相认。大学生送妻儿回家后，追出来找她。

大学生淌出愧疚的泪水，泪水很多。她服刑期间，大学生毕业，应聘到丁香服装公司，工作中，认识了现在的妻子，由于意外怀孕，迫不得已，匆忙成婚；岳父是一家小公司的老板，与丁香是朋友。

一切无可挽回，她不想再听下去，大学生往她的口袋里塞钱，她重重地打了大学生一记耳光。

她住进一家小旅馆，买了一瓶白酒，醉到人事不知。

她，一个有前科劣迹的女人，受到正经人的冷眼相待。她一咬牙，做了娱乐场所的"服务员"。一次酒后失身，她从此破罐破摔，每天以酒度日，喝坏了身体。

她的心理发生畸变，怨恨所有人。

她与大学生再无来往，但她时常梦见与大学生的初吻，感觉依然那么新鲜、强烈。

她与大学生的"缘分"并未到此为止。

镜子中，她的脸恢复成现在衰败的模样。

她开始化妆。

3. 疑犯初现

"会摇尾巴的狼"酒吧位于街角。

白天，上午，这个钟点没有客人。涂三妹推开彩绘玻璃门，酒吧内没亮灯，开着冷气，没有人声。钱隆皇上躺在雅座大沙发上，呼呼大睡，流出口水。

涂三妹踢他一脚："喂，醒醒。"

钱隆皇上睡觉很轻，翻身而起："是你，你不是进了看守所吗？放出来啦？这么快。"

涂三妹问："老板在吗？"

钱隆皇上说："不在。"

"去哪儿了？"

"老板去哪儿能跟我说吗？"

"我有急事。"

"老板说了，让你这几天少到这儿来，有事他去找你。什么急事？"

"我没钱买酒了。"涂三妹说。

"哥哥我有哇。"钱隆皇上从口袋里抽出几张大钞，在她鼻子前晃了晃，说："闻闻，香不香？"

涂三妹伸手去拿。

钱隆皇上把钱收回："你不能白拿。"

"算我借的，给你利息。"

"嘿嘿，我不要利息，也不用你还，今儿晚上陪陪我？"

涂三妹啐了一口，往外走。

"装什么贞洁烈妇，烂货。"钱隆皇上重又躺下，找张报纸盖在脸上，继续睡。

外面，阳光刺目，又闷又潮又热。涂三妹乍从黑暗、有冷气的酒吧里出来，冷热急剧交替，她一阵头晕恶心。

她扶住一棵树，呕吐，早上没吃饭，吐的酸水。

一位路过的行人好心好意地问她："需要送你去医院吗？"

"滚！"涂三妹不需要同情。

刑警队大办公室，小袁汇报："涂三妹有多张信用卡，全部处于透支状态，由于欠款逾期不还，不接催收电话，银行起诉到法院了。"

毕队长问："她住哪儿？"

小袁在本市地图上找到一个点："这儿，一间地下室小屋。据二房东介绍，涂三妹是个女酒鬼，喝酒很凶，挣的钱大多买酒了。近来，她还经常买些儿童玩具。"

毕队长说："她应该是未婚。"

小袁说："未婚，没有分娩记录。"

毕队长问："玩具送给谁的？"

小袁说："二房东不知道，涂三妹的嘴很严。"

毕队长问："涂三妹会开车吗？"

小袁说："她有过驾驶证，因未参加年审，过期注销了。据她家乡的派出所介绍，涂三妹曾在一家客运公司做司机，她出过一次交通事故，撞了人。有意思的是，事故发生地点在停车场，被撞的人是客运公司老板，断了三根肋骨，这个老板没起诉，没索赔，还没解雇涂三妹。"

毕队长说："按照逻辑推理，那个老板一定是个色鬼。"

"老色鬼。"小袁继续说，"刑满释放后，涂三妹混迹于娱乐场所，接触各种三教九流的人，社会关系复杂，无法一一排查。据二房东说，涂三妹以前从不带外面的男人回来过夜。近几个月，她交了一个送外卖的男朋友，两人以夫妻相称，在她租的小屋里同居。两人发生过一次激烈争吵，涂三妹把那个男的轰到过道上，站了一夜。涂三妹大哭一场，两人又和好了。"

毕队长问："送外卖的，叫什么名字？"

小袁看着小本子上的记录，说："赵刚，二十八岁，初中毕业后在家务农，去年进城打工，送了一年外卖。二房东说，小伙子看上去老实忠厚，话不多，不沾烟酒。"

毕队长问："八月四日晚九点，跟在丁香的红旗车后面有个送外卖的，是他吗？"

小袁说："可能是他。"

"可能？"

"我下午去找丁香所住小区的门卫核实。二房东说，赵刚不光送外卖，还与人合开了一个面摊，字号叫曹记面摊，登记的业主是曹民、赵刚两个人的名字。"

"曹民？"

"听口气你们认识，从你的表情上看，丁香与曹民有过节。"

毕队长说："小丫头，不得了，学会察言观色了。曹民曾经是丁香服装公司的副总。"

小袁说："两人之间一定有故事。"

毕队长说："想听故事，毕叔叔一会儿给你讲。根据今天上午的调查，涂三妹的疑点越来越多。一个关键问题，如果涂三妹是嫌疑人，她如何搞到车钥匙的？"

电话铃响。小袁接听，高文明打来的。小袁按下免提键传出。高文明的声音："我原先对耿警官说，我的那把车钥匙没有丢失过，我回想了一下，想起来了。十几天前，我去曹记面摊吃宵夜，付钱时，不慎将车钥匙掉落在地上，当时没有发觉。第二天我去找回来的，老曹捡到车钥匙，收好，放在钱箱里了。"

高文明这个电话打来得正是时候。

毕队长对小袁说："中午到曹记面摊吃牛肉面，我请客。"

一家小烟酒店里，涂三妹掏出身上所有的钱，有零有整，放在柜台上。

店主是个老瘸子，坐在椅子上，问："姑娘，买烟买酒？"

涂三妹指指一瓶高度白酒。今晨，她从看守所出来，直到现在只喝了一口酒。她心慌，烦躁，出虚汗，四肢不断地轻微颤抖，站立不稳。

老瘸子数数钱："不够，还差点儿。"

涂三妹用渴求的目光看着那瓶白酒，嘴唇爆皮。

老瘸子架着双拐，拿过一瓶白酒，放在她面前："喝吧，算我送你的。"涂三妹拧开瓶盖，刚要喝，她感到老瘸子的手从她的裙子下面伸进去，向上摸索。她又羞又恼，要把酒瓶砸到老瘸子的秃头上。

老瘸子涎着脸笑："喝，喝呀。"

涂三妹闭上眼睛，喝了一大口。她木然地忍受老瘸子的脏爪子。

4. 一碗馄饨

地下室小屋里，涂三妹手握酒瓶，一口接一口，瓶里白酒剩下三分之一时，她的手不再发抖。

喝得太急，她有了醉意。

她享受着酒精带来的麻木而又飘飘然的快感，又一次把嘴对准瓶口。

一只手夺走酒瓶。

谁呀，这么讨厌！她醉眼乜斜，刚要开口骂人，看清站在眼前的是赵刚。她说："把酒给我。"赵刚不给，她去抢酒瓶。

赵刚把酒瓶藏在身后："医生说了，不让你喝酒，一滴不能沾。"

涂三妹犯浑："你管得着吗，你是我什么人？"

赵刚说："我是你老公！"

涂三妹颓然坐下。赵刚没敢问她为什么通宵未归，而是摸着她的短发，问："你的长头发呢？"涂三妹说："剪了，卖的钱买了玩具小汽车。我更丑了吧？"

赵刚说："再丑你也是我老婆。"

赵刚从外卖专用保温箱里取出一碗馄饨，递给她。她长期酗酒，酒精烧坏了胃，没有食欲。为了让赵刚高兴，她吃了几口，又要吐。

两人因一碗馄饨而相识。

赵刚进城打工，没有一技之长，送起外卖。他第一天送外卖，接到第一份订单是送一碗馄饨，下单人涂三妹。赵刚路不熟，十分钟的路，转了半小时才找到地方。他顺着黢黑的楼梯，下到地下室，敲响左手第二间屋门，喊："外卖。"

里面一个女声："进来。"

赵刚推门进去，眼前场景吓得他手一松，保温箱掉在地上。小屋里只亮一盏小灯泡，一张惨白、只有几个黑洞的脸对着他，鬼呀！他倒退着想逃，后背把门顶得关上了。他拼命拉门，咔，门把手拉断了。

女鬼手一抹，露出一张人脸。她把手里的面膜揉成一团，说："我的馄饨呢？"

两人就这么认识了，很快以夫妻相称了。两人的同居生活就像一碗加了点酱油、醋、香菜、虾米皮还有几滴香油的热馄饨。

同居一个月，被窝里，赵刚刚出一身大汗，他抱着涂三妹，说："老婆，我想带你去见爸妈。"

涂三妹说："我爸妈早就不认我了。"

赵刚说："是见我的爸妈。"

涂三妹问："见他们，干吗？"

赵刚说："我要娶你。"

"咱们这样不是挺好的吗？"

"不踏实。"

"娶我这样的，你爸妈能同意吗？"

"你不要彩礼。"

涂三妹摸着他的脸："我可不跟你回村种地。"

赵刚说："你去哪儿，我跟着去哪儿。"

涂三妹认真起来："你兄弟姐妹几个？没听你说过，我脾气不好，最烦一大堆亲戚。"

赵刚说："我只有一个哥哥，没姐妹。"

"你哥在哪儿打工？"

"丁香服装公司，他是大学生。"

"他叫什么名字？"涂三妹急忙问。

"赵志。"赵刚回答。

涂三妹从被窝里一跳而起，光着身子，问："叫什么？"

赵刚又说一遍："赵志。"

涂三妹愣住，她笑了，笑声凄厉："我上辈子欠你们赵家的，我跟你哥好过，你哥不要我了，你捡他的旧鞋穿？！"

赵刚糊涂了："老婆，怎么回事？"

"别叫我老婆，从今天起，咱俩一刀两断！从我的床上滚下去！从我的屋里滚出去！"

"你说清楚了，我再滚。"

"我说。"涂三妹三言两语，把她与大学生赵志那段金项链孽缘说了个大概。她痛斥道："你哥就是一只白眼狼，我如今人不人，鬼不鬼，全是他害的！"

赵刚说："你别骂他了，他不在了。"

"不在了？"

"他死了。"

5. 曾经是朋友

大学生赵志死了，死时二十九岁。

死前八个小时。下班铃响，同事们拥出办公室，赵志没走，他要加班赶写一份报告，丁总急着要的。他坐在电脑前，十指飞快地敲击键盘。打上最后一个句号，他看看时间，十一点半，整栋写字楼只有他的办公室窗户射出灯光。

丁总一向对他的工作态度、效率赞许有加。

他把电脑中的报告存入U盘。

他开上银灰色小轿车回家，感到一阵气短，胸口发堵。他降下车窗，车里吹进夜风。

他打开家门，轻手轻脚地走进客厅。零点已过，妻儿都睡了。他从冰箱里找出几只凉包子，妻子是那种小家碧玉类型的女人，从小娇生惯养，不会做饭。他不在家，妻子就叫外卖。妻子嫌他是农村来的，买房买车都要靠按揭，原本跟他玩玩儿，谁知肚子玩大了，否则，才不会嫁给他呢。他的爸妈没进过这个家，来过一次，在门外放下家乡的土特产，妻子不让进门。他忍了，他的岳父与丁总是朋友，对他的升迁有帮助。去年提为部门主管后，他加倍努力工作，不休节假日，他的目标是三十五岁时坐到公司副总的位子上。他想争取提前实现。

此时，距离他的死亡不到一个半小时。

他吃完凉包子，洗过热水澡，只穿小裤衩，把U盘插入一台老式笔记本电脑，修改起报告。

他对这台老式电脑有特殊感情，用了多年，没换新的。上大学时，同学们人人都有电脑，他没钱，买不起，只能用艳羡的目光看着别人用电脑上网，打游戏，查找写毕业论文所需的资料。

于是，他偷了金项链……

凌晨两点，他改好报告，累极了，准备上床睡觉，明天还要早起，八点前，到公司把报告交到丁总手上。

他的胸部痛了一下，接着，持续不断的剧痛犹如一浪高过一浪的潮水淹没了他，他挣扎起身，叫妻子的名字，妻子睡得很熟。他倒在地板上。

恍惚中，他好像看见涂三妹，背对着他，越走越远。

黑暗吞没了他。

翌日，妻子起床，发现他脸朝下，趴在地板上。急救车赶到，医生检查后，说："人死了。"

死因：急性心梗。

得知大学生赵志的死讯，涂三妹肝肠寸断，心如刀割。她让赵刚站在门外，一个人在小屋里哭了一夜，泪流干了，酒也喝光了。

哭够了，她把赵刚叫进来，恨恨地说："你哥死了，他的老婆孩子怎么办，丁香不能不管。"

"丁香是吸血鬼！"赵刚怒声道。

赵志猝死的消息传到公司，人事主管登门送去慰问金，按规定丧葬费、抚恤金等从基本养老保险基金中支付。

赵志妻子提出要求，赵志死亡时电脑处于开机状态，电脑中有一份呈交丁总的报告，说明他当时正在工作，应按因工死亡处理。对于这个要求，人事主管挠着头皮，没有表态。回来后，人事主管向丁香汇报：赵志死在自家客厅，无人在旁，难以认定他在工作中死亡。丁香同意人事主管的意见。

丁香派公司副总曹民去处理这件事。

凌乱的客厅里，赵志妻子一身素服，抱着孩子，向曹民哭诉。说到伤心处，赵志妻子泪如雨下，孩子哭喊着要爸爸。母子身边站着律师吴良，他代表赵志家属提出更高要求：赵志因长期超负荷工作，积劳成疾，以致猝然身亡，属于过劳死；公司除应认定因工死亡，还要再给予额外赔偿。吴良律师声称，不答应要求，不火化赵志遗体。

面对悲恸欲绝的赵志妻子，曹民心软，同意了全部要求。

吴良律师问："你答应了管用吗？"

曹民很有把握地说："看在我的面子上，丁总不会不同意的。"

曹民这样说自有他的道理。

丁香的佳友公司在同行业中站稳脚跟后，她又成立了丁香服装厂。成立之初，大学同学帮她拉来一个大订单。丁香按订单要求，购买了一批特殊色型的布料，她投入了全部资金。天有不测风云，运输途中，大货车司机违规吸烟，从车窗扔出的烟头被风卷到后车厢上，引燃这批布料，火势无法扑救。精明的丁香上了保险，但是，一时找不到同种色型的布料，如不按期交付成品，她面临巨额违约金，可能因此破产。丁香动员全体员工四处寻找，打听到一家濒临倒闭的服装厂库存中有这种布料。丁香亲自造访，接待她的是该厂厂长曹民。丁香表示，两家服装厂共同完成这个订单，利润全归曹民所有。

曹民不同意。

丁香以为，曹民会趁机要挟，狮子大开口。

曹民说：利润一家一半。

圆满完成订单后，两家服装厂合并成立丁香服装公司，曹民出任副总，持股百分之三十三。

可以说，在丁香最困难的时候，曹民帮助了她。

对于曹民的自作主张，丁香态度坚决：不同意！因为员工过劳死，不仅需要额外支付赔偿金，影响公司资金周转，还有损公司形象。两人发生严重分歧。曹民答应的事不能兑现，大失颜面。在吴良律师的鼓动下，曹民亲自带领赵志妻儿到公司索赔，赵刚从老家赶来助威。赵志妻子举着白木牌，上书红漆大字：还我丈夫！

丁香面若寒霜，当众宣布解除曹民副总职务。

曹民针锋相对，宣布退股。

赵志躺在冰柜里，没有浴火升天。吴良律师代理赵志妻儿先后提起仲裁、诉讼，屡战屡败。曹民、赵刚不服，申诉至今。

丁香寸步不让，曹民说别人长心的地方，她放了一块冰。

退出丁香服装公司后，曹民用转让股权的钱开了自己的服装公司。他以仁心治理公司，不解雇不合格员工，不惩办违纪员工，与员工互拍肩膀称兄道弟，搞得公司人浮于事，纪律涣散，常常不能按期按质完成订单，短短数月，两笔违约金让他赔光资金，公司关门停业。相反，丁香铁面无情，对公司严格管理。她在逐步建立原料采购、服装生产、直接对外销售一条龙的基础上，又从街上"捡"回一个颇有才气的设计师滕飞，创建了公司自有品牌，大力拓展海内外市场，利润滚滚而来。

曹民这边呢，他与赵刚合伙开了一个曹记面摊，为了维持生活，一天出三次摊，十分辛苦。

丁香常来，吃面。

曹民一分不多、一分不少地收她的面钱，他不与丁香说话。

他是个记仇的人。

6. 曹记面摊

中午时分。骄阳似火，天太热，又是露天，吃面的人不多，来的基本是干体力活的打工者，一大碗牛肉面稀里呼噜几分钟下肚，用手背一抹嘴，走人。

曹民抻面，不光膀子，穿件白色圆领短袖衫。

面案前，来了一男一女，男的掏钱："两碗面，一大一小，加双份肉。"

曹民抬头，认识："毕队，不下馆子，来这儿吃面？"

毕队长说："你的面实在。"

小袁说："还省钱。"

两位警官都是便装，找张小桌，坐下等面。不一会儿，曹民把面端到二位面前，汤亮，面滑，扑鼻香。这位摊主四十多岁，寸头，宽鼻翅，厚嘴唇，眼睛不大但有神，身材壮实，衣服上不沾油渍。来面摊的路上，毕队长讲了丁、曹二人的故事，他问小袁："你倾向于谁？"小袁难以回答，她在情感上站在曹民一边。

"啤酒！"

邻桌，钱隆皇上敲着桌面喊。他刚睡醒，眼屎没擦干净，居然没看清身边坐着两位他最怕的警官。他去吃烤肉，顺路经过，想弄点外快。他从曹民手里接过冰镇啤酒，一口气喝光，说："爽！你这儿生意不错，一天不少赚吧？恭喜发财。"

曹民说："发什么财，将够混口饭吃。"

"装穷！兄弟我这两天手头有点紧。"钱隆皇上瞄向面案一角的钱箱子。

"你这瓶啤酒算我请了。"曹民说，他不想招惹这种赖皮。

钱隆皇上说："有财大家一起发，你每月给我三百五百的，包你没事，没人敢到你这摊上捣乱。"

曹民愠怒："没钱。"

钱隆皇上眼睛一立："嗬，你这摊儿还想不想干了，知道我是谁吗？"

赵刚骑着电动自行车回到面摊，涂三妹坐在后车架上。钱隆皇上正在叫唤："再给大爷我上瓶啤酒，透心凉的，不凉不给钱，砸了你的摊。"胆小的食客散了。涂三妹过去说："钱哥，这是我家的摊。"

钱隆皇上不信："你家的摊？"

涂三妹拉过赵刚："他是我老公。"

钱隆皇上坏笑："告诉他，我也是你老公，可不是前任。"

这话欺人太甚，曹民抄起擀面杖。

涂三妹忍气吞声："钱哥，我们摆个小面摊，挣钱不容易，给个面子，到别处收保护费。"

钱隆皇上来劲了，他亮出麻秆似的小细胳膊，点燃一根烟，猛吸几口，在小臂上捻灭烟头，一股像燎猪头的人肉臭味儿散发开来。他痛得咧着嘴，咬牙忍住。

赵刚没见过这场面，吓得后退。

"小子，怕了？"钱隆皇上得意扬扬，又点燃一根烟，叼在嘴上，"从这个月起，每月交我八百。"

毕队长拦住小袁，让她看下去。

涂三妹不再赔着笑脸，她坐下，一把夺过钱隆皇上叼着的香烟，掸掸烟灰，照样把通红的烟头按在自己的小臂上。她有股狠劲儿，脸上非但没有痛苦的表情，反而有几分愉悦。

她说："还有烟吗，我陪你，接着玩儿。"

钱隆皇上认输："算你狠。"

涂三妹翻脸："老板说了，不许在酒吧周围三公里内惹事，我要告诉老板，你背着他，在这儿收保护费，你知道老板的脾气。"

钱隆皇上真怕了："姐姐，别呀。"

"滚！"

"我滚，姑奶奶，求你千万别把今天这事告诉老板，这是啤酒钱，我滚啦。"

钱隆皇上灰溜溜而去。

赵刚心疼："老婆，痛吧？"涂三妹说："没事，抹点香油就好。"赵刚握住她的手臂，细看被烟头灼伤留下的圆形焦痕。

曹民给两位警官送过来醋瓶、辣椒油壶，问："二位是忙人，到我这个小面摊，有事吧？"

毕队长问："你认识高文明？"

"认识。"

"他在这儿丢过一把车钥匙？"

"有这么回事，十几天前，我捡到的，还给他了。"

"什么车的车钥匙？"

"是丁香那辆红旗车的车钥匙。"

"除了你，还有谁接触过车钥匙？"

"没别人，我放钱箱子里了。"

高文明与曹民两人的话分毫不差。曹民回答问题时态度随便，没有表现出警觉或是心虚的样子。

曹民有充裕的时间配制一把红旗车的车钥匙。

涂三妹、赵刚、曹民三个人亲如一家，相互扶助，而且均与丁香之间存在宿怨。

曹民说："两位警官吃完了吧，别总占着一张桌子。"

一辆老式小轿车开来，放慢车速，像是要停在面摊前。开车的人发现两位便衣警官，没停，鸣了两声喇叭，开走了。

涂三妹听到喇叭声，扭过头，她的视线跟着老式小轿车。

老式小轿车缓缓拐过街角，消失在一栋楼后面。

涂三妹疾步朝街角走去。

不用毕队长说话，小袁跟上涂三妹。赵刚推起电动自行车，挡住小袁的去路。小袁绕行两步，赵刚又将电动自行车横在她前面。这一耽误，涂三妹转眼不见了。

街角，楼后，老式小轿车停在路边。涂三妹弯下腰，朝车里看了看，方向盘前坐着一个戴棒球帽的男人。涂三妹拉开车门，上车。

小袁看着老式小轿车开走，她记下车牌号。

她站在原地不动。一辆挂着地方牌照的灰色小轿车开到她身边，开车的是毕队长。

车上，小袁说："掉头，那辆车朝西走了。"

小袁迅速查明，老式小轿车的车主叫姜大虎，"会摇尾巴的狼"酒吧的老板。

7. 好酒

老式小轿车在马路上左转右绕。

戴棒球帽的男人姜大虎单手扶方向盘，频频看后视镜，没有发现跟踪的灰色小轿车。

一栋临街的灰砖小楼，部分墙面破损，外观陈旧，它是二十世纪五十年代的建筑物。楼门两侧各挂一块竖长条木牌，白底黑字，一块"九鼎联络处"，一块"青云科技贸易公司"。

姜大虎走上台阶。涂三妹低着头，紧跟在后。

一个戴墨镜的小伙子侧身让开楼门。

楼内，装修现代、豪华，与这栋灰楼寒酸的外貌成为鲜明对照。前台，负责接待的女文员问："两位有预约吗？"姜大虎不理她，朝里走。女文员追喊："先生，先生……"她一看到棒球帽下姜大虎的侧脸，吓得一哆嗦，不追了。她拨通内部电话。

钟人杰、朱天佑两人的办公室一墙之隔，墙中间一扇小门相通。

姜大虎推开嵌有"九鼎"铜牌的雕花双扇木门。朱天佑的这间办公室足有一百平方米，没有统一的装修风格，明清式硬木家具，日式跪垫与小桌，欧式古典沙发，波斯地毯，古罗马青铜武士，观音菩萨立像，奇妙地混杂在一起，它们象征主人的博学与多财。

钟人杰坐在大沙发上，喝茶，看当天的报纸。他看了一眼姜大虎、涂三妹，没有请坐的表示。

卫生间的门从里拉开，朱天佑只穿一条红色三角小裤衩，披着浴巾出来，裸露出标准的青蛙体形。他用浴巾擦着湿漉漉的头发，说："姜哥来啦。"他一屁股坐到写字台后的大皮圈椅上。

巨大的写字台面上，散乱着一只拆开的西洋座钟与修理工具。

"姜哥，坐。"朱天佑客气地说，他对姜大虎似有几分畏惧。他这时才看见涂三妹，"哟，还有位女士，我穿得这么少，不好意思啦。二位喝茶？喝咖啡？还是喝杯酒？"

姜大虎不说话。

钟人杰起身，从小门回到他在隔壁的办公室。

等小门关上，朱天佑问："姜哥，什么事？"

姜大虎向旁边走开一步，朝涂三妹哼了一声，意思是让她自己说。涂三妹说："我来向您借钱。"

朱天佑有点糊涂："向我借钱？"

"哎。"

"借什么钱？"

"我做肝移植的钱。"

"你是谁呀？"

"我是涂三妹。"

"涂、三、妹？我不认识你呀。"

涂三妹语速很快："我的老板说，您前天答应借给我的。做肝移植需要一大笔钱，我急需用钱，救命的钱。"

朱天佑问："我答应过吗？"

姜大虎说："你答应过，前天。"

朱天佑一拍秃头顶，啪的一声脆响："嘿，想起来了，你看我这记性！姜哥，我说话算数，没问题，我马上让会计开支票，你们等着。"

涂三妹说了好几声"谢谢"。

朱天佑出办公室，三十分钟后回来，涂三妹满怀期望。不料，朱天佑面有愧色："抱歉，支票没开出来，会计说，我的办公室装修大大超支，账上的钱花光了。"

涂三妹如同掉进冰水："你不能说话不算数。"

朱天佑连连道歉，拼命自我检讨："我这人太粗心大意，又不懂财务，我以为账上有钱，对不起。这样吧，容我几天，我去筹款。"

"几天？"

"十天，最多半个月。"

涂三妹说："我等不了那么长时间。"

朱天佑说："三天，最多一个星期。"

涂三妹失望到极点。朱天佑拍胸脯说："我就是一家家磕头，也要把钱借来，给你凑齐。"他从抽屉里拿出几百块钱："我就这么多钱了，你先拿去用，救救急。"涂三妹不接。

朱天佑说："两位别急着走，多坐一会儿。"

楼外，姜大虎、涂三妹走下台阶时，戴墨镜的小伙子追来，说："朱主任为表达歉意，送给涂女士一点礼物，放在姜哥车上了。"

老式小轿车后备厢盖敞开，里面放进四个纸箱。

涂三妹打开纸箱，箱里装满各式好酒。

马路对面，灰色小轿车内，小袁用手机连连拍照。

办公室里，朱天佑左眼眶中卡着俗称"寸镜"的放大镜，埋头修理西洋座钟。前台女文员站在旁边，他吩咐："那个姓涂的女人再来，就说我不在。"女文员问："说你去哪儿了？"朱天佑伸出一根手指，指指天花板："你就说我嗝屁了，升天了。"

8.嗟来之食

地下室小屋，涂三妹清理出一大堆空酒瓶，扔到过道。床下腾空，她把四纸箱好酒塞进去，放下床单，遮挡住纸箱。

她从布衣橱里旧衣服下面摸出一本存折。

她打开遥控玩具小汽车的包装盒，放进存折，再把盒子盖好。

干这点活儿，她累得喘不上气，肝区钝痛。

她刚收拾好，赵刚进门。

她问："摊上正忙，你回来干吗？"

"想你了，看看你。"

"看吧，随便看；亲吗，使劲儿亲。"

赵刚嘴唇动了几下。

涂三妹性子急："你想说什么，说，我最烦有话不说出来的人。你是不是想问，我跟钱隆皇上睡没睡过觉，睡过，你不要我啦？"

"我不是问这个，你以前的事我不想知道。"赵刚观察她的脸色，说，"曹叔让我问你，做肝移植的钱借到没有。"

"没有。"

"没借到钱，做不了肝移植，怎么办哪？"

"等死！"涂三妹干脆地说。

赵刚心里难过。涂三妹说："不用你可怜我！"赵刚抱住她："曹叔说了，他把面摊卖了，我回村，卖房，一起凑钱。"

涂三妹说："能卖几个钱，连做肝移植的零头都不够，算了吧，我认命。"

赵刚流泪，涂三妹一把推开他："哭什么哭，跟你哥一样，没出息。早死晚死，人都得死。"她为赵刚擦去眼泪。

咚咚，有人很不礼貌地大力敲门，薄薄的木板门快被敲碎了。

涂三妹要骂人，赵刚问："谁呀？"

门外，一个男声："涂三妹住在这儿吗？"

赵刚说："住这儿，请进，门没锁。"

门把一转，门开，高文明站在门口："谁是涂三妹？"

"你眼瞎，看不出我是。"涂三妹说。

高文明走进小屋，皱眉道："你住的地方真不好找，这屋里什么味儿，我坐哪儿？"

涂三妹说："你坐我大腿上？"

高文明只得站着说："我是光明集团丁董事长的秘书高文明。我这次……"

涂三妹打断他的话："少啰唆，快点说，说完了走，我正要跟我老公过夫妻生活，你在这儿碍事。"

高文明说："我这次给你带来一件天大的好事。"

他停下，不往下说了。

涂三妹没有反应。

赵刚问："什么好事？"

高文明慢条斯理地说："涂小姐，听说你患有晚期肝硬化，急需做肝移植，如果再耽误下去，你的生命只能以天计算了。"

涂三妹问："你听谁说的？"

"丁董事长了解到这一情况，她对你非常关心，非常同情。"

"我的身体非常健康，她死了，我也死不了。"

高文明看看这间简陋的小屋："做肝移植的费用非常高昂，以你的条件，根本承担不起。丁董事长派我来……"

"她派你来看我的笑话？"

"丁董事长派我来给你送一张支票。"

"支票？"

"丁董事长决定承担你做肝移植的全部费用。"

涂三妹身体一震。

赵刚又惊又喜："谢谢丁董事长。"

高文明傲慢地说："涂小姐，你几辈子也挣不来这么多钱，如果换作我，遇上这种求之不得的好事，早就双膝下跪，向丁董事长磕头谢恩啦。"

这句话刺痛涂三妹。

赵刚说："我替我老婆磕，头磕破都行。"

高文明从公文包里取出一张长条纸片，晃动着说："这是现金支票，签收吧。"

赵刚急不可待，伸手去接。

涂三妹拉住他，说："这钱不是白给的。"

高文明说："白给的，不用你还。"

涂三妹问："丁香什么目的？"

高文明说："丁董事长看你可怜，出于同情之心。"

涂三妹固执地再问："丁香要我做什么？不说清楚，这钱我不能收。"

赵刚急得跳脚。

高文明别有深意地说："滴水之恩，涌泉相报，丁董事长救你一命，她无论要你做什么，你都应当在所不辞。支票你要不要，不要，我收回啦。"

赵刚连说："要、要。"

涂三妹脸上的表情急剧变化，时而高兴、充满希冀，时而疑惑、隐含担忧，最后转为深深的恐惧，她心里长叹一口气，说："你把支票拿回去吧。"

"我没听错？"高文明问。

102

涂三妹对赵刚说："老公，你打着手电，送高秘书出去，楼梯没灯，黑。"

五分钟后，赵刚回来，闻到一股酒味儿。涂三妹靠坐在床头，手握酒瓶。赵刚又生气，又伤心，老实人也有发火的时候，他怒问："送上门的钱，救命的钱，你为什么不要？先拿过来再说。"

涂三妹心中苦，无人诉说。

楼前，高文明站在黑色加长林肯车旁，隔着降下一半的车窗说："涂三妹不识抬举，拒收支票，她准是脑子有病，疯啦。"

丁香坐在车后排座上，略一沉吟，下车："把支票给我。"

地下室小屋里，气氛沉闷。赵刚坐在床的另一边，不理涂三妹。

又有人敲门。

"高秘书回来了，"赵刚一跃而起，跑过去开门，"是您。"

赵刚后退。丁香走进小屋。赵刚拿来折叠凳，请丁香坐下，说："我们这儿没茶。"

丁香说："三妹，收下支票，不要拿命赌气。"

涂三妹冷言冷语："三妹，叫得好亲，你要求法院对我严惩的时候，称呼的是涂犯涂三妹。"

丁香说："你自己选错了路，怨不得别人。"

涂三妹说："我这儿又小又脏又臭，容不下您这位贵人，请回吧。"

丁香说："三妹，我不会强迫你做违心的事。"

涂三妹喝一口酒，说："让我收下支票，行啊，有个条件，帮我做件事。"

"说。"

"我昨夜的尿壶没倒，你去倒了，出门向左，闻着味儿就能找到厕所。"

这是一种极大的羞辱，常人难以忍受。涂三妹没有料到，丁香表情不变，找到尿壶，端起，出小屋，一会儿回来，放下尿壶，说："刷干净了。"

涂三妹问："支票呢？"

丁香给她支票。

涂三妹双手举起支票，放在眼前，看了又看，说道："有了这张支票，我就有了钱，我就可以做肝移植，我就能活命了。"

向着丁香，赵刚深鞠一躬。

只听"哧"的一声，涂三妹慢慢地将支票撕成两半，再撕……直到支票成为一堆碎片。她向空中一扬，对丁香说："我知道你要让我做什么，你死了这条心吧！"

9. 命在旦夕

黑色加长林肯轿车旁，赵刚说："我做不了她的主，您别生她的气。"

丁香说："有事随时与我联系。"

赵刚回到地下室，小屋门推不开，从里面锁上了。他担心出事，用肩膀撞开门。小屋里没人，涂三妹去哪儿了？

门后，涂三妹靠墙而立，左手握酒瓶，右手藏在身后。赵刚去抢酒瓶，涂三妹伸出攥着一把菜刀的右手，胡乱挥舞。赵刚的胳膊被划破了，鲜血流出。赵刚不觉得痛，不怕："你砍，砍哪！"涂三妹横过菜刀，架在自己的脖子上："你不让我喝酒，我就自杀！"她是个狠人，说到做到，真敢下手。

赵刚没办法了。

涂三妹央求他："求你，让我痛痛快快地喝一次酒，我心里难受。"

一瓶喝光，涂三妹痛哭失声。

赵刚从她手里拿下菜刀。

涂三妹靠在他肩上："我想家，想我爸妈，他们不认我，我一个亲人都没有了。"

赵刚说："我是你最亲的人。"

"你哥也跟我说过这话，男人，没一个好东西！"涂三妹的脸说翻就翻。

"我不是我哥。"赵刚抱紧她。

"我恨你哥！"涂三妹咬牙切齿。她的脸色转为温情脉脉，"床上的遥控小汽车是给你哥的儿子买的，盒子里还有我的一本存折，我这几年攒的，钱不多，也给你哥的儿子，别说是我给的。"

赵刚的心像被刀尖戳了一下。

涂三妹含泪微笑："等我死了，你找个干净的好姑娘，别像我这么脏，脾气这么臭，你跟她成家，生儿育女。"

赵刚哽咽："我只要你。"

涂三妹惨然道："我不想死！"她掏出手机，手指抖抖地按下一组号码，接通。

一家茶社，雅室里，钟人杰、朱天佑在一起，请甄帅品茗。

三人环桌而坐，清谈君子的交友之道。

朱天佑手机响，涂三妹打来的，他关掉手机。

他给甄帅斟了一盏清茶。

"王八蛋，全是王八蛋！"涂三妹摔掉手机，大醉，骂道，"用我的时候，甜言蜜语，用完我了，说话不如屁，这些人的嘴横着竖着都能使呀？逼急了老娘我、我、我……"

她的身子一软，背靠墙，瘫坐到地上。

赵刚叫："老婆！老婆！"

涂三妹脸上血色尽失，嘴唇青紫，呼出的气息越来越微弱，她的头垂落胸前。

赵刚背起她往外跑。

马路上，赵刚拦住一辆出租车，司机师傅摇摇头，不想拉个垂危的病人。赵刚跪下，哀求。司机师傅与他一起把涂三妹弄上车。

出租车打着双闪，高速开向医院。

急诊室，医护对涂三妹实施抢救。

走廊里，女护士喊："谁是涂三妹的家属？"

赵刚跑过来："我是，我是她老公。"

女护士批评："你这个老公怎么当的，她的肝病那么重，你还让她喝酒？再晚来半小时，人就没了。去交费。"

赵刚问："多少钱？"

女护士给他缴费单子，好几张，说："这会儿了，你还心疼钱？"

赵刚在收银窗口徘徊，他摸摸口袋。

曹民急冲冲赶到，两人的钱凑到一起，不够。

两个大男人束手无策。

万般无奈之下，赵刚给一个人打去电话。

丁香的声音："我十七分钟后到。"

10. 两个女人

黑色加长林肯轿车停在医院门口。车内，只有高文明一个人，他坐在驾驶座位上打电话，隔着紧闭的车窗，听不见他说着什么。

收银窗口，丁香递进去一张金卡与缴费单。

赵刚飞奔，他把缴费回执交到女护士手上。

病房，涂三妹躺在病床上，换上病号服，盖着一条白单子。她紧闭双目，还在昏迷中，右臂上插着输液针头，女护士检查吊瓶。

赵刚守在病床旁。

面摊无人照管，曹民赶紧回去了。

走廊上，丁香与急诊部的男医生谈话，她说："请你介绍一下病人情况。"

男医生说："病人涂三妹的肝脏基本丧失功能，如果不做肝移植手术，随时可能死亡。"

丁香说："那就尽快做，越快越好。"

男医生说："病人的经济条件不允许。"

丁香说："费用我出，支票我带来了，金额空白，你们按实际需要填写。"

男医生说："好，医院将竭尽全力，首先寻找到合适的供体，也就是用于移植的肝脏，然后做配型检查，如果配型正常，即刻进行手术。"

"拜托了。"丁香又说，"我这次捐助不许对外界透露。"

"匿名？"男医生钦佩地说，"做好事不图名利，丁董事长的品德太高尚了。"

丁香与男医生握手。

病床旁，男医生对涂三妹再做一次检查。他从病房出来，回诊室。一个长着招风耳朵的男人追上他，问："她死不了啦？"

男医生问："她？谁呀？"

招风耳朵是钱隆皇上，他说："那个叫涂三妹的。"

男医生说："暂时脱离危险。"

钱隆皇上鬼鬼祟祟地问："我刚才听了一耳朵，有个女的要出钱给涂三妹换肝，谁呀，这么有钱？"

"你打听这些干吗？"

"好奇，问问。"

"你叫什么名字？"

"我去趟厕所。"

钱隆皇上贴墙边走了。

急诊室外，钱隆皇上向戴棒球帽的男人姜大虎低语。姜大虎忽然转身，面朝墙，钱隆皇上照做，两人不回头。

一辆警车开来，停在两人身后。

毕队长与小袁下车，车里坐着大脑袋牛伯安。两位警官走向急诊室。

诊室里，小袁出示警官证。男医生说："今天怎么了，这么多人关心涂三妹。"小袁问："还有谁来过？"男医生说："光明集团的丁董事长，一个长着招风耳朵的男人，你们二位警官。"

小袁问："涂三妹能否接受询问？"

男医生说："不行，病人还处于昏睡状态。"

小袁问："涂三妹的病情严重到什么程度？"

男医生说："我给病人家属发了病危通知书。这个病人哪，我警告过她，滴酒不能沾，否则，无异于自杀。这是第二次对她进行抢救了。"

毕队长问："上一次什么时间？"

男医生说："我想想，二十天前，也是因为大量饮酒，她醉得不省人事，一个穿花衬衣的男人背她到急诊室，扔下她就跑了。她清醒后，我对她说，她的肝硬化已到晚期，如果不做肝移植，她恐怕吃不到中秋月饼了。她问了问做肝移植需要多少钱，我告诉她了。"

"她当时说什么？"

"她笑了一下，那种笑用语言形容不出来，没说话。"

毕队长想：随后，涂三妹离开酒吧，到马太太家做了保姆；交通肇事案发那天，她又设法混入看守所；她缠绕在丁香身边，是要利用生命的最后一段时光，寻机报复？

"她的肝移植费用问题已经解决了，丁董事长捐助的这笔钱。"男医生说，他大大赞扬了一通丁香无私的爱心。

小袁问："可以到病房看看涂三妹吗？"

得知涂三妹入院抢救的消息，两位警官带牛伯安赶到，准备抓紧时间做一次秘密辨认，确定涂三妹是否为交通肇事逃逸、抢劫案中的白衣女人。

男医生说："最好不要打扰病人。"

小袁说："只需要几分钟。"

男医生搓搓手："我提个折中方案，病房门上有个小玻璃窗，你们隔窗看看？时间不限。"

病房门外，牛伯安脸贴在小窗上，朝里使劲儿看。

病床上，斜射的阳光下，涂三妹一动不动，脸色蜡黄，没有抹口红与扑粉，与平时的她判若两人。白单子盖住她消瘦如竹的身体，一点看不出女性特征。

牛伯安边看边摇头。

他说："嘴有点像，大；颧骨有点像，高；头发不像，前天晚上，开车撞人的那个女的是长头发，这个是短发；我说不准，你们让她穿上白裙子，起来跑两步。"

小袁耐心地问："她是，还是不是？"

"像是，又好像不是。"牛伯安说。

辨认没有取得结果。

小袁成熟了，她不急不躁，和气地说："牛师傅，辛苦你了，你到警车上坐一会儿，我们办完事，送你回家。"

"好咧。"牛伯安乐极，警车接送，在街坊四邻里多有面子。

毕队长随口一问："今儿中午喝的什么酒？"

牛伯安说："三十年陈酿二锅头。"

"这酒挺贵，发财了？"

"发点小财。"

牛伯安肩膀一晃一晃地向急诊室外走，两位警官对这个人开始有所怀疑。

小袁隔着小窗，看着病床上毫无生气的涂三妹。

涂三妹的手指一动。

她醒了。她的手一点点移动，找到赵刚的手，握住。她的大脑一片空白，慢慢回忆起一些支离破碎的场景。她不能告诉赵刚，她为什么不收丁香送来的支票，丁香想让她做的事她不敢做，她怕赵刚、赵志的儿子，还有曹叔因此受到伤害，她的老板姜大虎是只残忍、可怕、没有人性的野兽。

涂三妹是个甘愿把所有苦难背负到自己身上的女人。

两位警官开车送牛伯安到家门口。

牛伯安走进一个低矮的门洞。

去医院辨认之前，毕队长接到银行保卫部门的报告：今天上午十一点四十分，牛伯安的银行卡内汇入一笔来历不明的现金，不多不少，够他喝一年的酒了。牛伯安随即将钱全部取出。

银行传来的监控视频中，自助机前的汇款人身穿蓝色一次性雨衣，今天没下雨。从身高、体形、步态上看，这个人与高文明相似。这台自助机位于光明大厦附近，不过百米。

中速行驶的警车上，毕队长说："谈谈你的看法。"

小袁说："高文明向牛伯安汇款，只有一个合理解释，这些钱是丁香收买牛伯安作伪证的贿金。"

毕队长问："这笔钱的出现，必定会使警方对牛伯安证词的真伪产生怀疑，结果会怎样？"

小袁说："牛伯安的证词是丁香摆脱嫌疑的主要证据，其他证据都对她不利，如果这个主要证据存疑，结果……我明白了。"

毕队长说："请高大秘书五点到刑警队，喝茶。"

第四章

1. 背影

下午，五点差十分，高文明走进刑警队大办公室。

桌上沏好一杯茶。

毕队长说："请坐。"从表情上看，高文明心情忐忑，搞不清警察找他谈什么，是福是祸。毕队长外出，他对小袁说："你跟高秘书谈。"

小袁说："是。"

警车冲出院门，毕队长去"抓"一个人。毕队长判断，修复红旗车撞痕的钣金工应当见过白衣女人的脸。刑侦技术人员讲，一般技工修复红旗车撞痕达不到如此之高的水平。毕队长从车管所了解到，本市有三位手艺高超的钣金工，经查，一位养病在家，下不了床；一位被外地修理厂高薪聘走；剩下最后一位，姓邹，万里汽车修理厂的，毕队长跟他打过交道。

万里汽修厂的裴厂长说："邹师傅今天没来上班，请的病假，这人好赌成性，准是在哪儿打牌呢。"

通过派出所，毕队长查到邹师傅几个铁杆牌友的住址。

一个小院，院门外挂着吊锁，不像有人。

院里，一个中年妇女坐在小马扎上择扁豆。

北房里，拉着窗帘，灯下，四个光膀子男人围着四方桌，四双手洗着麻将牌。满地烟头，乌烟瘴气，三伏天不开空调，以免被邻居发现屋内有人。

长着苦瓜脸的汉子就是邹师傅，从昨夜输到现在，他输急了眼。他除了赌，没别的缺点，他认为：摸到一副百年难得一遇的好牌，仰天哈哈大笑三声，含笑而亡，屹立不倒，这就是最壮丽的人生！

这会儿，他摸到一副好牌，手里拿着最后一张。微合双目，用手摸点。

他两边的太阳穴暴起青筋。

有人拍院门。

择扁豆的中年妇女不吭声。

门外，一个人说："再不开门，我翻墙头进去啦。"

中年妇女踮起脚尖，走到院门前，顺着门缝往外看。毕队长身着警服，向她嘻嘻一笑，她尖叫："警察来了。"

屋里，邹师傅把牌拍到桌上，喊出第一个字："和……"

外面女人的叫声传来，三个男人触电似的起身往外跑，在门口挤成一团。

邹师傅看着一尺见方的后窗户。

中年妇女打开院门，说："我老公没有聚众赌博。"

毕队长不理她，朝北房走，屋里没人。

后窗户开着。

胡同里，邹师傅玩命狂奔，一边跑，一边舍不得刚才那副好牌，眼见翻本，全被搅了。他跑出半条胡同，回头看，后面没人追来，他松口气，放慢脚步。他把头转回来，暗叫"倒霉"。

胡同口，毕队长冲他笑。

警车旁，邹师傅还在大喘气。等他的呼吸平缓下来，毕队长问："前天夜里，你在哪儿？"

邹师傅说："我在厂子，夜班。"

毕队长问："你修没修过一辆车，车身右前侧有撞痕？"

邹师傅否认："没有，我睡觉呢。"

"修理厂有监控。"

"修过。"

"什么车？"

"红旗。"

"谁的车？"

"不知道，这回没说瞎话，真不知道。夜里十一点多，钱隆皇上来的电话，说是给我找了一个私活，让我挣点外快，修一辆出了剐蹭小事故的车。"

毕队长问："几点给你打的电话，说准确时间。"

邹师傅说："我看看手机，十一点二十七分。"

毕队长想，那时交通肇事逃逸、抢劫案尚未发生，钱隆皇上未卜先知？他又问："车几点开来的？"

邹师傅如实交代：

夜半。万里汽车修理厂的院子里，老槐树下，竹躺椅上，邹师傅边喝茶，边听半导体收音机。嘟嘟，报时声，女播音员的声音："现在是八月五日零点整，下面请听戏曲……"

邹师傅困了，一闭眼，魂游梦乡。

睡了不大一会儿，一个人推他："醒醒，醒醒。"他一睁眼，看见一对大招风耳朵。钱隆皇上说："车开来了，快点修。"

一辆没挂车牌的黑色红旗轿车停在一进院门的地方。

院门外，站着一个白衣女人，背对着他。

邹师傅起来，绕车转了一圈，这辆红旗车的车身右前侧有一处撞痕。他经验老到，说："这车不是剐蹭，是撞了人啦。"

"你不愧是修车界的这个。"钱隆皇上冲他跷起大拇指。

邹师傅说："人撞没撞死？撞死了，我可不敢修，得报案。"

一沓钞票塞到他手上。钱隆皇上说："保证没撞死人，我若有半字虚言，明天掉茅坑里淹死。"

邹师傅问："你开的车？"

钱隆皇上说："不是，我不会开车。"

"院门口那个女的？"

"修你的车，少管闲事。"

邹师傅拿出工具，修复车身撞痕，他干活很细。钱隆皇上紧催："快着点儿，差不多就行啦。"邹师傅加快速度，不到一个小时，车修好了。

邹师傅说："让那女的过来瞅一眼，哪儿不行，我再弄。"

钱隆皇上说："不用。"

两人靠着车尾，在严禁烟火的警示牌下吸起烟，说说笑笑。车身一动，呼地开走了。邹师傅与钱隆皇上不及防备，向后一仰，一齐摔了个大屁股蹲儿。

两人爬起来，掸掸裤子上的土，红旗车开出院门，钱隆皇上撒腿紧追，喊："等等我。"

交代完毕，邹师傅苦着脸说："修车挣的钱全输在牌桌上了，这两天手气不好。"

毕队长问："你始终没看见白衣女人的脸？"

邹师傅说："没有，只看见一个背影。"

"嗯？"

"真没看见，我如果说假话，这辈子不再和牌。"

这是邹师傅发的最重的誓！

2. 你紧张什么?

毕队长查找、询问钣金工邹师傅的同时,小袁对高文明的询问也在进行。

小袁说:"你不要紧张。"

高文明喝口茶,呛了一下。

小袁关心地问:"天气预报说今晚有雷阵雨,高秘书没带伞?"

高文明答:"带了一次性雨衣。"

"什么颜色的?"

"蓝色。"

小袁用不容商量的语气说:"我可以看看吗?"

高文明用力拉公文包的拉链,拉了两次,没拉开,他紧张到额头冒汗,说:"卡住了。"

小袁拿过公文包,轻轻一拉,开了,里面有一个蓝色小塑料包。高文明的这件一次性雨衣属于高档货,街上不多见,与汇款给牛伯安的人所穿的雨衣相同。

这件一次性雨衣揉成一团,胡乱塞在小塑料包内,显然用过一次。

经向电信部门调查,今天上午十一点半,丁香与高文明通话半分钟。假设高文明接到丁香的指示后,随即于十一点四十分赶到距光明大厦一百米的自助机汇款,时间上有点紧,但来得及。

小袁问:"今天你在哪儿?"

高文明答:"光明大厦,集团总部秘书室。"

116

"一天都在？"

"九点上班，我因事晚到了三十五分钟，我在秘书室工作到四点一刻，然后出发到你这儿喝茶。"

"上班时没离开过大厦？"

"没有。"

"谁能证明？"

"光明大厦监控这两天维修，秘书室只有我一个人。"

高文明的回答像是在念写好的文章。

小袁问："你在丁董事长身边做了多长时间秘书？"

高文明答："两年多，我以前在丁香服装公司，后来调到光明集团。"

小袁做过背景调查，三年前，高文明父亲开办的公司破产后，其父失踪，高文明与母亲生活陷入困境，是丁香伸出援手，安排高文明到身边做秘书工作，解决了母子的生计问题。高文明应该对此感恩于心。

小袁问："八月四日晚九点左右，你开车送丁董事长回的家？"

高文明答："是的，丁董事长喝酒了，不能开车。"

小袁问话速度加快："在哪儿喝的酒？"

高文明答："曹记面摊。"

"一个集团董事长，在街边小面摊喝酒？"

"丁董事长来自社会底层，作风朴素，平易近人。"

"丁董事长经常喝酒？"

"很少。"

"什么情况下喝酒？"

"重要应酬，或是遇到老朋友，丁董事长有时喝一点点。"

"丁董事长在曹记面摊有重要应酬？"

"没有，重要应酬怎么可能安排在一个小面摊。"

"遇到老朋友？"

"是。"

小袁加重语气："哪位老朋友？"

高文明答："我不认识，八月四日下午来光明大厦的一位客人。"

"性别？"

"男。"

"你送丁董事长回家，他的那位男性朋友留在面摊上，还是也上了红旗车？"

"上车了。"

高文明想，这位女警官可以向曹民调查，只能说实话。

小袁问："丁董事长的男性朋友坐在车上什么位置？"

高文明答："后排。"

"他也去了丁董事长家？"

"……他在半道下的车。"

"在哪儿下的车？"

"记不清了。"

"前天的事，你就记不清了？"

"因为那场车祸，我精神上受到刺激，脑袋嗡嗡地响，我可能患上间歇性失忆症，明天我要去医院检查一下。"

高文明的理由十分巧妙。

小袁问："高秘书，送丁董事长到家后，你会不会忘记了做一件事？"

高文明问："什么事？"

"忘记拔车钥匙、锁车门了？"

"不可能！绝对不可能！我不是粗心大意的人！"

高文明像一只被踩痛尾巴的猫，跳起来。

小袁问："你紧张什么？"

高文明脸红，手抖，呼吸急促，面部肌肉僵硬，说："我不是紧张，而是……气愤。"

小袁说："坐下，喝口茶。"

过了好一阵，高文明恢复常态。

小袁问："你与肖芳是恋人关系？"

对于这个问题，高文明抵触情绪很大，他说："这是我个人的私事，我拒绝回答。"

"八月四日深夜，你与肖芳一同到她家，是否有人知道？"

"没人知道。"

大办公室的弹簧门向里推开，毕队长回来了。他坐到小袁身边，翻阅询问笔录。看到其中一段，他问："丁香的老朋友，叫什么？"

高文明说："我是做秘书的，不好随便问，他与丁董事长的关系不一般，很亲密。"

毕队长说："你瞎猜的吧。"

高文明说："我看出来的，两人相对时，眼神不一样，像是久别重逢的恋人。"

"胡扯！"

毕队长摔掉询问笔录，中指关节在桌面上敲打两下，离开大办公室。

高文明说："毕警官嫉妒了，我能理解。"

小袁好奇心重，说："给我讲讲，丁董事长的老朋友什么样。"高文明看看桌上的询问笔录。小袁收起笔："不记录。"

高文明侃侃而谈……

3. 无名客

快下班时。光明大厦前，出租车上下来一位男乘客，付过车费后，他向大厦旋转门走来。

门卫老乔敬礼："请问您找谁？"

来客说："我找丁香。"

一开口直呼丁董事长的名字，这样的客人少见。门卫老乔说："您怎么称呼？"

来客笑言："你对丁香说，让她下来接我。"

门卫老乔说："请您稍候。"

旋转门内，门卫老乔给秘书高文明打电话："来个男的，派头挺足，找丁董事长，让不让进？"

高文明问："叫什么？"

"他不说。"

"干什么的？"

门卫老乔老实回答："看不出来。"

经常有一些跑广告、拉赞助、上门推销的人来大厦求见丁董事长，令人不胜其烦。高文明指示："你说丁董事长不在，打发他走。"门卫的一句话让高文明改变主意，门卫老乔说："来人口气真大，他说，让丁香下来接他。"

高文明出秘书室，乘电梯下楼，穿过一层大堂，在旋转门外见到这位无名客。

无名客身材高大，国字脸，浓眉，一双眼睛炯炯有神，气度儒雅，举止稳重、干练，年纪约莫三十几岁。

高文明问:"贵姓?"

无名客坚持不说姓名,不表明身份:"你对丁香说,一个老朋友来看她,快去。"

高文明脑子一转,问:"您的车停哪儿了?"

无名客说:"我坐出租来的。"

一个私家车都没有的人,在本市官员、工商界头面人物中,高文明没见过无名客这张脸。高文明要下逐客令了。

高文明话到嘴边,一件听说的关于丁董事长的旧闻从脑中一闪而过,他迅速改口,说:"我这就向丁董事长报告。"

丁董事长在电话中说:"我去接他。"

往常,三分钟内,丁董事长就应该下楼了。这次,过了十分钟,她才走出董事长专用电梯。她换下集团统一制服,穿上一条白色新式旗袍裙,头发盘成高髻,脸上施了淡妆。

高文明已将无名客请进大堂。

丁董事长与无名客相对而立,相互轻轻笑了笑,无语,两人的眼神却在说话。

两人走进电梯,梯门关上。

一小时后。秘书室里,高文明冲了一杯速溶咖啡,站在窗前。他向下看见,丁董事长与无名客走到停车场,上了黑色红旗轿车。

晚八点半,接到丁董事长电话,高文明坐出租车到曹记面摊。丁董事长与无名客都喝了点酒,有两三分醉意。

高文明开上黑色红旗轿车,送丁董事长回家。

听到这儿,小袁问:"你把两个人都送到家了?"

高文明重复:"丁董事长的老朋友在半道下的车,下车的地方我记不清了。"

高文明在询问笔录上签字,告辞。

他走到大办公室门口时,正巧一位刑警进来,弹簧门反弹,他反应慢，躲闪不及，门打到他的脸。

小袁问："没事吧？"

他揉着脸，说："还好。"

看着高文明的笨样子，小袁心中一动，闪出一个新念头。

高文明一走，毕队长回到大办公室，他在隔壁监听高文明的谈话。

小袁汇报："通过这次询问，发现三个问题。一、在向牛伯安的银行卡内汇款这件事上，高文明有重大嫌疑。建议立即询问牛伯安，查清这笔款项的性质。二、八月四日夜九点，丁香与无名客乘坐红旗轿车，极有可能一同回到丁香家，高文明隐瞒了这一情况；无名客坐在后排座，所以监控视频中看不到他的影像；他整夜与丁香在一起，可能配合丁香作案，当巡逻保安一点钟经过时，他开一下厨房的冰箱门，灯光外泄，借此造成丁香在家的假象；建议查明无名客的姓名等信息，必要时传唤到案。三、在问到高文明送丁香回家后，是否忘记拔车钥匙、锁好车门时，高文明为何反应激烈，其中定有隐情。建议进一步深入调查。"

毕队长拿过一张当天的本市报纸。

小袁问："无名客会是谁呢？"

报纸放到小袁面前，头版是八月五日新到任的邬代市长田间视察的照片。毕队长说："是他。"

4. 我是商人

邬代市长与甄帅礼节性握手。这是在市政府小会客厅，红地毯，一圈沙发，墙上挂着一幅鹰击长空图。

两人入座。

甄帅说:"邬市长甫一上任,即在百忙中接见我,深感荣幸。"

邬代市长纠正:"我是代理市长。客气话不说了,谈正事。"

"邬代市长请指示。"甄帅说。

"没有指示。"邬代市长让秘书抱来一摞文件,说,"这是本市几个招商引资项目的可行性报告,欢迎投资。"

甄帅来时预料到这次会见的内容,他委婉地说:"我是商人,在商言商。"

邬代市长朗声一笑:"当然,你要赚钱,我要发展,不会让你亏本的。带回去好好看看,一周之内给我答复。"

甄帅说:"好的。"

邬代市长说:"正事谈完了。"他看看手表:"还有点时间。甄先生,你是光明集团的股东之一,丁董事长这次涉嫌刑事案件,对集团有什么影响?"

甄帅说:"目前影响不大,丁董事长取保候审后,今天重回集团主持工作了。"

邬代市长的大手一拍沙发扶手:"光明集团是一家大型综合性公司,涉及面广,绝对不能乱,乱则影响本市的稳定与发展。钟人杰这个人能力如何?你评价一下。"

甄帅说:"还……可以吧。"

"你呢?"

"我?"

"你与钟人杰相比,谁更优秀?"

"我不擅长自吹自擂。"

"你很会说话。"邬代市长问,"甄先生,你在境外开办了十几家公司,不过用了十年时间,说明你能力超群,很有商人的头脑与眼光,对此我表示欣赏。我有个疑问,光明集团是家成功企业,利润可观，你这么精明的商人，而且具有相当强的资金实力，为什么只占有百分之六的股份，是个小股东？"

甄帅说："光明集团成立之初，我并不看好它。为了解决集团急需的周转资金，丁董事长向我借了一笔钱，到期归还时，我见集团取得惊人的飞速发展，便再三请求将借款转为入股，在丁董事长的说服下，股东会才勉强同意的。"他加了一句："我从中得出一条经验教训，低估丁董事长的人要吃大亏。"

"你很坦率。"邬代市长说。

"邬代市长，如果由你挑选，你认为谁是光明集团董事长最合适的候补人选？"

"我不干涉企业的自主经营。"

"如果有人要求邬代市长表态呢？"

"今天谈到这儿。"

两人握手道别。

秘书带着两名工作人员进来，摘下鹰击长空图，挂上一条横幅，上书四个中规中矩的颜体大字：厚德载物。邬代市长站在横幅前，说："鹰击长空图太过张扬，与我的前任个性一样。"

甄帅听说，这位前任调往他处，降职使用。

秘书说："车备好了。"

邬代市长指示："司机回家，我自己开。"

甄帅问："邬代市长又要微服私访？"

又要？什么意思？邬代市长可能没听见。

马路上，白色宝马轿车靠边，减速礼让。

黑色奥迪轿车平稳地开过去。

白色宝马轿车里，威尔逊边开车边说："邬代市长去参加钟人杰、朱天佑为他接风的晚宴，地点是王朝酒店。"

甄帅难得地笑了笑。

甄帅为什么笑，威尔逊没问，他的这位老板心里想的事从不说出来。

5. 接风晚宴

富丽堂皇的王朝酒店。

天字第一号包间彩绘玻璃门外，钟人杰、朱天佑一身正装，笑容满面，快步迎上去，同时握住邬代市长的左右两只手，热情地上下摇动。

包间内，圆形大桌上摆着大篮鲜花，苏小蝶的花店专门送来的。整面墙的水族箱中，一条硕大的金龙鱼上下游动，巡视它的王国。大水晶吊灯下，一切熠熠生辉。

邬代市长坐到上座，说："我看看菜单。"

朱天佑说："邬市长有爱吃的菜再加。"

"我是代理市长。"邬代市长提醒地说。他勾掉菜单上的龙虾、雪蟹、鱼翅等，只留下四样家常菜。他问："你父亲身体好吗？"

朱天佑说："他老人家精神矍铄，老当益壮，尤其是性功能方面。"末尾几个字压低声音。

邬代市长说："代我向你父亲问好。"

朱天佑说："我父亲很关心邬市长的这次升迁，他让我转告一句话，他会继续支持邬市长。我父亲还说，如果我做了错事，请邬市长严加管教。"

"不敢当，我比你大不了几岁。"

"长兄若父。"

朱天佑说的这四个字一下大大拉近了他与邬代市长的关系。朱天佑的父亲朱辰是九鼎投资董事局主席，邬代市长拜见过两次，朱辰霸气凌人，睥睨四方，不可一世，怎么会养出朱天佑这么一个窝囊的儿子？

朱天佑问："喝什么酒？"

邬代市长说："我开车来的。"

"多少喝一点？"

"你想让我因为酒驾丢官卸职？"

朱天佑忙说："换茶，换茶。"

邬代市长向右转过脸，问："钟总，我听天佑讲，你出身于书香门第？"

朱天佑话多："钟总的爷爷是清末秀才，父母是高中语文老师。钟总六岁时《唐诗三百首》背得滚瓜烂熟，上大学时，别看他是学理工的，每期校刊都有他的诗歌、散文。"

邬代市长问："你们是大学同学？"

朱天佑说："我哪儿上得了名牌大学。"

邬代市长问："钟总哪年开始经商的？"

还是朱天佑代答："钟总曾在几家公司任职，两年多前自主创业，在本市开办了青云科贸公司。"

邬代市长问："钟总从哪儿筹集到的创业资金？"

朱天佑说："钟总从不谈这个问题，跟我没说起过，我也想知道，钟总，你的创业资金怎么来的？"

邬代市长等待回答。

"我出卖了一样东西。"钟人杰说，他的声音有些暗哑。

邬代市长问："出卖的什么？"

朱天佑自作聪明："我猜，八成是传家之宝，钟总的爷爷应该留下一两件值钱的好玩意儿。"他举起杯子："以茶代酒，一为邬市长接风洗尘，二祝邬市长在新的工作岗位上大展宏图，指日高升。"

邬代市长应付地与二人碰碰茶杯。

钟人杰的资金来源是个谜，他以债转股形式投入光明集团的资金数额巨大，什么家传古董能卖出这么多钱？邬代市长急于搞清这位年轻企业家的真实来历，因为秘书向他汇报：光明集团九日召开临时股东会，如果需要由他对光明集团董事长的人选作出政治干预时，他要做到心中有数。

邬代市长问："钟总成家啦？"

钟人杰摇头。

邬代市长说："市机要室有位姑娘，大学本科，长相好，身材好，我做红娘，介绍给钟总。"

钟人杰冲口而出："我是 celibate，独身主义者。"

朱天佑替他解说："两年多前，钟总的初恋情人离他而去，被一个卑鄙无耻的小人横刀夺爱，钟总至今没有走出阴影。他立誓终身不娶，一心扑在事业上。"

钟人杰神色黯淡。

三人换个话题，边吃边谈。

邬代市长观察到一个细节，朱天佑给他夹菜时，用的公筷，而给钟人杰夹菜时，不仅不换筷子，还嘬一下筷子头，钟人杰对此并没有嫌厌的表情。这两人的关系不寻常。

朱天佑问："邬市长，丁香的罪要判几年刑？"

邬代市长说："我不了解案情。"

朱天佑说："我在市刑警队有朋友，我今天打电话问了问，朋友告诉我，丁香起码要吃三年牢饭。"

邬代市长问："你的朋友叫什么？"

朱天佑支吾道："他姓，姓……邬市长，光明集团约有一半股东支持钟总为新任董事长。"

邬代市长问："钟总，你在光明集团有没有具体职务？"

钟人杰说："我只参加例行的股东会议。"

朱天佑急忙补充："丁香凡有重大决策，首先征求钟总的意见，钟总同意后，才拿到股东会讨论决定。钟总实际上是幕后主管大局的人，光明集团的灵魂人物。"

邬代市长想，大吹法螺。青云公司的纳税记录基本为零，这个钟人杰到底是什么来头？

朱天佑说出今天的主题："邬市长，希望你能明确表态支持钟总。"

邬代市长面露不快。

"这是我父亲的意思，"朱天佑点到为止。他问："邬市长，这儿的菜合你的口味吗？"

邬代市长说："我对吃不讲究。"

朱天佑说："不讲口味，要讲卫生呀，最好不要到路边小摊吃面，容易吃坏了肚子。邬市长，曹记面摊的牛肉面好吃吗？我也想去尝尝。"

邬代市长听出他的话中另有所指。

朱天佑兴致勃勃地说："邬市长，你上任之前，咱们市里的石副局长闹出一件绯闻，这位局长大人年轻有为，刚提拔没几天，春风得意，忘乎所以。他没管住裤裆里的盒子炮，与小情人在路边烧烤摊相约见面，再去酒店开房，自以为做得隐秘，还是被人发现，告诉了他老婆。他老婆是个悍妇，立即赶到酒店，一脚踹开客房房门，一通大闹。结果，石副局长身败名裂，降为科员，前天查出患上精神分裂症。"

朱天佑的瞳仁泛出黄光。

他说这些话时，凑得太近，口中难闻的气味扑到邬代市长脸上。口臭不可怕，可怕的是有口臭的人不自知。邬代市长心中作呕，他听懂了，朱天佑是在隐晦地威胁。邬代市长有了新的认识，这个朱天佑不简单，不是一个只会拍马屁、做跟班的蠢货。

朱天佑又一举杯："祝邬市长官衔中的'代理'二字早日去掉，成为真正的邬市长。"

三人碰杯。

放下杯子，朱天佑往椅背上一靠，说："累死我了，钟总，你教我的话我全说完了，没说错吧，妈呀，真费劲。"

朱天佑是只木偶，一切出自钟人杰的操控？

邬代市长一时分辨不清。

6. 男人

王朝酒店外，钟人杰、朱天佑恭敬地送走黑色奥迪轿车。

朱天佑说："邬市长娶了个丑老婆，特丑。"

黑色奥迪轿车行驶十几分钟，停在一个小区的大门口，邬代市长在这里安的新家。等待阻栏杆抬起时，车窗外有人朝他招手。车窗降下，露出曹民的脸，他说："小邬，邬市长，我是老曹。"

邬代市长说："上车，到家里坐坐。"

曹民说："不了，我就两句话。"

黑色奥迪轿车倒退二十几米，不堵住小区大门。邬代市长下车："什么事？"

"这是我的申诉材料。"

"告谁？"

"告丁香，她必须承认赵志是因工死亡。"

"你还没放弃？"

"这个官司我要打到底，坚决告倒她！"

邬代市长开导："这事与你无关。"

曹民一股犟劲："路见不平，有正义感的男人就要吼一嗓子。"

邬代市长劝解："你跟丁香是朋友。"

曹民气哼哼地说："过去是。"

"你要我做什么？"

"主持正义。你是一市之长，咱们市的父母官，所以我来找你。"

"这样吧，我把丁香请来，你们坐在一起，协商解决，好不好？"

"不好，我不想理她。"

"你一个大男人，心胸气度不如女的？"邬代市长应付地说，"申诉材料我先收下，过几天给你答复，你别抱太大希望。"

曹民没有走的意思。

邬代市长问："还有什么事？"

曹民说："私事，跟你有关。八月四日晚上，你离开我的面摊，坐丁香的车去她家了吧，你别急着否认。"

"你不好好开你的面摊，管我的私事？"

"你们两个好过，到了谈婚论嫁的地步，是你对不起丁香的，为了……进步，你娶了一只又丑又凶的母老虎。"

邬代市长一脸窘态。

曹民真诚地说："我打听了，你老婆昨天上午到的，前天夜里你准是跟丁香在一起。如今，丁香遭人陷害，你能证明，你整夜在丁香家，和她没分开过，她不可能分身去开车撞人、抢包。"

"你凭什么说我和丁香整夜在她家？"

"在我的面摊上，你们两个就恨不得马上抱成一团，啪啪

130

啪……"

"说话文明一点。"

"你若是七尺男儿,就应当站出来,帮丁香洗清嫌疑。"

月光下,邬代市长表情模糊。

7. 难言之隐

回到家,邬代市长把自己关在书房里,书桌上摊开一份红头文件,他没看。

书房门紧闭,按照他的特别指示,在门的内外两面各加装了一层厚厚的皮革包毡,仍然挡不住老婆无休无止的抱怨声。老婆声音又尖又细:"地板不是实木的,没弹性,太硬,硌脚;抽油烟机噪声吵死人;卫生间浴盆太小,只够涮涮脚丫子;客厅地毯难看,化纤的,气味熏得人头痛;这么小的房子,养鸽子合适……"她在各屋走动,看哪儿都不顺眼。

邬代市长充耳不闻,他习惯了。

他在书桌上摆放一份红头机密文件,为的是以保密纪律为由,阻止老婆进书房,他不想看见老婆那张胖得变形的脸。老婆本来还算苗条,婚后像气儿吹的一样以神奇的速度胖成现在这副模样,酷似黄色版的米其林轮胎人。结婚数年,没有孩子,责任在他。他有病,每次与老婆同床,总是力不从心,去了多家医院,买了大堆补药,没用!他的病在心里。嫁给这样的男人,哪个女人不是牢骚满腹?

书房外没声了,老婆抱怨累了,自会去睡觉。

前天下午,他到光明大厦,主要为了向丁香转达九鼎朱辰的一句口信，其次才是叙旧。

　　几年不见，他以为两人感情早已淡化、逝去，与丁香一见面，他才发现，那段恋情深藏于两人心中，就像是封住火的煤炉子，一打开进气盖，空气涌入，立时重又燃起红通通的熊熊烈火。

　　曹民说的不对，他并没有对不起丁香，是丁香提出的分手。

　　上天让一对恋人相遇，必会创造机会。时光回流到七年前，丁香开办佳友家政服务公司，去主管部门领取营业执照。公交车上，钱隆皇上把两根手指伸进她的口袋，一个堂堂正正的年轻男人大声喝止。钱隆皇上骂骂咧咧，掏出小刀子胡乱比画，被年轻男人出手教训了一顿，扭送派出所。丁香全程旁观，受到一个男人英勇无畏的保护，她有种奇妙的感觉。年轻男人就是如今的邬代市长、当年血气方刚的小邬，说起来，钱隆皇上算是为两人牵线的月老。

　　丁香初入商海，经验不足。小邬在政府机关工作，接触面广，眼界宽，他给丁香出了不少好主意。

　　两人关系急剧升温，初尝禁果，择定婚期。

　　人人都说两人是天作之合，唯有曹民大泼冷水，他说："你们两个都是人尖子，个性一个更比一个强，一山不容二虎，公虎母虎发情时在一起，交配过后，各奔东西，各回各的地盘。"

　　旁观者清，真让曹民的乌鸦嘴说中了。

　　小邬将要调往外地工作，他主动要求的。起因是一次同事聚餐，他议论了几句领导，酒后嘛，难免有一两句不敬之词。他的话传到领导耳中，已定的副科长一职泡汤了，被打小报告的人取而代之，他只能换个地方。他想让丁香跟他一同走，丁香反而劝他留下来，辞去公职，两人合办夫妻店。小邬志在为官一任、造福一方，他只身离开本市。分开初期，两人每天电话、书信不断，互诉思念之情，一日不见如隔三秋。时间长了，书信渐短，电话次数渐少，成了例行问候。随着时间推移，丁香的生意越做越大，小邬稳步成为邬科长、邬局长，两人生活与工作内容大不相同，对事物的认识与理念随之变化，越来越缺少共同语言。

一次，两人通话，问完"你干什么呢"，不知下面该说什么。停顿了一会儿，丁香说："咱们分手吧。"

丁香说这句话是经过深思熟虑的。两人选择了不同的人生道路，渐行渐远，都不可能迁就对方。分手之后，时任邬局长的他娶了一个上级领导的女儿，就是现在的老婆。婚后，他总觉得心里空落落的，说不清因为什么。

前天，两人久别重逢。董事长室里，丁香亲手给他沏茶。

梦见无数次的人儿，如今近在眼前。丁香身上的香气若有若无，邬代市长几乎不能自已。他收敛浮动的心神，转达九鼎朱辰的一句口信，短短两个字："休战。"

丁香未加理会。

邬代市长说："朱老先生要你的回话。"

"你一个政府官员，怎么成了朱辰的信使？今天不谈这个。"丁香凝视着他，"你的眼角有鱼尾纹了。"

"当官老得快。"

"你夫人没跟你一同上任？"

"她明天上午到。"

"难怪你敢来看我。"

两人笑了，笑中有一丝苦味。

一小时后，丁香提议，去曹记面摊吃面。

到了曹记面摊，曹民与邬代市长两个老朋友热情地握手、拥抱。曹民拿来几瓶啤酒，一盘煮花生，不看丁香，说："我请客，谁给钱跟谁急。"

曹民手里拿着三只杯子。

最便宜的啤酒，满含最浓的情谊。

丁香喝了半杯，脸上绽开两朵桃花。

邬代市长有了几分醉意，不是喝了酒的缘故，他平时的酒量很大。

黑色红旗轿车开来，丁香上车前，回首深深看了邬代市长一眼，上车后，她没拉上车门。望着敞开的车门，邬代市长浑身血流加快，他抬起脚，迈出一小步。

他上了车。

车里，丁香身上的香气包围了他。

黑色红旗轿车驶入小区大门时，他向后靠，外面看不到他。

单层别墅前，他下车，迟疑着该不该走进前面那扇打开的门。

他走进去，门在身后关上。

黑暗中，他与丁香紧紧拥抱。

卧室里，一次又一次的疯狂。他的激情如同禁锢已久的洪水，冲破堤防，无尽地倾泻而出。

一个半小时后，在丁香的爱抚中，他沉沉入睡。

凌晨四点，丁香叫醒他。

两人再次亲热。

丁香开着黑色红旗轿车，送他回到本市新安的家。几小时后，他的老婆就要到了。

多么美好的一夜！

此刻，邬代市长坐在书房里，心中的怀疑却在一点一点地滋长，这种怀疑就像讨厌的柳絮一样挥之不去。

他怀疑什么？

他大致记得，八月四日那天夜里，他睡着的时间不到十一点，次日凌晨四点醒来，中间五个小时在美梦中。他从邢局那里了解到，黑色红旗轿车深夜十一点出小区，两点返回，开车的是白衣女人。丁香趁他熟睡之际，外出作案？丁香拉他到街边曹记面摊吃面，然后同车离开，不少人看到了。今天，甄帅、朱天佑、曹民或明或暗地提到这件事。丁香意图利用他做掩护，而他不得不成为丁香不在作案现场的证明人？

如果真是这样，丁香太可怕了！

一夜缱绻，代价高昂。他跌入丁香预先挖好的陷阱，他的仕途、地位、名声、家庭将全部化为乌有。

邬代市长悚然心惊！

隔门传入老婆粗重的鼾声。邬代市长心烦意乱，在书房内来回踱步。

手机铃响，来电显示：丁香。

铃音很急。邬代市长的手指在屏幕上悬停了几秒钟，点击接听。

丁香的声音："小区外，向东两百米，林肯车里，我等你十五分钟，你不来，我就走。"

黑色加长林肯轿车里，电子表泛着绿色荧光，时间为PM10：30。

8. 情为何物

放下手机，邬代市长打开书房门，一步跨出去。

一脚门外，一脚门内，他停住了。他慢慢退回到书桌前，坐到椅子上。

窗外，夜色正浓。

书桌上，小座钟的秒针跑得飞快。他反复权衡利害，脑子里翻江倒海，去还是不去见丁香？去了，丁香明确提出要他出面作证，他如何应对；不去，逼急了丁香，咬他一口，他又如何收场。

往日，他处理政务时素以有魄力、有决断著称，今晚这是怎么啦，如此优柔寡断，进退失据？！

一夜荒唐啊，他后悔不已。

黑色加长林肯轿车里，丁香注视着电子表上不断变化的时间，十分钟过去了。

人行道上，不见他的身影。

秒针跑了整整十圈。邬代市长手按桌面，站起身，身体显得沉重。

门厅，衣帽柜前，他对镜穿上长裤，短袖衬衣。头发有点乱，他用手理一下，喷点发胶。他去拿领带，身后有动静。他大转身，老婆披件黑纱睡衣站在那儿，正瞧着他。他说："你不睡觉，怎么起来啦？"

老婆说："晚饭吃咸了，口渴，喝点水。这么晚了，你去哪儿？"

他说："去办公室，紧急公务。"

"我不信，去办公室，你喷什么发胶？"

"我是一市之长，无论去哪儿都要注意仪表、形象。"

邬代市长穿鞋，出门。

他绕楼走了一圈，确信老婆没有跟出来，他小心得过分了。

他走向小区大门。

他顺着马路朝东，像白天避开阳光一样，专找路灯灯光照不到的树荫下疾步快走。两分钟后，看见一辆黑色加长林肯轿车停在路边，没亮灯。他过去敲敲车窗，左右看看，拉开车门，坐到副驾驶座位上。车内很暗，他看不清丁香的脸，但能闻到她身上熟悉的特有气味儿。

从他接到丁香的电话开始计算，刚好过去十五分钟。

丁香说："你在家里思考了十分钟，才下定决心来见我。"

邬代市长辩白："哪里，我走得慢了一点。"

沉默。

邬代市长说："在看守所里待了几个小时，你还好吧？"

丁香说："我第一次尝到戴手铐的滋味。"

"我一直在为你担心。"

"担心什么，担心我真的是罪犯？"

"不会是你。"

"如果真是我呢，你怎么办？"

邬代市长不能回答这个问题。

丁香直视着他，说："我知道你真正的担心是什么，你担心我会利用你，要求你为我作证，证明那天夜里我和你睡在一张床上，不可能开车去撞人，法律术语叫，不可能出现在案发现场。"

邬代市长否认："我没那么想。"

丁香接着说："你是不是还认为，我诱使你到我家，上床，是预先安排好的一个局？"

邬代市长："……"

丁香伤感地说："你这样想，我很难过。"

长久的沉默。

丁香口气一变："作为负责任、有担当的男人，你应该主动站出来，为我作证。你是市长，你的一句话，就可以洗清我的嫌疑，使我不再蒙受不白之冤。"

素来镇定的邬代市长慌了，下意识地离她远一点。

丁香的眼睛在暗中闪光："别躲呀，你以前说过，甘愿为我赴汤蹈火。"

邬代市长心中暗暗叫苦。

丁香脸色一正，语气平缓地说："放心吧，我不会强人所难，更不会误了你的前程。任何情况下，我都会坚持说，那天夜里，我一个人在家，你半道下的车。"

"警方向高秘书调查呢？"

"警方今天下午找他问话了，他就是这样说的。"

"这算不算是说假话、作伪证？"

"算是说假话吧，不算作伪证。你去没去我家，跟案子没关系，警方不会查这种风流韵事。"

"你的难题怎么解决？"

"不要管我，照顾好你自己。"

邬代市长大为感动，身体不再紧绷着，脸上情不自禁地浮现轻松的表情。他没有问一问丁香如何走出困境。

看到他的表现，丁香心头一寒。

邬代市长说："你需要我做什么？"

丁香声音很冷，说出今夜约见邬代市长的真正目的："作为回报，我要求你不表态支持任何一个人出任光明集团董事长，保持中立，这个交换条件公平吗？"

邬代市长说："公平。"

"如果朱辰要求你支持我的对手呢？"

"我找理由婉言回绝。"

商品经济活动主要体现为等价交换，丁香与邬代市长之间做成了一笔交易。两人曾经的爱情呢？呵呵，情为何物？

下车前，邬代市长问："我睡着以后，你一直在我身边？"

丁香说："把车门关好。"

邬代市长向回家的方向走。确信不会受到丁香的牵连，他恢复沉稳的步伐，襟怀坦荡的神态。

等他走远，黑色加长林肯轿车发动，驶入主路。

一辆灰色小轿车跟在后面。

9. 大恶人

灰色小轿车跟了一段路，车内，小袁汇报："林肯车在回家的路上，是否继续跟踪、监视？"

毕队长的声音："我另外派人，你回队。"

"是。"

"丁香的行动有没有异常？"

"有。丁香与邬代市长秘密见面，在林肯车里谈话，时间大约一刻钟。"

"谁准许你监视邬代市长的？"

"监视丁香的过程中，碰上的。"

"我查过了，邬代市长与本案无关，他的私生活不归刑警队管。"

小袁皱皱鼻子，以示不满，反正毕队长看不见。

毕队长放下座机话筒，他坐在刑警队大办公室里，手里拿着一份刚收到的传真。这份传真是一张三十一年前地方报纸的影印件副版，上面刊登了一位名叫丁丁的年轻花旦演员的生平简介、不幸意外死亡的消息，并配有照片。

传真是当地的刑警队长罗强发来的，不到四十八小时，他兑现了诺言。

丁丁的照片放大后，摆在眼前。

毕队长打开笔记本电脑，从光明集团网站上下载了一张丁香的照片。

两张照片并排放在一起。

毕队长双手抱肩，凝神细看，两张照片揭开一个雪藏了三十一年的秘密。

弹簧门推开，小袁回来了。她跑到饮水机前，连喝几大杯凉水，闷在不能开空调的小轿车里，她一身汗，渴坏了。

毕队长说："来，看看这两张照片。"

小袁过来，才看一眼，乌黑的眼睛立时睁得又大又圆。

两张照片上的人相貌几乎一模一样，就像同一个人照了两张照片。一张黑白的是殁于三十一年前的女花旦演员丁丁，一张彩色的是今天的女企业家丁香；两人的气质都是平和沉静中，略有一点淡淡的忧伤；小袁有一双训练有素的女刑警的眼睛，她在这两个女人的五官、脸型甚至所盘发髻的式样中没找到一点点不同。

毕队长在与罗强队长的通话中，了解到有关丁丁的一些情况。

丁丁是位地方戏剧女花旦，嗓子圆润如珠，长得更是貌美如花，红极一时，至今一些当地的老男人说起她，无不啧啧赞叹，一脸追思与惋惜的表情。

追求她的男人如过江之鲫，不计其数。据说，其中最痴狂的是位腰缠万贯的富商，姓朱，朱什么不详。他为了求得美人一顾，一掷千金，答应给该剧团一大笔赞助。地方戏剧不景气，这笔钱相当于雪中送炭，剧团领导不胜感激地将朱姓富商视为财神祖宗。

一日，丁丁不告而别，传说她与朱姓富商黉夜私奔。剧团领导更为气愤的是，并未收到朱姓富商的分文赞助，人却被拐跑了。

十个月后，她回到剧团，怀胎十月，回来生孩子的，传说她被朱姓富商抛弃了。那个年代，未婚先孕是严重违纪、为人不齿的行为，剧团领导一怒之下，将她开除，责令她限期搬出集体宿舍。

剧团接到邀请，外出巡演，集体宿舍只剩丁丁一个人。又是传说，她生下一名死婴，埋在院墙外的小树林里。

当夜，她因煤气中毒身亡。

火化后，她的骨灰下落不明。

一个并不凄美的故事。毕队长想，丁香聪明过人，她对这些事毫不知情？毕队长抓起座机话筒，拨通丁香的手机，铃声响了半声，他感到不妥，挂断电话。

很快，丁香回拨过来，问："毕警官，找我有事？"

"没事，拨错了。"

"取保候审期间，我保证随传随到，不会违反规定。"

丁香谦恭地说，她懂得何时应当放低身段。

她把通行证放到前风挡玻璃处。门卫敬礼，黑色加长林肯轿车驶入小区。她远远看见，单层别墅内外的灯全亮了。

母亲回来了？母亲喜欢亮堂。

餐厅里，母亲丁苦菊端上一盆冒着热气的南瓜，说："老家的南瓜，养胃。"

丁香拿起一块，吃了一口："真甜。"

丁苦菊年逾六旬，像一株朴实、硬朗的老树。丁香靠在她身上，问："妈，您不是说要在老家多住一段时间吗，怎么提前回来啦？"

丁苦菊说："如果你常住看守所，总要有人给你送衣服、送被褥、送牙刷牙膏还有洗脸的毛巾，接到电话，我就赶回来啦。"

"您听谁说的我进看守所了？"

"别管谁说的，我相信我的女儿不是坏人，不干坏事。"

"只有您还相信我。"

"你是我的女儿，我养大的，你心眼多，做事不守规矩，常爱算计人，但是，你不会做违法的事，你说过，成本太高。"

"妈，您是夸我，还是骂我？"丁香娇嗔。

"夸你。"丁苦菊用食指一杵女儿的脑门。

母女俩有说有笑。

丁苦菊说:"妈带回来十多个大南瓜,自家种的,毕警官胃不好,你让他来拿两个。"

丁香说:"妈,我现在是他监管的疑犯,您想行贿?"

"你这辈子都归他监管,妈才高兴呢。"

"那个六亲不认的家伙,我讨厌他。"

"毕警官那样的好男人不多,他能保护你。"

"我不需要男人保护。"

丁苦菊叹息:"女人哪,长得太好看,又太有本事,再加上太要强,准没好命。女人只能有其中一样,老天爷是公平的,你的……"她不往下说了。

丁香从领口掏出一条白金项链,链子上系着一粒白莲花托着的晶石,纯净白色的晶石。她的眼睛中有晶莹的东西一闪。

丁苦菊问:"谁在背后害你?"

丁香说:"我快查出来了。"

丁苦菊说:"不用查,准是那个大恶人,妈劝过你,别招惹他,你不听,你斗不过他。"

丁香坚定地说:"我要扳倒他。"

丁香把那粒晶石握在手中。

丁苦菊知道劝不动这个女儿,她说:"好吧,妈陪着你,跟那个大恶人斗到底,哪怕赔上这条老命。"

月华如水,洒满绿色的草坪。

单层别墅外,老保安卢汉章一个人巡逻至此,时间已近零点。

他轻敲别墅大门。

门开了,他走进去。

10. 扑朔迷离

刑警队大办公室的窗户射出明亮的灯光。

"丁丁生下来的不是死婴。"小袁说。

"说下去。"毕队长一手托腮。

"丁丁把襁褓中的女婴托付给了丁苦菊。"

"然后呢？"

"女婴长大了，就是现在的丁香。"

"证据？"

小袁不无得意地一笑，她拿过传真件，指着丁丁的生平简介，说："这上面有丁丁的籍贯，我刚查了丁苦菊的身份信息，两人是一个县、一个乡的人，又都姓丁，合理推测，两人极有可能早就相识，或许还有亲戚关系，应该是丁丁找到丁苦菊，把抚养女儿这件大事托付给她信任的人。"

毕队长点头，表示认同。

小袁问："三十多年前，姓朱的富商，是谁？"

"罗强队长答应，再给他四十八个小时，保证查清。"毕队长说。他有点走神，脑子里想着什么事。

"丁香的身世与咱们办的案子无关。"小袁敲敲桌面，整个刑警队，只有她敢这样对毕队长说话。

毕队长回过神："谈案子。"

小袁汇报："下午，我询问了丁香所住小区的门卫，他证实，八月四日晚九点跟在红旗车后的外卖骑手就是赵刚。根据今天的初查，曹民、赵刚、涂三妹三个人涉嫌为达到陷害丁香、以泄私愤的目的，共同制造了一起交通肇事逃逸、抢劫案。由于牛伯安在辨认中不能确认涂三妹与白衣女人是同一人，我下面推演的仅为可能的案件过程。阴谋自曹民捡到车钥匙开始……"

随着小袁清脆的话音，毕队长眼前同步呈现一连串生动的画面：

曹记面摊，高文明吃完面，从裤袋里掏钱付账，带出车钥匙，滑落；曹民擦小桌子时，看到地上的车钥匙，他过去多次用过丁香的红旗车，熟悉这把车钥匙；

他从一个驼背男人手中接过两把一样的车钥匙，其中一把是新配的；

他脸色阴沉；

时隔不到一个月，八月四日晚，曹民看着红旗车开走，他将一把车钥匙塞到赵刚手上；

赵刚冲门卫一点头，跟在红旗车后进入小区，他把车钥匙交给涂三妹，说了几句话，涂三妹朝单层别墅看了一眼；

夜，将近十一点，涂三妹换上白裙，她先到儿童室，马太太的独子龙儿乖乖地睡在小床上，她推开保姆房通往外面的门，走出去，回手将门虚掩；

单层别墅灯光全无，红旗车停在树荫下，涂三妹用车钥匙打开车门，她插入车钥匙，不开车灯，发动车，声响不大，别墅内没有反应，车内放下的遮阳板挡住她的脸，门卫凭通行证放行，红旗车驶出小区；

龙儿醒了，爬下小床，到保姆房找不到涂三妹，从虚掩的房门溜出去，小幽灵似的随意游荡；

红旗车撞向高文明、肖芳，涂三妹跳下车，来回奔跑，抢走肖芳的红色坤包；

同在"会摇尾巴的狼"酒吧做服务员的钱隆皇上坐在车上，

带涂三妹去修车；

龙儿玩儿累了，睡在草坪上；

两点，红旗车返回小区，停在原处，涂三妹回到保姆房，她本来有病，身体虚弱，又折腾半夜，倒在床上，便昏沉沉睡去……

小袁加重语气："从表面上看，推演的案件过程与现有证据相互契合，严丝合缝，但是，其中存在两个难以解释的疑点。第一个疑点，为实现作案目的，涂三妹完全可以随机任意选取一个行人，为什么偏巧高文明、肖芳成为受害者？第二个疑点，涂三妹为什么下车抢夺肖芳的坤包，而不是尽快逃离案发现场？"

说到这儿，她等待毕队长的回应。

毕队长说："或许涂三妹选定的目标就是高文明与肖芳，或许涂三妹的目的之一就是抢夺肖芳的坤包。"

小袁惊呆了："毕队，你不是人。"

"哎，怎么这么骂领导？"

"你是神仙，半仙。"

小袁打开笔记本电脑，说："我与高、肖二人所乘出租车的司机师傅取得联系，请他把行车记录仪上的视频传过来，毕队，你看。"画面上，远处，两百多米外，当出租车停下时，一辆黑色红旗轿车驶出路边停车位，迎面缓慢开来。小袁说："在此之前，它在停车等待，等待什么？等待高文明、肖芳的到来。"

这是一个全新的情况。

"我还有新的发现。"小袁重放交通监控探头拍下的视频，解说，"过马路时，肖芳行动自然，她挽着高文明的右臂，像只小鸟依人。反之，高文明不停地东张西望，左顾右盼，可以明显看出他的肢体紧张，像是预感到危险即将发生。黑色红旗轿车高速开来，高文明扭头看见，他反应奇快，往前蹿了一步，躲开撞击。

这里面有问题！高文明胸部扁平，胳膊纤细，平时缺少运动。今天下午找他来谈话，他离开时，连反弹的弹簧门都没能躲开，撞伤了脸，说明他并不是反应敏捷的人。"

一个预知危险的人，精神处于紧张状态，危险一旦发生，反应快于平时，这符合生理学常识。

小袁继续说："毕队，你再往下看这段视频，高文明躲在树后，他的头随着白衣女人左右摆动，两人的目光似乎有过瞬间接触，高文明缩回头，既未上前拦阻，也未呼叫求助，我感觉，两人之间存在某种默契。"

小袁不是那个初出警校的小丫头了。对于她敏锐的观察力，毕队长很是欣赏。

小袁说："高文明是受害人之一，以前没往他身上想。我认为，作案目标只有一个，肖芳和她的红色坤包。"

毕队长听出她有一半话没说出来。

小袁没忍住，一吐为快："不能排除丁香在本案中的嫌疑。"

"丁香的动机？"

"肖芳是光明集团财务总监，她的红色坤包里可能有丁香违法的证据。"

小袁的意思再明白不过了。

毕队长与丁香之间确有超出一般朋友的感情，这并不影响毕队长秉公办案。毕队长命令："对丁香的调查不能放松。查清三个问题，一、搞清是谁给牛伯安银行卡里汇的钱，与丁香有没有关系；二、丁香为什么主动承担涂三妹的肝移植费用，这不像是单纯的慈善之举；三、进一步调查丁香的身世。"

小袁对第三项调查不太理解。

咣当当，弹簧门被大力推开。

派出所民警小董风风火火地闯进来，眉飞色舞地大声说："我破了一件大案！"

他是小袁在警校的同学。小袁说："吹牛。"

"我将该案命名为怪物卡通奇案。"小董兴高采烈地说，"今早，我管辖的居民小区有人报案，一个贼深夜潜入他家，在他的宝贝孙子的小床上放下一只怪物卡通，临走偷了两只苹果。"

"这也是奇案？"小袁失笑。

小董说："我在怪物卡通上发现几滴疑似人血，请徐法医鉴定，经过 DNA 比对，结果出来了，确认与老贼钱隆皇上的一致。不到一天，案子成功告破。"

小袁说："赶紧回家吧，你妈妈会表扬你的。"

小董说："你知道报案人是谁吗？光明集团董事宋诚，报案之后他又撤案，我怀疑这是一起恐吓案。"

毕队长说："钱隆皇上，他知道白衣女人是谁，正愁没有案由抓他，全市通缉。"

小董说："毕队，我还行吧，调我到刑警队，求你啦。"

毕队长问："你为什么要来刑警队？"

小董说："在这儿不仅能够施展我的侦探天赋，还能跟小袁在一起。"

小袁说："毕队，别调他来。"

毕队长说："只要你能抓住钱隆皇上，活的，我就向邢局申请调你，邢局不批可不关我的事。"

小董一跳老高："欧耶！"

第五章

1. 兔儿爷

八月七日，凌晨四点。天阴，没有星光。

老城隍庙前，一处自发形成的鬼市上，人影憧憧，几十个小摊出卖的都是各种老物件。摊上点着一盏盏电石灯，摇曳不定。这里曾经多次取缔，屡禁不止。

戴棒球帽的男人姜大虎每日必来，钱隆皇上紧随左右。

钱隆皇上今天一阵阵心悸，做贼多年，他对危险像耗子一样敏感，觉察到警察正在到处抓他。

姜大虎蹲在一个摊前。地上铺块一米见方的旧蓝布，上面杂七杂八地摆着老夜壶、老烛台、老字画，全是做旧骗人的。摊主姓年，生性懦弱，不爱说话，人送外号"老蔫"。姜大虎用手指弹弹老夜壶，一听声，就知道壶身有裂纹，不能用。

老蔫说："有钱人喜欢老玩意，您把它请回家，当个摆设。"

钱隆皇上说："摆哪儿？留着摆你们家祖宗牌位前吧。"

这说的是人话吗？老蔫心里有气。

蓝布一角，立着一尊彩绘泥塑兔儿爷，金盔金甲，背插彩旗，竖着两根长长的耳朵，胯下骑着老虎，通体半尺多高，十分可爱。

姜大虎双手捧起兔儿爷，手指微颤。

老蔫说："这个不卖。"

钱隆皇上说："多给你钱。"

老蔫说："给多少钱都不卖。"

钱隆皇上说："你跟钱有仇？"

老蔫说："这尊兔儿爷是几年前朋友送的，快放下，它是我的镇摊之宝。"

姜大虎把兔儿爷放回原处，他与钱隆皇上交换眼色。

钱隆皇上拿起夜壶，问："这个卖不卖？"

"卖。"

"多少钱？"

没等老蔫说价，钱隆皇上假装手一滑，夜壶脱手，将要摔倒地上时，他一伸脚，用脚面接住。

老蔫收回夜壶，检查有无损坏。

趁此机会，姜大虎解开上衣扣子，拿起兔儿爷，塞进怀里，他用手捂住，起身就走。

天黑，老蔫只顾查看夜壶，没发现。

钱隆皇上一边继续纠缠老蔫，一边向四下看，没发现便衣警察。他看见一个连续两天在鬼市上碰见的人，甄帅。

一个专卖各种斗蛐蛐用品的摊前，甄帅挑了一只式样古拙的蛐蛐罐，在手里摆弄。他询问价钱，摊主从他的衣着举止上看出这是一个有钱人，便报了高价。甄帅掏出一张百元大钞，摊主摇头。甄帅又拿出一张，摊主还是摇头。甄帅放下蛐蛐罐，顺手拿起一根酸枝木老鼠须子的蛐蛐探子，摊主伸出五根手指，收回一根，再收回一根，直到收回四根，甄帅付给五十块钱，摊主接受了。甄帅收好蛐蛐探子，要走，摊主拦住他，指指蛐蛐罐，表示价钱还可以商量。

启明星升起。

天快亮了，姜大虎朝鬼市外走。一声"站住！"老蔫追上来，他一把揪住姜大虎："偷了我的兔儿爷，想跑？"

钱隆皇上身子一横："嘴放干净点，谁偷你的兔儿爷了。"

老蔫不松手，姜大虎的衬衣有一粒扣子没系上，露出兔儿爷长长的耳朵。

围上来十几个看热闹的人。

老蔫说："跟我去派出所。"

姜大虎不说话，一个左摆拳，又快又准又狠，老蔫腮帮子挨了重重一击，踉跄后退。姜大虎野兽般闷吼一声，扑上去，双手掐住老蔫的脖子，正要用力一扭。钱隆皇上叫道："老板，别出人命。"姜大虎收手，与钱隆皇上借夜色逃跑，两人穿着拖鞋，跑不快。

一群摊主人多势众，穷追不舍。

眼看快被追上，一辆白色宝马轿车开来，减慢车速，甄帅从车窗里探出头，说声："上车。"姜大虎拉开后车门，与钱隆皇上先后钻入车内。

白色宝马轿车加速，绝尘而去。

"会摇尾巴的狼"酒吧门外，姜大虎与钱隆皇上下车，姜大虎冲甄帅双手抱拳一揖。

白色宝马轿车开走了。

老蔫被几个摆摊的朋友送到医院，医生检查，右侧第一、第二磨牙（后槽牙）脱落，颈椎骨轻微受损。老蔫拿着诊断证明书，到派出所报案，接待他的是刚从刑警队回来的民警小董。

小董问："谁打的你？"

老蔫与陪他来的朋友们七嘴八舌地说：打人者，"会摇尾巴的狼"酒吧的老板，名叫姜大虎，跟他一起的人叫钱隆皇上。

小董一听，来了精神，他没向毕队长汇报，决定单枪匹马去抓钱隆皇上。

　　老蔫走出派出所，一个人从后面拍拍他的肩，他回头看，是钱隆皇上。老蔫以为对方又来打他，吓得腿肚子发软。钱隆皇上说："老蔫，今儿这事儿私了，行不行？"

　　老蔫说："我这顿打白挨了？"

　　钱隆皇上说："赔你钱。"

　　"我掉了两颗后槽牙，医生说我半年不能出摊，需在家静养。"

　　"赔你钱。"

　　"我摊上丢了两样东西，都是老物件。"

　　"赔你钱，蔫哥，说个数。"

　　"你们得把兔儿爷还回来。"老蔫说。

　　"这恐怕不行。"钱隆皇上面有难色，"我们老板说，钱可以多给，兔儿爷他留下了。"

　　见对方软化，老蔫态度强硬："不行！不把兔儿爷还给我，我告你们抢劫！你叫钱隆皇上吧，我告诉你，警察正要抓你，我不是吓唬你，董警官亲口对我说的。"

　　钱隆皇上阴笑着把手伸进裤袋。老蔫退后一步："你想干吗？"钱隆皇上手往外拿。

　　老蔫以为他要拔刀，转身朝派出所里跑，喊："杀人啦！"

　　钱隆皇上拿出来的是一大把钱。

　　听到喊声，小董手持警棍，冲出办公室。

　　派出所外，钱隆皇上没影了。

2. 影子

上午九点。小董身着警服，走进"会摇尾巴的狼"酒吧，厅内空无一人。小董敲几下吧台，大声问："有人吗？"

一个穿黄色超短裙的妖冶女子不知从哪儿冒出来："哟，警察哥哥，喝什么酒？"

小董出示警官证："执行公务。"

妖冶女子往小董身上靠："不要哥哥的钱。"

小董严肃地说："离我远点，保持一米距离。"

"人家被你吵醒了，身子软着呢。"

"站好！"

妖冶女子不再耍赖，她偷觑小董的脸色。

小董问："你叫什么名字？"

妖冶女子说："我的名字是……昨天喝多了，忘了，我再起一个，楚楚，这个名字好不好听？"

"钱隆皇上在哪儿？"

"不认识这个人。"

"你们老板姜大虎呢？"

"我是打工的，服务员，我都不知道老板是谁。"

小董在酒吧内转了一圈，只见到几个衣着暴露的年轻女子，她们的回答与妖冶女子差不多，都说"没见过、没听说过、不认识钱隆皇上这么个人"。

小董离开酒吧。不到十分钟，那些女子每人一只拉杆箱，四散而去。

一个黑衣老妇蹒跚而来，从里面锁住酒吧的门。

小董并没有意识到他的行为打草惊蛇了。回到派出所，他从"会摇尾巴的狼"酒吧的工商信息中，查找到负责人姜大虎的手机号。电话接通，那边传来电锤凿墙的巨大噪声，震耳欲聋。一个男人问："谁呀？"

小董放粗声音，严厉地问："你是姜大虎？"

"我是，你哪儿呀？"

"派出所，我姓董，今天在城隍庙前行凶打人的是不是你？"

"我，我想想。"

"你打掉被害人两颗牙，构成轻伤，到派出所来接受处理。"

"什么时候去？"

"现在，跑着来！"

小董啪地挂断电话。

半小时后，办公室门推开一道缝，探进一个脑袋："我找董警官。"

小董说："我是，请进。"

从门缝挤进一个男人，尖脸，瘦小枯干，身高一米六几；他穿着一条迷彩长裤，裤腿挽起，小背心，一双旧球鞋，衣服上沾着水泥灰渍；他提着一只塑料袋，袋口露出电钻；这是一个搞装修的民工。

小董客气地说："请坐，找我什么事？"

尖脸男人说："您让我来的，我是姜大虎。"

这人是酒吧老板姜大虎？

小董根本不信，他说："你的身份证。"自称是姜大虎的男人早准备好了，双手呈上。小董验过，身份证是真的，上面的照片与这个男人的尖脸一致，姓名一栏：姜大虎。小董问："你开了一家酒吧？"

尖脸姜大虎说："是啊。"

"叫什么字号？"

"会摇尾巴的狼。"

"你认识一个叫钱隆皇上的人吗？"

"认识，朋友，半年多没见过面了。"

"胡说，你们今天早上还在一起。"

"董警官，我说的是实话，我今天早上没去过城隍庙，打人的人一定是冒用我的名字。您看我这细胳膊细腿的，我能打得过谁呀，挨打还差不多。"

尖脸姜大虎回答流畅，说得合情合理，找不出破绽。小董的调查进行不下去，只好向小袁求援。

十几分钟后，随着警车的刹车声，毕队长与小袁赶到。

办公室里，小袁目光锐利，从上到下审视尖脸姜大虎的衣着，问了一个问题："你每个月从酒吧拿多少钱？"

尖脸姜大虎对这个问题没有思想准备，结结巴巴地说："我，我……"

"说！"小董站旁边一拍桌子。

尖脸姜大虎一哆嗦："每年给我一次钱。"

"谁给你的？"

"钱隆皇上。"

"给多少？"

"也不是给钱，每年给我一家四口回老家过大年的往返火车票，八张。"

事情明摆着，尖脸姜大虎是个挂名老板，他交代，他只认识酒吧里的钱隆皇上，从未见过真正的老板。

进一步调查，在尖脸姜大虎的名下，居然还有一家饭店，一家洗浴中心，一家运输公司。每当遇到消防、税务、工商检查时，尖脸姜大虎就会换上一身笔挺的西装，由钱隆皇上陪着，出面应付。事后，钱隆皇上给他一笔金额不等的赏钱。今天，小董催得急，钱隆皇上手机关机，联系不上，尖脸姜大虎怕误事，没顾得上换行头，急忙跑来派出所，结果露了馅。

尖脸姜大虎本人是一名搞装修的瓦工，贴瓷砖是把好手。

戴棒球帽的姜大虎就像拖在身后的影子。

近几年，本市地下隐伏着一股势力，行事诡秘，领头大哥据说姓姜，人称姜老板。

"会摇尾巴的狼"酒吧门外，小袁拍门。许久，玻璃门里露出一张满是皱纹的脸，她用浑浊的眼睛看看小袁身上的警服，不说话，慢腾腾地打开门锁。

酒吧内只有黑衣老妇一人，无论小袁怎么问她，她一概用手指指耳朵，表示聋，听不见。

毕队长与小袁四处查看。

一株发财树后面，小袁找到一条狭窄的通道，堆满各式饮料箱，仅仅留有一道半尺宽的缝隙。小袁侧身挤进去，通道尽头，有一扇铁门，与墙壁刷成同样的暗绿色。铁门上方，藏着一只小监控探头，对准通道入口。

铁门锁得很紧。

小袁比画着向黑衣老妇要门钥匙。

黑衣老妇摇摇头。

小袁抄起一把红色消防斧。

黑衣老妇从贴身口袋里掏出一把钥匙。

铁门打开。门后，一间十几平方米的暗室，没有窗户。室内，一张床，一张桌子，一把椅子，一个衣橱，再无其他家具。

桌面上，放着一台监视器，还有今早从鬼市上抢来的彩绘泥塑坐虎兔儿爷。

暗室北墙有一扇小门，从里打开，外面是一条胡同。小袁向住户们打听，都说没见有人从小门里出来过。一个做公交车售票员的中年妇女说："我见过。"

她说：她每天下班晚，有两次，大约一点钟，她刚进胡同，小门无声无息地开了，一个戴棒球帽的男人从里面出来，走路没声，鬼影子似的。胡同窄，她贴墙站着，让对方先过去，两人错身之时，她看见那个男人的脸，妈呀，她做了好几次噩梦。

小袁回到暗室，只见毕队长以他惯常的姿势，双手抱肩，站在坐虎兔儿爷前，陷入沉思。

他想起一桩旧案。

3. 没有指纹的人

毕队长从警第一年，本市发生一起命案。

时值中秋。傍晚，一个健壮的农村青年肩上一根扁担，两头挑着的木架子上托着二十几尊彩绘泥塑兔儿爷，沿街叫卖。他卖的兔儿爷有坐象的、坐虎的、坐麒麟的、坐牡丹的，造型逼真，彩绘鲜艳，寓意吉祥，招人喜欢。不少孩子跟在后面，其中胆大的伸手摸摸兔儿爷的一对长耳朵。

买的人多，两个多小时，只剩一尊坐虎兔儿爷。

农村青年叫卖声更响。

前面，几个街头混混站在路灯杆下，抽烟，闲扯，正感无聊。听见吆喝声，看见农村青年挑担过来，一个留披肩发的混混说声："兔儿爷，过来。"

另一个秃瓢混混问："兔儿爷，怎么卖？"

这几个混混张嘴兔儿爷，闭嘴兔儿爷，暗藏骂人的话。农村青年不傻，他人老实，不想惹事，从混混们身边绕开走过去。几个混混围上来，秃瓢抓过坐虎兔儿爷，抛着玩儿。农村青年说："还给我。"秃瓢手一松，坐虎兔儿爷摔到地上，底座裂开一道口子。

农村青年要发作。旁边一位大爷说："小伙子，忍一时风平浪静，退一步海阔天空，别理这几个小混蛋，走吧。"

农村青年弯腰去捡坐虎兔儿爷。

秃瓢伸手摸摸农村青年撅起的屁股，下流地说："兔儿爷，多少钱？"

农村青年这下子被彻底激怒，他伸直腰，一记左摆拳，打在秃瓢的右腮帮子上，又闷吼一声，扑上去，双手抓住秃瓢的脖子，一扭，只听咯吧一声。

秃瓢的头软绵绵地垂在胸前，他的脖子断了。

混混们一哄而散。

农村青年愣愣地站在当地。旁观大爷说："出了人命，还不快跑。"农村青年撒腿就逃。

邢局当年还是刑警队长，他带着小毕（如今的毕队长）侦办此案。警方从现场遗留的扁担上提取到指纹，仅用三天，查明农村青年名叫胡大江，其父是祖传做彩绘泥塑兔儿爷的手艺人，其母常年在外给一个大户人家做保姆。村里人说，这一家三口是外来户，老实本分，胡大江的性子有点急，他从小帮着父亲揉泥，所以手劲儿特别大。

警察直奔胡大江家。

黄昏，西山吞没残阳最后一抹红色。警方将胡家四下包围，胡大江插翅难逃。堂屋，胡父一人坐在条凳上，守着一尊底座有裂纹的坐虎兔儿爷，抽着自种的旱烟。一名警察问："你儿子呢？"

胡父说:"跑了。"

"跑哪儿去了?"

"……"

胡父闷头不语。从这时起,他再没说过一个字。

从那天到现在,胡大江如同石沉大海,音讯全无。几年后,胡大江的父母先后病故,村里人操办的葬礼。警方预作埋伏,胡大江没露面。村里人说,胡大江是个孝子,父母去世都不回来,准是死在外头了。

网上追逃,没有任何线索。

毕队长从警多年,这是他办的唯一一件有头无尾的案子,一直像鱼刺一样横梗在他的胸中。

毕队长一手拿起坐虎兔儿爷。

这尊坐虎兔儿爷不是新品,几处彩绘剥落,有些年头了,底座上有一条明显的裂口。

毕队长与小袁着手搜查。衣橱里,挂着几件衣服,地摊货;床下,一双半新不旧的皮鞋;床上,枕巾洗得发白;谁会相信,住在这里的人拥有酒吧、饭店、洗浴中心与运输公司,是个隐形富豪。

几只抽屉大多是空的,毕队长找到一张万寿墓园的瞻仰证。

小袁把监视器放到警车上,她让黑衣老妇在扣押物品清单上按了手印。

怪事发生了!两位警官在暗室内各处提取到多枚指印,所有的指印都是平的,没有本应该有的环形纹路。住在这里的是个什么人?

一个没有指纹的人!

毕队长两指拈着瞻仰证,说:"去一趟万寿墓园,看看是不是从坟墓里飘出一个幽灵。"

4. 变卦

老式小轿车里，戴棒球帽的姜大虎把帽檐压得更低。

车停了一下，钱隆皇上跳下车。

他在小摊上买了一套煎饼，走得快，吃得也快。他朝前看，说了句："嗬，夫妻双双把家还哪。"

赵刚和涂三妹同乘一辆电动自行车，回"家"。

赵刚说："你非要出院，应当多住几天。"

涂三妹抱着他的腰："在医院多住一天就要多花一天的钱，回家也能养着，还有你陪我。"

"不用咱们花钱。"

"欠债总要还的。"

从赵刚口中，涂三妹得知，她入院抢救、前期换肝费用都是丁香出的钱。如果不是丁香交给医院一张无限额现金支票，她现在已经躺在冰柜里了。急诊的男医生告诉她，丁董事长要求对捐助人的姓名保密，不许外传。涂三妹心里踏实了，但她并不因此感谢丁香，她明白丁香的用意。

赵刚说："咱们还不起，只能在心里记下这份救命的恩情，曹叔说了，做人要知道感恩。"

涂三妹不言语。

地下室小屋里，涂三妹躺到床上："还是家好。"

赵刚坐在她身边，俯身亲她，她说："你弄我一脸口水。"

涂三妹坐起身，搂住赵刚的脖子："老公，你跟曹叔说，中午不出摊了，到咱家来吃饭，我炒几个菜。"她下地，穿鞋："我去买菜。"

"我跟你去。"赵刚很黏人。

"你再去送几份外卖,挣到钱才有饭吃,饿着肚子,没劲儿跟老婆亲热。"涂三妹推他出门。涂三妹对镜化妆,扑粉、描眉、画眼线、涂眼圈、抹口红,她扎上白纱巾,穿上深V领白裙(她没几件像样的好衣服),挎上竹编菜篮。

菜市场里,涂三妹专找四十岁上下的男摊主买菜。这种男人正当壮年,老婆们都已成了黄脸婆,他们见了年轻女人两眼就放光。涂三妹只需抛个媚眼,嗲声嗲气地叫声"哥",买的菜保准又好又便宜。涂三妹对此没有心理不适,她的姐妹们都这么干,当作游戏。这会儿,她站在猪肉案前,花一半的钱买到一块上等精排。卖肉的男摊主旁边,他的老婆气得眼睛喷火,涂三妹带点恶意地想,这两口子之间将有好戏开演,说不定还是一出全武行。

涂三妹挎着菜篮,满载而归。有了活下去的希望,听说做过肝移植的女人还能生小孩,她的心情不再阴郁,脚步轻盈。

一个大脑袋男人看着她,目不转睛。

涂三妹以为又遇到一个色中饿鬼,出于职业习惯,她条件反射地挺胸、扭臀。不对,大脑袋男人看她的眼神中没有那种意思。涂三妹从对方身边走过去,大脑袋男人跟在后面,分明死盯住她的屁股。这个男人是不是有病?

涂三妹越走越快,大脑袋男人紧追不舍。

涂三妹转过身,要骂人。蓦地,她想到了什么。

她飞也似的跑进一处居民小区,在楼群中三转两绕。大脑袋男人没跟上,他拨打手机,说:"耿警官,我是牛伯安,我看见白衣女人啦。"

刑警耿直赶到,问:"在哪儿?"

牛伯安说:"跑了。"

耿直与牛伯安在这一片找了半个多小时，每遇到一个相似的女人，牛伯安都要过去看一眼。如果不是穿警服的耿直在场，他几次差点被当作流氓扭送到派出所。

耿直失去耐心。

地下室小屋，涂三妹用背顶住木板门，气喘不止。她的呼吸渐渐平复，把菜篮放到小桌上，长出一口气。

嘎吱，门轻轻开了。

涂三妹浑身一紧。

一双手从背后搂住她，一个男人说："老婆，中午给我做糖醋排骨？"她回头，眼前是钱隆皇上贼忒忒的笑脸。她挣脱，问："你怎么找到这儿来的？"

钱隆皇上在她身上乱闻，深呼吸，说："闻着你的味儿来的。"

涂三妹一把抓住他的命根子。钱隆皇上"哎哟"一声："松手，松手！"涂三妹抄起菜刀："中午正好缺道菜。"

"姑奶奶，手下留情，我们老钱家十八代单传，我还没娶媳妇哪。"钱隆皇上求饶。

涂三妹松手："你来干什么？"

钱隆皇上躺到床上，四仰八叉的，说："老板让我来的，给你带句话。"

"有屁快放。"

"老板让你嘴严着点，不许胡说八道，你若是敢把不该说的事说出去，明年我给你烧纸钱。"

"你们怕他，我不怕。"

"是吗？你的那个老公是不是叫赵刚？你怎么找了个送外卖的。"

"你管不着。"

"送外卖的，辛苦哇，骑辆破电动车，天天在街上跑。"

涂三妹听出危险。

钱隆皇上露骨地威胁："这年头，交通事故多，轻则断手断脚，重则小命不保，你不怕，做小寡妇也不怕？"

涂三妹脸色苍白，被吓住了。

钱隆皇上拍拍床："趁你老公不在，来，咱俩亲热亲热。"

涂三妹脸上煞气一现，她想杀人。

钱隆皇上下床："我只是个传话的，你别冲我下手，话带到了，你斟酌着办。"出门前，他从菜篮里拿走两个西红柿，说道："贼不走空。"

涂三妹双腿无力，坐到小圆凳上。

中午时分。曹民与赵刚高高兴兴地走进小屋。小桌上，菜篮里的肉、菜原样没动。涂三妹像木头人一样坐着，这次她没喝酒。

赵刚以为她又犯病了，上去扶她："你不舒服？快去医院。"

涂三妹说："我不做肝移植了。"

赵刚一听就急了："半小时前还是好好的，你怎么说变就变？如今钱有了，医院刚来电话，肝源也找到了，明天配型，你又不做了，你不是发烧说胡话吧。"

"我说不做，就是不做。"

"你不想活了？"

"我想死！"涂三妹嘴里蹦出这三个字。

赵刚嘶声喊："你太自私了，太任性了，你只顾自己痛快，一点不考虑我的感受！你死了，我怎么活！"

涂三妹冰一般绝情："我就是自私，任性，我死了，你再找一个！"

赵刚气得呜呜地哭。

曹民问："到底出了什么事？"

涂三妹咬紧牙，不说。

5. 左右逢源

临街的一家酒楼前，钱隆皇上仰起脸，读着招牌上蓝色的大字："什么鲁大酒楼。"

第一个是繁体字，他不认识。他拦住一位路过的像是文化人的老爷子，问："喂，那字是齐吗？"老爷子说"是"。钱隆皇上叨叨一句："齐字还有这么写的，没错，就是这儿。"

他一步三晃地走进酒楼大堂。

二十几张桌子，每张桌子坐了一个食客，每个食客都是只点了一盘炸花生米，六瓶啤酒。今天酒楼酬宾，酒水免费。

女服务员们躲得远远的，二十几个食客不像好人。

钱隆皇上随便拣张桌子坐下。食客中的一个走出酒楼，立在门口，若再有人想进来就餐，他拦住说："里面满座，请另换一家。"

钱隆皇上拍桌子叫道："有喘气的吗？来一个，点菜。"

一名女服务员怯生生地过来。

钱隆皇上点了一大桌子菜，全是菜谱上最贵的，他说："啤酒搬来一箱。你们老板在吗？我是他的好朋友，让他出来陪我喝两杯。"

"老板出去了。"

"你们老板姓孔名全，对不对？我真是他的朋友，我这人姓钱，缺钱。"

菜上齐了。钱隆皇上一杯啤酒一口菜，赞道："好吃。"他还飙句英语："very good！"这家齐鲁大酒楼专营鲁菜，厨艺精湛，口味正宗，远近闻名，生意兴隆，平时，酒楼食客盈门，热闹得很。今天，只有二十几个满脸戾气的混混，大堂就像一处坟场。一条糖醋鲤鱼吃到一半，钱隆皇上诡笑着从上衣口袋里摸出一个小纸包，打开，露出一只鱼钩，连着一小段渔线。

后厨，精瘦的孔全老婆说："快打电话，让老板赶紧回来，这儿要出事！"

美发厅里，孔全躺在理发椅上，身上的手机响了几次，他没接。美发师往他的脸上涂着剃须膏，白色泡沫丰富，锋利的刀片顺着面部轮廓轻柔地划过，露出干干净净的腮帮子。他微闭双目，享受着刀片刮去胡楂时那种抚摸般的舒畅快感。

他今天上午跑了三个地方，自我感觉良好。

他最先去的是光明大厦最高一层。董事长室，孔全坐在丁香面前，他说："董事长，你的气色真好。"

丁香微笑。

孔全判断，这个女人尚在取保候审之中，竟然如此从容不迫，这种气度就是在一万个男人里也找不出一个；即便交通肇事案是这个女人干的，凭她的人脉与手腕，也能摆平；这个女人倒不了。他说："董事长，我建议取消八月九日，也就是后天的临时股东会。"

丁香说："我已经让高秘书去布置会场了，开一开也好。"

高文明端上一杯清茶。

孔全说："这个老宋，召开临时股东会的建议是他自作主张提的，没跟我和老娄商量。"

"宋诚是受人胁迫。"

"董事长，你不怪他？"

丁香说："每个人都有身不由己的时候。"

孔全问："董事长，你怎么看召开临时股东会这件事？"

"小事。"丁香似不在意地说。她没有说出潜在意图，通过这次临时股东会可以加深对身边人的了解，看清一些人的真实面目，以便日后对表现不同的人区别使用，有的重用，有的利用，有的弃之不用。

"不可大意。"孔全郑重地说,"我认为,有人想借这次临时股东会,抢夺董事长的位子,不可不防。"

丁香笑意更浓:"我知道。"

孔全表态:"光明集团成立一年,取得的业绩有目共睹,我和中小股东都站在董事长一边。"他不担心这些话传出去,站在一旁的高文明秘书是丁董事长的心腹。

从光明大厦出来,孔全顺路拜访了一个人,甄帅。甄帅虽是集团小股东,但他是位坐拥十余家海外公司的老板,这个男人脸黑话少,城府极深,是个潜龙一类的人物。广结善缘,自有百利而无一害。在甄帅下榻的王朝酒店高级套房,孔全受到热情款待,两人喝着威士忌酒,畅谈半个小时,孔全颇有相见恨晚之感。

孔全的第三站是青云公司。他不以长辈自居,当面大赞钟人杰实乃俊才,前途无量。他捎带着夸了夸朱天佑老成持重,贵人之相。他邀请钟、朱二人哪天到他的齐鲁大酒楼,他将洒扫庭除,降阶相迎,备一桌最上等的酒席。

孔全告辞,朱天佑送他到门外,问:"孔老板,你的酒楼生意可好?"

孔全说:"凑合,将够个本钱。"

朱天佑笑得有点奸,他说:"我可听说你的酒楼日进斗金。"

"没有的事。"

"我不跟你借钱。如果有人到你的酒楼捣乱,跟我说一声,我有几个朋友。"

孔全自信地说:"我没得罪过人,不劳费心。"

朱天佑哈哈一笑。

今天一上午,孔全分别拜了上述三家,就像押了三注宝,只要一处点儿大,他就稳赚不赔。刮好脸,孔全容光焕发,他等着新来的女按摩师用纤纤十指给他做一次面部按摩。

一个精瘦女人跑进美发厅，从理发椅上拉起他："该死的，你怎么不接我的电话？"

齐鲁大酒楼乱了！

二十几分钟前。大堂，钱隆皇上用筷子夹块糖醋鲤鱼，放进嘴里，接着，他手捂住嘴，哎哟哟叫个不停。他的嘴角淌出鲜红的血，真的血。他喊："快拿镜子来。"

对着镜子，钱隆皇上张大嘴巴，隐见舌头根部扎着一个亮闪闪的东西。

钱隆皇上厉叫："鱼钩，你们的鱼里有鱼钩！"

女服务员说："酒楼的鱼都是鱼塘里养的。撒网捞的，不可能有鱼钩。"

钱隆皇上一摔菜谱："这上面写得清清楚楚，齐鲁大酒楼用的是野生大鲤鱼。"

女服务员哑口无言。

钱隆皇上一脚踩着椅子，一脚踩着桌面，大喊大叫："我要是吃下去，还不得开膛破肚把鱼钩取出来？赔钱，少了不干！酒楼还要在门口贴上公开信，向我道歉！"

这么做，以后还有谁敢来这儿吃饭，酒楼非得关门大吉。

精瘦女人对孔全说："你拿个主意，怎么办？那一大帮混混在酒楼里摔盘砸碗呢。"

孔全是个老江湖，他想，得罪谁了呢？

朱天佑的话在耳边响起。他打去电话，叫得挺亲："天佑兄弟，有件事求你帮忙。"

听完孔全的叙述，朱天佑说："这事交给我了。老孔，今天你到丁香那儿去了一趟吧，还表了一番忠心，这脚踏两只船可不大好。我希望你能支持钟总出任光明集团董事长，你好好考虑一下，我不急着要你的答复。齐鲁大酒楼可是你的摇钱树哇。"

孔全低下头。

酒楼大堂，钱隆皇上接到一个电话，他一咬牙，从舌根上拔出鱼钩，带下一块肉，他冲那二十几个混混一摆头。

浊水一般，混混们涌出酒楼，留下一地狼藉。

6. 一张死人脸

钱隆皇上不敢去医院治他受伤的舌头。

他接到老板的电话，警察正在全市抓他，老板命令他到外地躲几天，风头过去再回来。他惶惶然地走在街上，看谁都像警察，随时咔嚓一声，一副手铐就可能戴在他的手腕上。他不怕进看守所，十几岁起，他大半时光在铁窗里度过，他怕的是进去后，没酒喝，没肉吃，没女人睡，没了这三样，活着还有什么意义？钱隆皇上对人生的哲学思考很像一位古代圣人，食色，性也。

他在万寿墓园大门外转悠。

这里是他跟老板见面的老地方，老板隔几天来一趟，最近一阵子几乎天天来。他没等到老板，看到一辆警车开进大门，车里坐着一男一女两位警官，毕队长和小袁。

此地不可久留，钱隆皇上朝路边果园里一钻，不见了。

墓园经理陪着两位警官走向墓区。

一座墓碑前，戴棒球帽的姜大虎席地而坐，他往地上倒一点酒，再对着酒瓶喝一口。他点着一支烟。

他警觉地扭头看看，起身，快走几步，隐身于一座高大的椅子坟里。

按照万寿墓园瞻仰证上的编号，毕队长与小袁找到相连的一排三座黑色墓碑，位于墓区一角，地处偏僻，少有人至，风吹草动，显得格外冷寂。

墓碑上镌刻的亡者姓名赫然是胡大江与他的父母，并嵌有三人的照片。

照片上的胡大江五官端正，笑容纯朴。

一家三口在这儿团圆了。

两位警官脚下，正是戴棒球帽的姜大虎刚才坐着的地方。毕队长问："墓地谁买的？"

墓园经理说："我查了一下，订购的人姓姜，姜大虎。"

"长什么样？"

"通过电话订购的，人没来。"

"哪年订的？"

"三年前。"

"有人来祭扫吗？"

"有，有个男的，每隔几天来一次，每次来了在墓碑前一坐两三个小时，摆上一瓶酒，一盒烟，没献过花，真是个怪人。"

小袁说："你形容一下这个人的外貌特征。"

墓园经理说："一年四季戴顶帽子，低着头，看不清长相。"

这个人应当就是那个影子，戴棒球帽的姜大虎。他与胡大江一家什么关系，亲戚？朋友？毕队长去过几次胡家老屋，屋顶长出青草，荒废多年，没人照料，行将倒塌。

墓园经理伸手一指："快看，刚有人来过。"碑座上，一瓶白酒还剩一半，空气中弥漫着酒味儿；一支烟插在地面上，冒着一缕青烟。

不用墓园经理提醒，两位警官不仅早已看到，而且不动声色地用眼睛余光四下搜索。

墓园经理说:"两位警官办的什么案子? 我们这儿埋的都是死人,死人不会从骨灰盒里爬出来,跑出去作案的。"

小袁说:"再有人来这儿祭扫,马上报告。"

墓园经理说:"是。"

小袁把酒瓶、烟盒装进证物袋。

两位警官走后,椅子坟里,戴棒球帽的姜大虎露出头,他回到三座墓碑前,又坐到地上。

他斜倚胡大江的墓碑,像一尊泥塑。

回到刑警队,小袁先去技术部门,抱回"会摇尾巴的狼"酒吧暗室里的那台监视器,她说:"毕队,被删除的画面都恢复了。"

监视器打开,两位警官观看回放的画面:戴棒球帽的男人走进通道入口,他无意中抬头朝监控探头看了一眼。

小袁一敲键盘,将这帧画面定格,放大,再放大。

一张脸充斥整个屏幕。

这是一张五官变形、左右颧骨不对称的脸,脸上没有血色,就像揉成一团又展开的白纸。

这张脸僵直,呆板,没有表情,毫无生气。

这是一张死人的脸!

毕队长与这张脸对视。即使是大白天,见到这么恐怖的面孔,胆小的人也会失声尖叫。戴棒球帽的男人不是胡大江。

小袁报告:从墓园带回的酒瓶、烟盒上提取到的指印依然没有纹路。

毕队长沉吟不语。胡大江小学文化,父母都是普通农民,本地没有亲戚,他杀人后潜逃,死在逃亡路上? 戴棒球帽的姜大虎凭什么为胡家三口修坟立碑,而且时时祭奠? 更为诡异的是,那个影子似的姜大虎为什么没有指纹? 他究竟是谁? 是人是鬼?

这个姜大虎与八月四日交通肇事、抢劫案之间若隐若现地存在某种关联。

他让小袁通知全队，抓紧对姜大虎与钱隆皇上的抓捕。

办公桌上，放着一份丁香报来的今日日程表，详细列明她今天一整天的活动安排。按照取保候审的法律规定，犯罪嫌疑人在此期间不得进入特定场所，不得从事特定活动，不得与特定人见面。通过这份报表可以看出，丁香严格遵守了规定，其中一项活动引起毕队长的注意。一位在本市开办企业的外商指名聘请佳友家政公司的金牌服务员崔大姐出国照顾他的父亲，崔大姐在这位外商家长期做保姆，工作认真负责，深得外商信任，处成一家人。丁香专门举行欢送崔大姐出国的仪式，高调宣传，以此树立良好的公司形象。

毕队长受到启发。

他敲开邢局办公室的门。

他说："我记得胡大江的母亲是个保姆。"

邢局说："对，你小子怎么想起问这事。"

他问："在什么人家做保姆？"

邢局说："一个富商，大户人家。"

"富商？叫什么名字？"

"朱辰，现在是九鼎投资公司董事局主席。"

7. 笑声

南方大城市。室内游泳池旁，一个老头儿腰部盖条白浴巾，躺在沙滩椅上。戴金丝眼镜的私人医生申教授单膝跪在旁边，给老头儿做全身检查。

落地窗外，一排高大的棕榈树随风摇摆。

检查完毕，漂亮的女护士过来给老头儿做按摩。老头儿瘦骨嶙峋，面如金纸，他声音嘶哑，吐字不清，问："说实话，我得的什么病？"

申教授说："经过专家会诊，结论与前两次一样。"

老头儿面有愠色："我怎么可能得那种怪病，你从哪儿找来的狗屁专家，打发他们走。"

申教授说："这次请来的都是国际一流专家，顶级权威。"

沉默一会儿，老头儿问："治好我的病，需要花多少钱？"

"鉴于目前的医疗水平，有些病……"

"无可救药？"

老头儿去拿身边小桌上的矿泉水瓶，他抓住瓶子，手抖动不止，拿起不到一寸，瓶子脱手掉落。

申教授使个眼色，女护士退下。

老头儿问："我还有多少时间？"

申教授说："专家组成的医疗团队将竭尽全力。"

老头儿狞笑："人生短促，我要抓紧时间享乐啦。"申教授按铃，女护士与两个保镖模样的男人过来，三人合力搀起老头儿。老头儿说："叫雷律师来见我。"

申教授恭敬地点头。

两男一女将老头儿扶进健身房。房门半开，申教授看见，按摩床边，老头儿双腿软瘫，无法自立，完全靠两个男人架住，老头儿用颤抖的手脱去女护士的粉色短裙……

老头儿每天要做一次这样的"健身"。

老头儿就是九鼎投资公司董事局主席，朱辰。

门关上了。

申教授沿着碎石甬路，穿过欧式小园林，朝一个约定的地方走。

这座庄园占地广阔。两米高的绿篱墙下，一个丰满的女人来回踱步，一条粉色吊带裙紧绷在她的身上。她已年近五十，还用粉色不大合适，但朱辰喜欢这种颜色。她是朱辰的现任夫人，名叫白萍。她原是保洁女工，十八岁时初到朱家，可能路径不熟，半夜误入朱辰的卧室，结果可想而知。事后一个月，朱辰偶然想起这件事，让申教授给她一个信封，里面装着钱、火车票。火车将要开动前，朱辰派人请她回去。原因是在她临走时，找到申教授询问了堕胎的办法，申教授向朱辰报告了此事。经申教授检查，她怀孕了，按时间推算，当是朱辰的龙种无疑。朱辰的数任夫人都没给他生下一儿半女。九个月后，她诞下一名男婴，男婴长到周岁，活脱脱一个朱辰的缩小版，朱辰疑心尽消，给男孩取名天佑。朱辰只想留下天佑，并不想要天佑他妈。她打算带天佑出走，不慎在言语中流露出来，被朱辰的私人法律顾问雷律师及时察觉。终于，她有了朱辰夫人的名分。

　　这二十几年，她是朱辰身边最忠贞不贰的女人。

　　她看见申教授的身影，迎上去。

　　申教授问："夫人，你约我在这儿见面，什么事？"

　　白萍说："这几天，家里住满了医生，告诉我，我先生得了什么病？"

　　"夫人，我不能对外泄露。"

　　"我是夫人，对我也保密？"

　　"这个，这个……"申教授很为难。

　　"求你啦，我要知道，我是为了更好地照顾我先生。"白萍拉住申教授的手，轻轻摇动，由于保养得好，她尚有几分风韵，身材足够诱人。

　　申教授惶恐地抽回手，后退一步。

　　白萍上前两步，凑得更近。

申教授无奈，确认周围没有第三双耳朵，低声说了一阵。

"得了这种病，活着比死了还难受？"白萍高声问道。

"嘘——"申教授示意她小点声。

白萍自语："与其活着受罪，不如安乐死。"

这句话吓坏了申教授，他急忙走开。迎面，他撞上手提密码文件箱的雷律师。他心虚，没和雷律师打招呼，仓皇而去。

雷律师看见一个熟悉的女人背影隐入绿篱墙后。

白萍坐在秋千椅上，打通手机："儿子，我是你妈妈。"

手机里传出朱天佑的声音："妈，我一切都好，我开车呢，前面有交警，没事我挂电话啦。"

"别挂，妈有重要的事跟你讲。"

母子对话：

"妈，从你说话的声音可以听出来，你遇到高兴事了，你买的彩票中大奖啦？"

"跟中大奖差不多，你爸得了重病啦！"

"妈，你做梦梦见的吧？"

"真事，你爸的私人医生申教授跟我讲，你爸得的是肌萎缩侧索硬化症。"

"妈，你再说一遍，我没听明白。"

"就是渐冻症，申教授讲，得这种病的人，到了后期瘫痪在床，说不了话，吃不了饭，最后喘不上气，完蛋。"

"妈，他多长时间完蛋？"

"申教授说，因为发病初期，你爸不承认有病，拒绝治疗，以至于病情发展很快，你爸没几天啦。"

白萍荡起秋千，笑声发自她的内心。

数千里外的朱天佑也笑了。

白萍的声音："儿子，你干几件让你爸满意的事，趁他还明白，能动，让他把九鼎董事局主席的位子传给你，这么大一份家业就是咱们娘俩的了。我忍了多少年，就等这一天！"

朱天佑开着黑色奔驰轿车，他一踩油门，车像飞起来一样。

一座大四合院，院门紧闭。黑色奔驰轿车停在百米之外，朱天佑戴上墨镜、大口罩。

他打开后备厢，取出铝合金折叠梯。

院子西墙，他踩着梯子，爬上墙头，朝院里窥视。院落宽敞，院中栽种着石榴、枣树，还有葡萄架。

他翻墙而入，咚，摔到地上，痛得咧咧嘴。

他侧耳听了听，没有被人察觉。他蹑手蹑脚地溜到正房窗根下，脸贴在窗玻璃上。一个女人临窗而坐，她把一小捧红色的凤仙花瓣放进小石臼，用杵捣碎，再敷到指甲上。她叉开十指，等待晾干。她的动作美如古琴弹奏出的乐曲。

手机铃响，她用红唇点开，含笑接听。

她是苏小蝶。

朱天佑检查一下口罩、墨镜，脸捂得严严实实。他一脚踢开房门，跳进去，粗声喊："打劫！我既要劫财，还要劫色！"

苏小蝶不惊不慌，莞尔一笑，说："别闹了，过来，看看我的指甲涂得好不好看。"

朱天佑摘下墨镜、口罩："你怎么认出是我？"

苏小蝶轻笑："你的头发。"

朱天佑摸摸只剩一圈头发的脑袋："唉，戴顶帽子就好了。"他过去，抱住苏小蝶柔软的身体："我昨天没回家，想我吗？"

两人在这座深宅大院里同居两年，不为外人所知。

亲热一会儿，朱天佑脸一板，厉声问："刚才谁来的电话？"

"雷叔。"苏小蝶说。

"我爸的法律顾问雷律师？他找你干吗？"

"他问你昨天夜里在哪儿，为什么关机，我说不知道。"

"雷叔找我什么事？"

"他没说，我没问。"

朱天佑在外面荒唐，经常带着一脸口红印痕回来，对他的事，苏小蝶从不过问。朱天佑不放心，他打开苏小蝶的手机检查，来电确是雷律师的号码。朱天佑回拨，叫声"雷叔"。

雷律师的声音："你爸爸问你，事情办得怎么样？"

朱天佑说："中间出了点儿变故，我正在想办法补救。"

"你爸爸从不原谅失败者，哪怕你是他的儿子。"

"我一定把事情办好。"

朱天佑挂断电话后，轻"呸"了一声："狗仗人势。"他猜疑地看着苏小蝶，问："姓雷的没跟你说别的？"

苏小蝶一脸纯真："没有哇。"

朱天佑的疑心消除了一大半。他换上笑脸，说："我给你带来一个天大的好消息，我爸病重，不久于人世。"

苏小蝶坐到他的腿上："你是你爸的亲儿子，这是好消息？"

朱天佑说："我跟他只是生物学上的父子关系。我妈说，我爸强奸了我妈，有的我，我是罪恶的结晶。我爸一死，九鼎就是我的了。"

"跟我有什么关系？"

"你是未来的九鼎董事局主席朱天佑的夫人。"

朱天佑与其父一样，身边女人无数，但他唯独对苏小蝶有着越来越强烈的占有欲，这是爱情，或是爱情的一部分？

他用目光把屋内彻底检查不止一遍，没有其他男人留下的痕迹。

苏小蝶说："你身上黏糊糊的，我给你放洗澡水。"

朱天佑说："不了，我这就走，一天没见你，怪想你的，来看看。我要干件大事，让我爸对我刮目相看，放心交班。"

"今晚回来吗？"

"回来，等我。"

响亮的接吻声。朱天佑没再翻墙头，走出院门。

回到办公室，朱天佑开始打出一个又一个电话，在光明集团临时股东会之前，他要组织实施一连串闪电般的出击，目的：扳倒丁香，送钟人杰坐上董事长那把椅子，掌控光明集团。

他与女记者小贾视频通话："宝贝儿，今晚齐鲁大酒楼，我请你吃饭，你多请几位媒体朋友一起光临。"

贾记者问："钟总参加吗？"

"参加。"

"好，我一定到。"

朱天佑看看手机，屏幕上显示贾记者瘦美的脸，他不禁心痒："宝贝儿，我请你喝下午茶。"

贾记者不冷不热地说："我在赶稿子，如果能抽出时间，我给你打电话。请你不要叫我宝贝儿。"

朱天佑死皮赖脸："你永远是我心中的宝贝儿。"他心说，装什么圣母，女人的矜持都是表面上的，她们的心里都住着一个荡妇。

接连打出二十几个电话，一切安排就绪。

他熟练地组装起拆散的西洋钟。

手机响，他以为是贾记者打来的，接听，张口就说："宝贝儿，我去接你。"

"你叫谁宝贝儿，王八羔子，你除了玩女人，还会干什么？"一个沙哑的老男人声音从手机里冲出来。

朱天佑缩起脖子，叫声"爸"。

"雷律师向我汇报，让你办的事情还没办好，没用的废物，这么点小事都办不好，将来何堪大用。给你两天时间，东西到手，立刻销毁，如果还办不好，你不要姓朱了。"

听着骂声，朱天佑嘴上唯唯诺诺，心里回骂：我是王八羔子，你是什么？

8. 疑问

不到二十四小时，罗强队长便已查清：追求丁丁最痴狂，又始乱终弃的富商姓朱名辰，与九鼎投资公司董事局主席朱辰是同一人。

毕队长放下电话时，从表情上看，这在他的预料之中。

小袁问："丁香与朱天佑是同父异母的姐弟？"

毕队长说："不要过早地下结论。"

一年前，光明集团成立之日，朱辰作为特邀嘉宾，莅临本市。丁香亲率全体股东与集团主要高层管理人员去机场迎接。据当时在场的人讲，朱辰一下他的私人飞机，见到丁香，就摔了一跤，跪倒在被太阳晒得发烫的水泥跑道上。朱辰在本市住了一夜，与丁香会谈两次。第一次在王朝酒店总统客房，钟人杰、朱天佑陪同参加，私人法律顾问雷律师坐在朱辰身后的椅子上，双方就长期合作签订了意向协议；当晚，丁香举办盛大欢迎晚宴，宾主频频举杯，气氛热烈、友好。第二次在光明集团董事长室，仅隔一夜，丁香态度大变，她冷若寒冰，与朱辰关门密谈，其余人被挡在门外。会谈结束，朱辰一人乘电梯下楼，脸上犹带怒色，丁香没有依礼相送。

无人知道董事长室里发生了什么事。

朱辰提前离开本市。毕队长正在机场调查一起案子，自动门前，他与朱辰一行人擦肩而过。他听见朱辰对随行的雷律师说：
"开战！我要这个女人死！"

朱辰说话的音调如同毒蛇吐芯。

毕队长回想，朱辰口中的"这个女人"指的是谁？如果是丁香，从朱辰的语气中听不出半点父女感情，反倒像是在谈一个势不两立的仇人。

弹簧门向里推开，耿直进来，他对外面说："进来吧。"

牛伯安拘谨地走进大办公室。

小袁说："牛师傅，请坐。"

牛伯安说："耿警官让我来的，向毕队长报告，今天上午，我闲着没事，上街闲逛……"

"说重点。"耿直提醒。

"我看见白衣女人了。"牛伯安不再废话。

"在哪儿？"毕队长问。

"菜市场附近。"牛伯安说。

小袁找出本市地图，在桌面上展开，食指点在菜市场的位置上。涂三妹住在邻近的地下室小屋。

牛伯安惋惜地说："没抓住那女的，她跑得忒快。"

牛伯安真的看见白衣女人了？小袁与耿直一样，心里打个问号。

小袁端来一纸杯清水："牛师傅，昨天有人往你的银行卡里汇了一笔钱？"

牛伯安吃惊："你们警察连这都知道？"

"谁汇给你的？"

"哥们儿。"

"他叫什么？"

"其实也算不上哥们儿，认识没几个月。"

"在哪儿认识的？"

"城隍庙前的鬼市上。小袁警官，没别的事，我就撤了。"

牛伯安显然不大愿意回答这些问题。

小袁把话挑明："牛师傅，这和我们办的案子有关。"

"呦，我挣的不是黑钱，我卖了一块小怀表，我太爷爷留下的，我请人看过，是个老物件。我太爷爷早先在王府里当过差，喂马的，我太爷爷说，因为他马喂得好，王爷一高兴，赏的。"

"什么样的小怀表？"

"西洋货，还带小闹铃呢。我最近手头紧，就想着把它卖了，换点酒钱。"

"卖了好价钱？"

"还行。两个月前，我在鬼市上碰见一哥们儿，专门搜罗西洋钟表，他嫌我开价太高，没谈成。昨天上午，他打电话给我，说买家同意了。"

"买家？"

"那哥们儿也是个中间人，两头吃。他问了我的银行卡号，不出半小时，把钱汇过来了，说好今儿晚上九点我把小怀表交他手里。"

"地点？"

"城隍庙前。"

"那人长什么样？姓名？"

"长得像只猴子，一对大招风耳朵，我听有人叫他钱隆皇上。"牛伯安喝光纸杯中的水，他说的话不少。

三位警官的目光集中在牛伯安的大脑袋上。

牛伯安所说的有几成真话？

耿直想起一件事，小声向毕队长报告：八月五日凌晨，他去医院询问两名受害人时，曾见到钱隆皇上在住院区走廊上乱转，说是找厕所。

毕队长问:"钱与高文明有过接触吗?"

耿直说:"高文明带他去的厕所。"

这个钱隆皇上,怎么哪儿都有他?

抓住他,一堆疑问随之而解。

9. 皇上驾崩

钱隆皇上死了。

一栋高楼前,他躺在方砖地上,摊开四肢,仰面朝天,半睁空洞的眼睛,望向蓝天。他破碎的头浸在不断扩大的血泊中。

拉起的警戒线内,徐法医进行尸检。

小袁赶到,蹲在徐法医身边,问:"怎么死的?"

徐法医说:"高坠。"

"自杀?他杀?"

"意外的可能性大。"

钱隆皇上手里紧攥一截绳头。

警戒线外,看热闹的人群中,戴棒球帽的姜大虎向下压一压帽檐。

小袁与他的目光瞬间接触。小袁大概没有发现他,目光移开,看向别处,她与一位人群中的年轻姑娘招招手,笑一下,像是认识。小袁走到人群外面,突地大转身,迅猛地朝姜大虎所站位置扑过去。

戴棒球帽的姜大虎消失不见。

小袁失望地收起手铐。

楼顶平台,毕队长勘查现场。一根新绳子一头系在通风道上,另一头有新鲜断痕，毕队长探出头，向下看看，这栋楼十八层，顶层距地面约六十米。他推断，钱隆皇上本想抓着绳子下降到十八层住户家的阳台，入室盗窃，由于绳子质量太差，中间断开，钱隆皇上从高空坠落，一命归西。

钱隆皇上是个老贼，这种死法，可以说是以身殉职。

两小时前，钱隆皇上还是一个大活人。

他在万寿墓园没有见到姜老板，搭顺风车回城。他不敢坐出租，到处是对他的通缉令。他打定主意，逃往外地，销声匿迹一段时间。这需要钱，他摸摸口袋，瘪的，这两天吃喝嫖赌，钱花光了。他在"会摇尾巴的狼"酒吧里最隐秘的、只有他一个人知道的地方藏了一笔钱，他要去取出来。

酒吧外，他没停步，走过去。

他觉得停在酒吧对面的一辆灰色小轿车不对劲，多年与警察打交道，他积累了不少惨痛的经验教训。他走进一间有后门的小饭馆，进门点菜。他对女服务员说："那辆灰色轿车里有我俩朋友，你去叫他们来吃饭。"

钱隆皇上隔窗远远看去，女服务员敲灰色小轿车的车窗，说了几句话。车门打开，出来两个男人，快步跑向小饭馆。

钱隆皇上溜出后门。

人行道上，钱隆皇上背对马路，靠着树打手机，通话中，姜老板对他说："自己想办法，半年别回来，走得越远越好。"

钱隆皇上扯扯他的招风耳朵。

他来到一家卖日用杂品的小店，指指货架上的绳子："怎么卖？"

店主说："有贵的，有便宜的，你要哪种？"

"废话，便宜的。"钱隆皇上说。

"这是本店最便宜的。"店主拿出一捆手指粗的花绳子。

"能禁住我吗？"

"没问题，说明上写着，承重两百公斤。"

钱隆皇上付钱，又让店主白送了一副防止打滑的薄胶皮手套。

钱隆皇上站在一栋十八层高楼下，前些天，他来过两次，看中一户住在顶层的人家。这家白天没人，阳台推拉门留有一道通风的门缝，住这儿的是一对夫妻，男的开豪车，戴大金链子；女的挎一只名牌包包，像是有钱人。他要对这家下手，弄一笔钱，然后远走高飞，到海边过一段逍遥快活的好日子，他爱吃鱼。

楼顶平台，他熟练地把绳子系到通风道上。

虽是大白天，没人抬头朝楼顶看。他抓住绳子，向阳台下降。嘣的一声，他心一颤，眼瞅着花绳子断了几股。卖绳子的店主骗人，他刚一萌生这个念头，剩下几股一齐断开，他双手挥舞，向地面急坠。

下坠过程有五六秒钟，他处于失重的自由状态，脑子里浮想联翩……听到他的死讯，有没有人会为他一哭？他哭了。

咚，一切归于寂灭。

楼顶平台上，毕队长反复检查绳子，没有人为破坏的痕迹，如刀割、强酸腐蚀等，纯粹由于产品质量低劣。随着钱隆皇上的意外死亡，他身上的多条线索就像这根绳子，戛然中断。

10. 慈善基金会

下午三点，曹记面摊准备收摊。

涂三妹身上发冷，不愿待在地下室小屋，非要到摊上来坐着。八月，伏天，在骄阳下与火炉边，她感到暖和了一点。

因为涂三妹莫名其妙地又改了主意，不想用丁香给的钱做肝移植，赵刚生着闷气。

摊上来了位穿黄色超短裙的女郎，从打扮、做派上一看就是长期出入于娱乐场所的"夜莺"。她的新名字叫楚楚，与涂三妹同为"会摇尾巴的狼"酒吧的"服务员"。赵刚问："吃面吗？"她不屑地摇头，黄色大耳环叮当作响。

涂三妹给她拿了瓶啤酒。

楚楚对瓶喝一大口，说："老板让我来通知你，酒吧关门停业，让咱们自谋生路。"

涂三妹说："我没想再回去上班。"

楚楚说："老板人虽凶，待咱们还算不错。警察到酒吧来了两次，酒吧门外还有警察监视，姐妹们都说，老板准是犯了大案子，进去可能就出不来了。我看你挺高兴。"

涂三妹面容舒展，被楚楚看出来了。

楚楚说："还有件事，钱隆皇上死了。"

"死了？我上午还见过他。"

"摔死的，入室盗窃，他的老本行，从十八层楼掉下来，那还有命。"

"谁告诉你的？"

"老板。"

"会不会是老板杀的，他把钱隆皇上推下来的？"

"不会吧，我看老板挺伤心的。不过也难说，钱隆皇上天天跟在老板屁股后面，知道的事太多，这就叫……"

"杀人灭口。"两个女人同时说。

楚楚上出租车前，问："三妹，你今后怎么打算？"

涂三妹说："嫁人，生孩子。"

"嫁那个傻蛋？"楚楚指的是谁，不用明说。

"就是他，他待我好。"涂三妹说。

"男人啊，有钱的没真心，有真心的没钱，还有的既没真心也没钱，我一个都看不上。"楚楚的话随出租车而去。

涂三妹脸泛红晕，身上仿佛卸下千斤重担，心情转为大好。赵刚说："你的那个姐妹儿真能喝，这么一会儿，三瓶啤酒。"涂三妹狠狠地亲了他一口，说道："我不用怕了。"

赵刚拍胸脯："你怕什么，谁敢欺负你，有我呢。"

涂三妹看着这个傻蛋，眼神中竟似有几分母爱，她说："明天，你陪我到医院去做肝源配型。"

见涂三妹重又同意做肝移植，赵刚欣喜地说："好咧。"

涂三妹说："我饿了，我要吃面。"

一大碗香喷喷的牛肉面端到涂三妹面前。她拿起筷子刚要吃，发觉曹民用探究的目光看着她。她说："曹叔，有些事我不能说，我不会白用丁香的钱。"

曹民说："你跟丁香之间最近有什么事我不清楚，做人但求无愧于心就行。我上网查了查，只要被撞的人没伤没死，交通肇事逃逸不是重罪，如果自首，可能判处缓刑。不过有一条，是谁干的就是谁干的，不许再为别人顶罪。"

涂三妹说："曹叔，您的话我听进去了。"

一辆出租车停在面摊前，涂三妹以为楚楚又回来了。

车上下来一个女人，问："请问，你是涂女士吗？"

"我是。"没人这么称呼过涂三妹。

来人穿白衬衣，蓝一步裙，中跟鞋，约莫四十多岁，相貌没什么特点，留齐耳短发，戴一副无框眼镜。她手里拿着一个大文件夹。

来人说："我姓单，我比你年长，你叫我单姐吧。"

涂三妹说："你来调查我的老板？你不像是警察。"

单姐说："我是爱心慈善基金会的工作人员。"

涂三妹说："我没钱给你们赞助。"

单姐不由笑了："我不是找你拉赞助的，我是来向你提供赞助的。涂女士，你患有晚期肝硬化，急需做肝脏移植，我说的对吧？"

"对，你们怎么知道的？"

"爱心慈善基金会与全国各大医院建立联系，由他们向基金会提供这方面的信息。我们对你进行了调查，认为你完全符合爱心慈善基金会的赞助条件。"

"什么条件？"

"一、你年轻，三十岁左右，肝移植成功的概率超过百分之八十，不会浪费善款；二、你是女性，属于本基金会优先赞助的对象；三、你经济困难，无力筹集到肝移植所需费用。"

这个女人不像骗子，曹民与赵刚旁听。

单姐笑容可掬："还有一点，你经历坎坷，曾因盗窃罪入狱三年。"

这等于当面揭人疮疤，涂三妹想把牛肉面扣到单姐脸上。

"你先别急，听我把话说下去。"单姐的薄嘴唇动得飞快，"爱心慈善基金会的法律顾问研究了你的案情，认为根据你的一贯表现，你绝不是个见财起意、监守自盗的人，这件案子必有隐情。"

这些年来，涂三妹总算听到一句公道话，她对那个素未谋面的法律顾问心生感激。

单姐接下去说："同时，法律顾问还认为，佳友公司老板丁香对你的态度有失公正，如果不是她向法院一再要求对你予以严惩，你本可以适用缓刑，你的人生将会是另外一个样子。"

这些话重新勾起涂三妹心中对丁香的怨恨。

涂三妹面部表情的变化，全被单姐看在眼里。她总结道："基于以上四点，爱心慈善基金会决定向你提供肝移植的全部费用，分三期给付。"

涂三妹问："你们要我做什么？"

单姐庄重地说："不要求你做任何事。爱心慈善基金会向急需帮助的人提供善款，只有一个目的，传递爱心。"

涂三妹恍若梦中，天降好事，砸得她头有点晕乎乎的。

单姐打开文件夹："这有十几份表格，涂女士，请你填写一下。"

曹民逐份检查，没毛病。

在单姐的指点下，涂三妹顺利填写完成。

单姐收起文件夹，说："涂女士，请你随我到医院交费。对了，有件事，你必须做到，否则，你将不能得到本基金会的赞助。"

什么事？又有变化？

单姐扶扶无框眼镜，看着涂三妹的眼睛，过了几秒钟，这才说道："据我们了解，丁香替你交纳了肝移植的全部费用，你不能同时拿两笔钱，丁香的那笔钱你要退回去。"

涂三妹说："你给我一分钟。"

她打通电话，不等丁香开口，说："收回你的钱，我不欠你的人情！"

第六章

1.尾巴

丁香走出刑警队大院。她刚接受了警方的例行询问，谈话内容主要与高文明的近来活动有关。她谨慎回答：高秘书正常上下班，工作期间未见异常。

黑色加长林肯轿车停在院外。上车后，她接到涂三妹打来的示威性电话。

她问："谁向你提供的赞助，可以告诉我吗？"

涂三妹的声音："爱心慈善基金会。"

"可靠吗？"

"单姐是好人，真心帮我，不像有些人假惺惺的，居心不良。"

"好吧，我让会计去医院收回我的钱，如果爱心慈善基金会的钱不到账，你再找我，这笔钱给你留着。"

"没有如果，单姐这就带我去医院交支票。丁大老板，我要好好活着，看着你进监狱，就像当年你看着我进监狱一样。"

丁香温和地说："祝你早日康复。"

丁香按下一个按钮，前后排座之间升起一道隔音的不透明挡板，司机听不见她的说话。她打出一个电话："我是丁香，你马上调查一家基金会，全名叫爱心慈善基金会，越快越好。"

很快，丁香接到回电，电话那头有人向她报告，经查，爱心慈善基金会是一家名不见经传的小型社团组织，注册地点在境外，以赞助儿童心理矫正为主。当丁香问到该基金会的设立人是谁时，她听到一个熟悉的名字：

孟艳，曾为吴氏集团董事长吴礼的地下如夫人，现在是甄帅的妻子。

丁香一手托腮，看着车外闪过的景物。

光明大厦前，黑色加长林肯轿车开走，丁香走上一级级台阶。

一层大厅，门卫老乔与人发生争执，一个穿出租汽车公司制服的男人扛着铺盖卷，硬往里闯。老乔双手拦住："哎哎哎，你是干什么的？"

那个男人说："开出租的，的哥，你凭什么不让我进？"

"你什么事？"

"找人。"

"找谁？"

"我找一个姓高的。"

"我们这儿有好几个姓高的，你找哪个？"

"我进去挨着门找。"

老乔往外轰他："出去！我看你是来捣乱的，这儿是办公场所，你这是扰乱社会秩序，你出不出去，再不出去，我报警了。"

的哥把铺盖卷扔到地上："找不到姓高的，我住这儿不走了，上你们食堂给我弄份晚饭。"

老乔拨打 110。丁香走过大厅，老乔立正："丁董事长好。"

的哥问："你是董事长？这儿最大的领导？我就找你啦。"

丁香说："司机师傅，请这边坐。"大厅一角，摆放着一组接待来客的沙发。

"到底是董事长，态度多好。"的哥冲着老乔一翻白眼，"不像你是一个看门的……"他没说最后一个字。他被丁香的气势慑住，半个屁股坐在沙发上，说："董事长，是这么回事，你们这儿一个姓高的，上了我的车，他说有急事，一路催我快开，为了抢时间，我找车少、不堵车的路走，姓高的又说我故意绕远，多收他的车费，还向公司投诉我。公司把我解聘了，饭碗砸了，为这个，老婆把我轰出家门，家也没了，我冤不冤哪。我只能找姓高的，让他管吃管住。"

老乔一旁说："你瞎编的吧。"

的哥说："大前天，八月四日下午六点半，姓高的在光明大厦前上的车，去的地方是元宝路九鼎投资公司联络处，我车上有计价器、有视频，还有录音为证。我想起来了，那人叫高什么明。"

丁香说："你叫高秘书到这儿来一下。"老乔去打内部电话。丁香问："司机师傅，你车上的视频、录音可以给我看看吗？"

的哥爽快地答应："没问题，我给你复制一份，随便看。"

高文明跑出电梯，他先叫了声："丁董事长。"

的哥一见，说："没错，就是你。因为你的投诉，我成了无业游民，而且妻离子散，你说这事怎么办吧。"

高文明说："我撤销投诉。"

见对方回答得这么痛快，的哥有点意外，他说："这还差不多，你说你那天着的什么急，赶着投胎呀。"

高文明说："我、我急赶着去看电影，快开演了。"

的哥说："你当着董事长的面撒谎，我看着你进了九鼎联络处的门。"

高文明说："师傅，我同意撤销投诉，问题解决，你可以走了。"

的哥说："你耽误了我一天半出车，我一分钱没挣。"

高文明说："我补给你。"

的哥不依不饶："我还受了这么多委屈呢。"

高文明冲他鞠躬致歉。

的哥满意而去。临走，他不忘又说一句："你那么急，九鼎发钱哪？"

丁香问："高秘书，你看的什么电影？"

"刚上演的大片。董事长，有份急件需要你的签字，我去拿。"高文明慌里慌张地走向电梯。

丁香的目光锐利如锥。

她看见高文明的屁股下面露出一截尾巴。

2. 最信任的人

因为几块钱的出租车费，被的哥找上门一通大闹，高文明与九鼎暗中来往的事穿帮了。

电梯时升时降，高文明没出轿厢。

他深深自责，做事太不检点，将不可挽回地失去丁香的信任。他自怨自艾，如今寄人篱下，一个仰人鼻息的秘书比乞丐强不了多少；想当年，他也曾是青年企业家，名噪一时的风云人物。

他大学毕业后，到父亲高山的高山公司工作，做父亲的秘书，被视为当然的接班人。

他头脑灵活，性格内向，自视甚高，不满足于接父亲的班，一辈子待在本市这么个小地方，立志干一番大事业，成为顶级富豪。他数次向父亲提出加快高山公司发展的规划，并写成厚达百页的建议书，父亲翻看几页，斥之为异想天开，不切实际，随手扔进碎纸机。

他毅然自立门户，开办了一家新公司，一时风光无限。

不到半年，他的新公司倒闭，连带着他父亲的高山公司一同破产。

一夜之间，他从高高的云端坠入烂泥坑。

电梯里，员工们进进出出，都疑惑地看看他，他一副失魂落魄的样子。电梯门再次打开，他跟在两名女员工后面，梦游似的走出去，发觉又回到一层大厅。

"在丁香最信任的人中，高文明算是一个。"刑警队大办公室里，小袁汇报，"据曹民介绍，丁香对高文明有救命之恩。"

办公桌面上，放着高文明的照片。

毕队长说："长得挺秀气，你们女孩子是不是都喜欢这种类型的男人？"

小袁说："我不喜欢。"

毕队长故意气她："你应该找个这样的男朋友，正好性格互补。"

"毕队，现在是工作时间，我在向你汇报调查情况。我不说了，你自己看吧。"小袁把记录本放到桌上，不理毕队长了。

毕队长打开本子：

当年，吴氏集团董事长吴礼认高文明为干儿子，并借钱给他，支持他开办了一家新公司。新公司成立之初，即与吴氏集团合作开发一个大项目。为了解决这个大项目的资金需求，高文明的新公司对外借了一大笔钱，由他父亲的高山公司承担连带保证责任。借款不能按期归还，债权人将新公司与高山公司列为共同被告，起诉到法院。开庭时，高山面对担保书，目瞪口呆。高文明承认，是他在父亲的办公室，趁父亲不备，从写字台的抽屉里偷偷取出高山公司印章与其父的法定代表人名章，盖到担保书上。高文明辩称，他这么做是出自吴氏集团董事长吴礼的语言暗示，吴礼否认。经过三次开庭，高文明所谓偷盖印章与受人教唆的说法没有证据支持，法庭不予采信，判决新公司与高山公司共同清偿债务。

高山拿到判决书，走出法院大楼，吐出一口鲜血。

吴氏集团找到另一家公司继续合作开发大项目。

高文明的新公司与其父的高山公司双双破产，清偿债务后，高家只剩下一套六十平方米的小房子，还有够吃半年的米面油盐。

高文明四处求助，往日关系密切的亲戚朋友个个闭门不见。

这天，父亲高山彻夜未归。早晨，有人在河边发现一双皮鞋，经辨认是高山之物。多天打捞，没有发现高山的尸体，被鱼吃了？不会吃得如此干净。

家徒四壁，囊空如洗，父亲失踪，母亲重病，尤其是饱受世人的冷眼，高文明只有一个最后的去处。

他去数家医院，以失眠为由，开出多份安眠药。

夜半，他手拿一瓶水，怀揣安眠药，走进街心公园，找到一处隐蔽的灌木丛，钻进去躺下来。他的上衣口袋里放着身份证与火化费，遗书只有一行字：骨灰随便扔哪儿，别告诉我妈，求你们了。

他拧开瓶盖。

一束手电光柱打在他的脸上。

接着，一只大手将他拖出灌木丛，两个人拉着他走出街心公园，上了黑色红旗轿车。

他面前的两人是丁香、曹民。

丁香说："你父亲失踪之前，约我见面，托付我关注你，照顾你，我一直派人跟在你身边。明天，你到我的公司上班。"

高山与丁香有过生意上的往来，并无深交。但是，本市工商界的人都知道，丁香与吴礼势同水火，正在进行一场生死商战。高山认定，丁香不会对他的儿子撒手不管，因为高文明可以成为丁香手中的一枚棋子，一把进攻的利刃（注：这是小袁的推测）。

高山所料不差。

等毕队长看完调查记录，小袁说：

"光明集团成立后，高文明担任集团秘书至今，地位超过一般部门的经理，薪酬优厚，他应该感到满足，并对丁香忠心耿耿。"

毕队长说："不一定，有句老话说得好，黄河有底，人心没底。"

小袁说："曹民还提到一件事，高文明眼高于顶，追求他的姑娘很多，他却没看上一个。"

毕队长问："你是不是想说，他为什么会与其貌不扬又大他六岁的肖芳成为恋人？"

小袁说："两人极不般配。"

毕队长说："我知道为什么。"

"快说！"

"丘比特那天喝高了。"

3. 一朵红玫瑰

所有房间的窗帘拉得紧紧的，不留一点缝隙，午后阳光被挡在外面。

肖芳双手抱膝，蜷缩在大沙发上。

这是她的家，一套三室两厅的房子，她用多年积蓄买的。昨天上午，高文明送她回来的路上，对她说："肖姐，我有办法了，给我两天时间，八日零点之前，我保证把问题彻底解决！"高文明只送她到楼下，匆匆走了。她回家后，锁住防盗门，关掉手机，吃冰箱里的冷冻食品，夜里不开灯，谁敲门都不开，与外界断绝联系，高文明要求她这样做的。

肖芳是个听话的女人。十七岁，她从财会学校毕业，进入一家服装厂工作，一干十五年，没动地方，小姑娘熬成老处女，还是个默默无闻的小会计，直到她所在的服装厂被丁香兼并。丁香发现，她做的账目完美无缺，再挑剔的审计、税务人员从中都找不出半点毛病。丁香当即聘任她为公司财务经理，薪酬翻了几番；光明集团成立之初，又调任她为财务总监。她是丁香最为器重、信任的人之一。

肖芳相亲无数次，总有一方不满意。她胖，不白，高度近视，与男性相处时闷闷的，像段木头。她看过几乎所有的爱情小说，那些男女之间的悲欢故事在她的脑子里煮成一锅乱炖。丁香有意为她介绍男朋友，看到她收藏的满满几柜子爱情小说后，知难而退。

肖芳调到集团总部，与秘书高文明天天见面，相互之间仅限于工作上的接触，顶多是在电梯里相遇时点头笑一下。

一个多月前，肖芳加班到晚十一点，坐出租车回家。莺桃小区里的林荫路上，她走得不快，忽感一阵心慌。天黑乎乎的，周围没人，一条长长的黑色人影从后面压过来，与她的影子叠在一起，她加快脚步。

楼门前，她按下门锁的密码，拉开门，跑进去。电梯停在一层，她按下按钮，电梯门缓慢地开、关，电梯上升。轿厢里，她安下心。

在她进电梯时，一只男人的脚挡住将要关上的楼门。

她回到家，脱光衣服，到卫生间冲澡。她胖，爱出汗。门铃响，被花洒喷出的水流声盖住，她没听见。

她忘记锁门，门把转动，门开了。

她走出卫生间，用大浴巾擦着头发，去卧室拿睡衣。她赤裸着身体穿过客厅，突然张大嘴巴，惊叫声卡在喉咙眼里。

一个男人站在客厅中央。

男人向她走来。

她全身僵硬，连根小手指头都动不了。

男人是高文明，他咧嘴一笑，向她献上一朵红玫瑰花，花瓣有几片残缺。

梦中的白马王子不是这样向光着屁股的她求爱的。

高文明粗鲁地抱起她，走进卧室。

她处于半昏迷状态，心脏几次濒于停跳，没有象征性的挣扎，在痛苦的叫声中……

她成了他的女人。

她与高文明只有那一次。每当回想起销魂蚀骨的那夜，她就浑身滚烫，脸蛋绯红，犹如高烧不退。她心里很想知道，但不敢问他：你什么时候喜欢上我的？我身上哪一点吸引你？你真的爱我吗？

这套房子分为一间主卧室，一间书房，还有一间房门长期锁着，她没对任何人打开过这扇房门。

紧锁的房门后，是一间精心布置的儿童室。

一夜鱼水之欢，她没有怀孕。

她失望地摸摸胖胖的肚子。她拿起一块绒布，擦拭立在客厅一角的玉石屏风。酱色的四扇屏风上，杂色玉石镶嵌成四幅仕女图，据高文明讲，她们是古代四大美女。玉石屏风与客厅里的西式家具格格不入，四张美女的脸冷冰冰的，毫无生气，她们是死了几千年的人。

肖芳回到大沙发上，静静地等待。

她哪里知道，外面即将因为她闹得天翻地覆，而她最终成为祭台上的牺牲品。

4. 匿名短信

手机嘀的一声，收到一条短信：光明集团董事长丁香非法侵占公款五百万元据为已有。

娄长贵看完，扔下浇菜的喷壶，衬衣只穿进一条袖子，往小院门外跑。老伴儿喊："你干吗去？买瓶醋回来。"他不理睬。

平日坐公共汽车的他，在路边拦下一辆出租车。

光明大厦。财务部，娄长贵问："肖总监呢？"

值班的穆会计说："今天周日，她没上班。"

娄长贵说："打电话，叫她来。"

穆会计说："肖总监手机关机，您有急事？我能办吗？"

"我要查账。"娄长贵直截了当地说。

"查账？"穆会计调来光明集团总部时间不长，是位长发披肩的靓丽姑娘，她不敢擅自做主，说，"我请示一下丁董事长。"

娄长贵说："我是监事，按照集团章程，监事检查财务账目，无须任何人同意，这个'任何人'包括董事长。"

穆会计眼睫毛一忽闪，问："您查哪月、哪天、哪方面的账目？"

娄长贵被问住了。

穆会计夸张地说："如果所有账目清查一遍，我们财务部全体会计需要连续干半个月，其他工作一律暂停。"

娄长贵不懂财务，没想到这么复杂。

穆会计嘴甜："娄伯伯，还是跟丁董事长说一声吧。"

五分钟后，丁香走进财务部。娄长贵给她看了手机上的短信内容，短信没有署名，来自陌生号码。

娄长贵最恨侵吞集团资产的人，因为这将意味着他的股东红利会被贪污者偷走一块，可能还是一大块。谁侵犯到他的切身利益，谁就是他的敌人。娄长贵严肃地说："监事职责之一是具有财务监督检查权，职务再高的人也无权干涉。"

丁香粲然一笑。她问："小穆，跟肖总监联系上了吗？"

穆会计说："我每隔半小时给肖总监打一次电话，都是关机。"

丁香指示："小穆，由你临时负责，通知所有会计加班，在娄监事的监督下，彻查账目。你给娄监事搬把椅子，沏杯茶。"

穆会计应了声"唉"，对于她，这是一次表现的机会。

集团股东人人收到同样短信，不约而同，他们向光明大厦聚集。

肖芳家的门被敲了一次又一次。来人把耳朵贴在门上，听了听，门里没有动静。客厅大沙发上，肖芳大气不敢出，敲门声不大，她听着却像夏日滚滚雷声。

她的精神濒于崩塌！

光明大厦秘书室里，高文明坐立不安。他借送内部文件为名，去财务部打探风声。

刚走到财务部门口，他听见穆会计说："查出来了。"

穆会计向丁董事长汇报：已收货款中少了五百万。一个月前，肖芳开出一张五百万的现金支票，收款方是一家专门从事代开发票勾当的皮包公司。肖芳没做假账，所以一查就查出来了，她像是准备短期内归还。

丁香问："肖总监最近有什么异常？"

穆会计说："跟往常一样。有件与工作无关的小事，不知该不该说。"

丁香用笑容鼓励她说。

穆会计说："前些天我在药店碰见肖总监，我跟她都是去买测孕棒，一见到我，她赶紧走了，这有什么不好意思的。"

财务部传出的消息在光明大厦掀起轩然大波。

当着娄长贵监事的面，穆会计将与五百万有关的账页复印数份，原件装入牛皮纸袋，贴上封条，加盖财务专用章，她与娄长贵又在封条上分别签字。牛皮纸袋放进大保险柜。

鉴于丁香在取保候审期间，她涉及侵占公款，娄长贵按规定向刑警队报告。

小袁警官赶到。她看着摊开在桌面上的账页复印件，联系起八月四日交通肇事逃逸、抢劫案，这去向不明的五百万公款里隐含着丁香的犯罪动机？

取保候审期间并发新罪，是否需要对丁香恢复采取刑事拘留的强制措施？

5. 红色跑车

一辆红色跑车开到光明大厦前，没刹住，前轮撞到台阶。

车上下来一个人，说不清是男是女，堂而皇之地走进大厅。此人从下往上装扮奇特，半高跟鞋，缀满黄铜钉的黑色长裤，大红衬衣敞开三粒扣子，露出胸前的红玫瑰花文身，鸡冠似的头发染成赤红色，涂眼影，画眼线，假睫毛像两把牙刷，抹着口红，最炫目的是戴着纯金打造的鼻环。

门卫老乔追进来，问："你找谁？"

来人嗓音中性："我找香香。"

"香香是谁？"

"你们这儿的董事长呀，我是她的情人。"

"你是男的女的？"

"我是男的，我真想去做变性手术，做个女人多好，躺在男人怀里，享受粗暴的爱抚。"

"你叫什么？"

"我叫金山。"

他真的是男人，姓金名山，与妻子离婚后，干起一种古已有之的行当。他摸摸门卫老乔的胸肌："你的肌肉真发达，体格真棒耶。"

门卫老乔像是身上爬过一只灰毛大老鼠，他躲开那只涂着红指甲油的手，问："你找丁董事长什么事？"

金山对着门玻璃摆动几个姿势："我来要钱。"

"要什么钱？"

"香香说，她要包养我一年，给我买房，金屋藏娇，还要给我买车，你瞧，外面那辆红色跑车是我试驾开来的，没付钱哪。"

闻讯赶来的高文明问："你要多少钱？"

金山媚笑："不多。"

"不多是多少？"

"五百万。"

金山嫣然一笑，他的手搭在高文明的肩上："你是高秘书吧，去，叫香香下来呀。"

大厅里，渐渐围上来十几个集团员工。

高文明没叫大家散开。董事长室里，听完高文明的汇报，丁香的面容沉静如水，她并没有像高文明预想的那样勃然大怒。

膀大腰圆的保安队长应召赶到，他手里握着一根粗麻绳。

丁香问："绳子结实吗？"

保安队长说："捆一头猪没问题。"

丁香指示："一层大厅有个叫金山的人，你跟老乔扒光他的衣服，把他绑了，挂在大厦外面的路灯杆上。"

保安队长问："扒个精光，一丝不挂？"

丁香想了一下："留条内裤，咱们这儿有不少女员工。"

保安队长比过年还高兴："董事长，我这就去。"

高文明说："这不大好吧，万一出点事……"

丁香泰然自若地说："出了事由我负责，去吧。"

保安队长欢天喜地而去。

小袁离开光明大厦时，刚好看到，路灯杆旁，金山被剥得只剩内裤，像挨宰的猪一样尖叫，死死抱住保安队长的大腿不撒手。

小袁将他带回刑警队。

大办公室，金山嘤嘤哭泣。他哽咽地说："我跟丁香是情人关系，她答应给我五百万。"

小袁问："你们什么时候认识的？"

金山说："一个月前。"

"在哪儿？"

"酒吧，她把我灌醉了，骗我上的床，这个月我跟她几乎天天夜里在一起。"

"前天夜里也在一起？"

"嗯。"

小袁说："前天夜里丁香在看守所。"

金山说："我记错了。是大前天。"

大前天，八月四日，交通肇事逃逸、抢劫案发生的那天，金山等于提供了丁香不在案发现场的证据。小袁问："你与丁香在哪里幽会？"

金山说："她家。"

"她家什么样？"

"大别墅，三层，卧室好像在……哟，你别问了，我都不好意思了，这是我的隐私。"

小袁拿出十几张不同女人的照片，说："这些照片里哪个是丁香，你指出来。"

金山每天泡在酒里与床上，不看报纸与电视，对外面的事一无所知，他找不出丁香的照片，只能乱指。

小袁戏弄他，拿起一张又老又丑的贵妇照片："是不是她？"

金山说："是她，就是她。"

事情再清楚不过了，用这种阴毒手法败坏一个女人的名声，既卑鄙，又下流。小袁脸一冷，问："谁指使你到光明大厦寻衅滋事的？"

"没人，我自己去的。"金山抵赖。

小袁给他一本书："这是《刑法》，第二百四十六条诽谤罪，第二百七十四条敲诈勒索罪，你好好学学。"

金山汗如雨下。

小袁问："谁指使你的？"

金山说："全是我自己想出来的主意，我胡扯，我的嘴是屁眼儿，只会拉屎放屁，放我走吧，我再不去光明大厦闹事啦。"

小袁说："你一个人承担全部罪责？"

"是姜哥让我去的。"

"哪个姜哥？"

"姜大虎。"

"戴棒球帽的姜大虎？"

金山滑下椅子，跪在地上："就是他。警官姐姐，您可别说是我交代的，姜哥如果知道是我出卖了他，非得把我的脸划了，我指着这张脸吃饭呢。"

这个矮了半截的"男人"就像一堆在烈日下暴晒三天的臭肉，爬满了粉红色的蛆虫。

市刑警队不管这种小案子，小袁命令金山到派出所自行投案。

一出刑警队大院，金山的脖子被一只粗糙有力的大手掐住，拖着他像拖死狗似的来到一个井盖旁。金山痛得乱叫："你是谁呀？"

白发飘飘的丁苦菊扇他一个大耳刮子，将他踩在脚下。

金山满嘴是血。

丁苦菊对一个路过的小伙子说："小兄弟，麻烦你，把这个井盖打开。"

小伙子说："大妈，这下面是化粪池，您老要干吗？"

丁苦菊说："我把这个臭东西塞进去。"

金山吓得魂飞魄散，磕头如捣蒜，求饶。

看热闹的人围了里三层，外三层。

小袁没空去管，自会有巡警处理。她想，金山来的时机太巧了，指使他的人弄巧成拙；光明集团账上少了五百万，发出举报短信的人如何掌握这一情况的？

6. 知遇之恩

一身沾满五彩颜料的旧牛仔套装，脑后扎着小辫子，这是著名服装设计师滕飞的标配。他走进董事长专用电梯。

门卫老乔心说，金山刚走，又来一个怪人。

最高一层到了，滕飞从上衣里掏出一个信封，吹声口哨。

董事长室，信封放在写字台上。

丁香打开信封，抽出薄薄一页纸，上面总共写了龙飞凤舞的九个字：

辞职书　我不干了　滕飞

丁香签字，说："我同意，去人事部办手续吧。你主动提出的辞职，劳动合同没到期，按规定没有补偿费。"

滕飞感到很没面子："你不挽留一下，哪怕走形式说几句？"

"有意义吗？"

"……没有。"

丁香把辞职书随手丢在一边。

滕飞设想的场景是：对于他的辞职，丁香极力挽留，而他不为所动，仰起下巴颏，扬长而去。没想到，丁香竟然对他弃之如敝屣。今年以来，丁香批评他两次，一次比一次严厉，原因是春季服装发布会的设计图他交迟了，秋季服装发布会定于后天、八月九日晚举行，他又是一拖再拖，到现在没完成设计任务，只好在木子的设计图上签上他的名字去充数，好在丁香没看出来。丁香毫不留情的批评大大伤害了滕飞的自尊心，他本想借辞职之机挽回颜面。

他的确是丁香从大街上捡回来的。

四年前，他因为某种不好说出口的原因来到本市，想靠卖画为生。画一张没卖出去，口袋里的钱花光了，欠交三个月的房租，女房东轰他滚蛋。

他无处可去，赖着不走。

女房东把他的衣服被褥、画架画笔颜料以及他最得意的一套服装设计图从三楼阳台上扔出去。设计图满天飞，其中一张飘飘扬扬，随风起舞，一个俯冲，贴到一辆经过的黑色红旗轿车的前风挡玻璃上。

黑色红旗轿车急刹车，停在马路中间。丁香下车，拿起设计图，只看了一眼。

她要找的人找到了。

丁香服装公司为了不停留在低端的加工业务上，急需设计人才，以创出自有品牌。这张风刮来的设计图出自天才之手。

前面一阵喧闹声，人群中，女房东双手叉腰，怒斥滕飞欠租、把房子住成猪圈的种种劣行。颇具艺术家气质的滕飞狼狈不堪。天边黑云聚积，夏日雷阵雨将至。人群散开，滕飞坐在拉杆箱上，他在本市举目无亲，无处可去。

雷声响过，急雨倾盆而下。

一把伞撑在滕飞头上，一个女声："跟我来。"

滕飞躲进黑色红旗轿车。丁香展开那张设计图，问："谁画的？"滕飞一甩遮住左眼的长发，那时他还没扎小辫子，说："我。"

丁香说："我聘用你。"

一栋叠拼别墅成为滕飞的工作室。丁香慧眼识人，滕飞展现出过人才华，设计出一套又一套新颖时尚的服装式样；丁香敢于用人，大胆果断地将滕飞设计的服装推向市场，好评如潮，销路大增，服装厂三班倒，订单雪片般飞来。

丁香创立了自有品牌：丁香。

滕飞天性放荡不羁，大概搞艺术的人都是这副德性。丁香通过调查后得知，滕飞四处逃窜、落脚本市的原因有几分滑稽，他曾与一个大老板的女儿相恋，因性情不合他提出分手，大老板的女儿割腕自杀，其实只割了一道小口子，流了三两滴血。大老板暴怒，扬言找人阉了他，他胆子小，信以为真，亡命他乡。每到一处不久，大老板就会找到他，派人上门威吓。他最后流落到本市，大老板再派来的打手被毕队长抓住，处以十五天治安拘留。

滕飞身为首席设计师，头两年表现出色。在他达到设计巅峰时，丁香给他配备了一名女助手木子。

随着时间推移，滕飞逐渐暴露出一个致命弱点，他不好色，不好钱，只好虚名。他在设计界声名鹊起之后，业务荒疏，画笔积尘，每天热衷于接受记者专访，办讲座，应邀出席各种社交酒会，还出版了一本个人传记。有一天，他拿起画笔，惊慌地发现一个可怕的情况。他向丁香请了半月事假，外出远足，亲近山水自然。回来后，情况没有丝毫好转，他变得暴躁、易怒。木子倒出的垃圾中，经常会有折断的画笔与撕碎的画纸。

滕飞愈加频繁地抱起木子，走进他的卧室。

此时此刻，坐在董事长室，潇洒地交上辞职书后，滕飞感到茫然。

他说："我要带木子走。"

丁香说："木子不会跟你走。"

"她是我的助手。"

"她是服装公司的签约设计师，期限三年。"

"什么时候签的约？我怎么不知道。"

"你现在知道了。"

滕飞好像明白了一点。

丁香说："这次秋季服装发布会的设计图不是你的风格，还用我往下说吗？"

滕飞问："木子将取代我？"

丁香不回答，她说："你不该辞职。"

滕飞会错了意："你终于承认不想让我走，想留住我。"

丁香轻晒："我的意思是，你找不到比我这儿更好的工作环境了，我不会同意你再回来。"

"你不问问我去哪儿？"

"我知道。"

"你不说几句临别赠言？"

"我不想伤害你。"

滕飞坐直："说吧，我洗耳恭听。"

丁香坦诚说道："滕飞，你的想象力、创造力趋于枯竭，已是江郎才尽，所以再也拿不出好的作品。如果你不能抛却浮名，静下心来，重新学习，不出一年，将被时代淘汰，很难再有翻身之日。"

滕飞的脸时红时白，他打声哈哈，不知跟谁学的，说了一句"say goodbye to my past"，故作轻松地走出董事长室。

他没关门。

7. 告全体股东书

一个人敲了两下敞开的门。

丁香低头看文件，说声"请进"。

来人是小眼睛特别灵活的吴良律师。他进门就说："我在电梯间碰见滕飞，他说他辞职不干了。"

丁香问："你有事吗？"

吴良律师幸灾乐祸："听说你遭遇到重大危机，众叛亲离，要垮台了，看来传言不虚，我对你深表同情。"

丁香再问："什么事？不请你坐了。"

"又是一见面就轰我走，我就那么招人讨厌吗？"吴良律师双手把两页纸放到写字台上，说，"公事，我专程给丁董事长送来这个。"

这是一份《告全体股东书》，打印件，大致内容：鉴于丁香女士涉嫌刑事犯罪处于取保候审期间，对五百万集团资产去向不明负有不可推卸的责任，又牵扯到招嫖男妓一事，影响恶劣，败坏企业形象，我向股东们提议，另选德才兼备者出任光明集团董事长。

标题选用特号字，加重，大而醒目！

吴良律师说："这是一封公开信。我只是代笔，按照委托人口授内容整理成文。"

"谁是你的委托人？"

"孔全，光明集团股东。"

丁香翻了翻："没有落款，孔全的签字呢？"

吴良律师说："第二页，他不仅签了字，还按了手印。"

丁香把《告全体股东书》扔给他："在哪儿？"

吴良律师直接翻到第二页，只见一片空白。不对呀，在齐鲁大酒楼，孔全拿着吴良律师刚打印好的《告全体股东书》，说："我去收银台，印泥在那儿。"

不大会工夫，孔全回来："字签了，手印也按了。"

吴良律师明明看见，孔全用湿纸巾擦着带红印泥的右手食指。孔全把《告全体股东书》塞进他的公文包，说："大律师，快走吧，别误事。"

这个琉璃球，我被他要了，吴良律师想。

吴良律师拨打孔全的手机号，通了。

孔全的声音："大律师，你好。"

吴良律师说："我不好，很不好。我现在在光明大厦董事长室，《告全体股东书》第二页怎么是空白的，你的签字、手印呢？"

"我当着你的面签的字，按的手印，你是不是搞丢了？"

"你不要乱讲话，别把责任推到我身上。"

"大律师，你好好找找。"

"孔老板，我离开你那儿，坐出租车直接到的光明大厦，中间哪儿都没去，公文包一直在我手边。"

"会不会丢在出租车上了，你从公文包里往外拿手机，不小心把那两页纸带出来了？你在我的酒楼喝了多半瓶红酒，我看你有

207

点醉意，不是我舍不得酒，你喝得太快，容易上头。"

"绝对不可能。"

"大律师，话不要说得太绝对，你在公文包里、电梯间都找找，再给出租汽车公司打个电话问问。"

"孔老板，我去找你，补签。"

"不凑巧，我在医院呢，老毛病又犯了，高血压，我正瞧病呢。"电话挂断。

诊室里，孔全抹抹脑门子上的汗，他是把吴良律师当猴一样地耍了。孔全也是不得已而为之，朱天佑以保证齐鲁大酒楼正常营业威胁他，又以将来光明集团、青云公司、九鼎联络处的客饭都安排在齐鲁大酒楼利诱他，交换条件是他在《告全体股东书》上签字画押。他看不准哪边风大，想破脑袋，想出这么一个假签字画押的主意。

他对内科主任程教授说："我要住院。"

因为是常去酒楼的熟人，程教授亲自给他量血压，听心率，说："老孔，你各项指标正常，没病。"

孔全说："行行好，收我住两天院，住到九日，最好是 ICU 病房。"他塞给程教授一个红包。

程教授退回红包，拒绝了他的不合理要求。

朋友给他介绍了一家小医院。

他顺利入住单人病房，只有老伴儿、宋诚与娄长贵知道他躲在这么个地方。他人在医院，耳朵没闲着，随时向宋、娄两位老朋友打听外面的消息。

他连打好几个大喷嚏，一定是吴良律师在骂他。

吴良律师乘兴而来，败兴地倒退出董事长室。一层，他从电梯里出来，与朱天佑撞个满怀。

钟人杰走进电梯。

朱天佑用脚挡住电梯门，不让关上，问："看你一脸丧气相，事儿办砸了？"

吴良律师叙述一遍，加了不少对孔全的坏话。他说："没有签字的《告全体股东书》已经发到光明集团网站上，是否撤下来？"

朱天佑说："不撤。"

吴良律师问："孔全不会找我的麻烦吧？"

朱天佑说："孔全那个老家伙滑得很，《告全体股东书》是以他的名义发的，上面又没有他的签字，这正是他要的结果。"

吴良律师没想通其中的奥妙所在，他不懂装懂地"噢"了一声。

8. 最后通牒

董事长室，钟人杰坐在木质扶手的沙发上，朱天佑站在他身旁，丁香坐在写字台后，三人都没有笑容。

茶几上没有待客的清茶。

朱天佑开口："丁香女士，关于你的负面新闻太多，对光明集团大大地不利，你应该主动辞职，离开这间办公室，让给钟人杰先生，大家不伤和气，何必在临时股东会上撕破脸呢。"

钟人杰神色冷漠，似乎这件事与他无关。

丁香问："朱先生，你是光明集团的股东？"

朱天佑说："我不是。"

"你是我的客人？"

"……我是。"

"我没请你来。"

"……"

"一个不请自来的客人，却要求主人离开，你有资格吗？"

"我是替钟总说话。"

丁香揶揄地说："他是哑巴？"

朱天佑哑然。

丁香说："朱先生，我要与钟人杰商讨光明集团的内部事务，外人不便在场。请你去一层大厅等候，那儿有沙发、今天的报纸，我叫人给你送一杯水。"

朱天佑不走。

丁香又说："需要保安领你去吗？"

就这样，朱天佑被"请"出董事长室。隔音良好的雕花木门关上后，丁香从写字台抽屉中取出一沓纸，对钟人杰说："请你看看这份资料。"

钟人杰接过，初看时不在意，越看越觉震惊。这是一份关于他个人情况的调查报告，从出生、幼儿园、小中大学、不同公司的工作经历到青云公司内幕；从父母、亲友、同学到初恋情人；从爱好、口味、衣着、生活习惯到审美情趣等，详尽得无以复加，足有二十几页，用的小五号字。在这份报告中，他的人生毫无秘密可言。

其中，用红笔勾出两处重点：青云公司资金来源与他的初恋。

钟人杰沉不住气了，问："你想用这份调查报告敲诈我？"

丁香说："我想帮助你实现愿望。当然，你也要帮助我，相互的。"

"我有什么愿望？"

"这些年，你的心里埋入一粒种子，它叫仇恨，一天天长大。你恨一个人，对吧？"

钟人杰问："你怎么帮我？"

丁香说："我有一个建议，想听一听吗？"

一层大厅，朱天佑坐在一角的大沙发上，怒气冲天。他很快不再生气，跷着二郎腿，随手拿起一张茶几上的报纸，看起副版。

他看一眼腕上金表，一刻钟过去。

董事长室，丁香与钟人杰的谈判进展不顺。钟人杰诧异地说："我没有想到，丁董事长会向我提出这样的建议，你这是搞阴谋诡计。"

丁香目光深沉："计谋没有公开的，都是在暗中进行。"

钟人杰说："容我好好想一想。"

丁香的语调里带有一丝轻蔑，她说："你去想吧。机会不是等来的，要靠自己争取，你的软弱优柔会让你错失良机，继续忍辱偷生地活下去。我有把握，你会接受我的建议，不得不接受。"

钟人杰沉吟。

丁香说："先谈到这儿，你我的谈话内容不要外传。如果有人问起，你可以随便编几句话。"

一层大厅。朱天佑看了半小时报纸，钟人杰走出电梯，脸色严肃。

谈崩了？

黑色奔驰轿车内，朱天佑急不可耐，问："谈得怎么样？"

钟人杰说："丁香的态度有所松动，同意考虑辞职问题。"

朱天佑大喜过望："没想到，这小娘们原来是纸糊的老虎。"

钟人杰说："我向丁香提出最后通牒，她要么辞职，推举我为董事长继任人选；要么在临时股东会上遭到罢免，颜面扫地。"

朱天佑一拍大腿："说得好！痛快，替我出了一口恶气，临时股东会之后，我要亲自把她从董事长室轰出去，以报今日之仇。"

司机小陆回过头："祝贺两位老板。"

朱天佑挠挠秃顶："不对，那个小娘们会不会使的是缓兵之计？不可大意，该做的还得做。今晚，我在齐鲁大酒楼订好了包间，请几位媒体朋友吃饭，酒桌上，把挪用五百万公款、招嫖男妓，还有孔全的《告全体股东书》统统捅出去，大造舆论声势，逼着丁香不得不下台。我好像听见那个小娘们的哭声了，呜呜呜，哭得好惨哪。"

他咯咯地笑，又说："我特意请了姓贾的女记者，人杰，她对你有意思，你什么时候带她上床，竖起你祖传的钟家枪？"

他去抓钟人杰的裆部，钟人杰没能躲开他的手。

朱天佑胜券在握地说："对付丁香，我还有必胜的一招。"

董事长室，丁香用纱巾拢住头发，戴上套袖与塑胶手套，擦拭写字台、沙发、茶几、书柜……这是她的习惯，她做过保洁员，每当需要静下心时，她就会干起这些活儿。

座机电话铃响。

她按下免提。邬代市长的声音："秘书向我汇报，今天光明集团发生不少事，都是针对你的，你还好吗？"

听到昔日恋人关怀的话语，丁香心底涌上一股暖流，她说："我还好。"

邬代市长沉默一会儿："你太累了，作为一个女人，不要太逞强，应该休息一段时间。"

丁香问："你想说什么？"

"我这儿有一份《告全体股东书》，希望你能考虑股东们的意见，退一步海阔天空嘛。"

"你也要求我辞职？"

"我是为你好，当然啦，不能因为你一个人的进退，搞得光明集团人心惶惶，事端频发，我还要从全市社会稳定、经济发展的大局着想。"

"你对我有过承诺，在这件事情上保持中立。"

邬代市长无语。

丁香挂断电话。

她站在窗前。窗外，落日余晖染红天边不断变幻形状的晚霞。

她打开保险柜，取出一本厚厚的相册，里面全是她与邬代市长年轻时的合影，一张张彩色照片记录着过去的美好岁月，凝结着真挚的初恋感情，她珍藏至今。

照片一张又一张被投入碎纸机。

她手中还剩最后一张。

她与邬代市长情意绵绵，相拥着共同用手组成一个心形，她清楚记得两人当时的誓言。

她看着碎纸机吞进这张照片，吐出一堆彩色纸屑。

被切碎的不只是照片。

9. 不争

敲门声再一次响起。

早已过了下班时间，是谁？这次来的是直挺挺的甄帅，手里拿着一卷画轴。

丁香说："今天我的办公室真是贵客盈门哪。"

甄帅入座，丁香为他沏了一杯清茶，茶香清淡而悠远。甄帅显然是茶中行家，他观汤色，嗅茶香，轻品一口，赞道："好茶。"

丁香等着他说明来意。

甄帅说："我预订了后天、九日晚上的机票，临时股东会后立即赶回家，守在老婆身边，孟艳快生了。"他黑黑的脸上现出少见的温情。

"预产期是哪天？"

"本月中。"

"龙凤胎？"

"医生说是，我相信专业人员。"

丁香说："恭喜，我准备了一份小礼物，后天在机场送给你。"

甄帅欠身致谢。

丁香见他迟迟不提正事，说："甄先生找我有事？请直言。"

甄帅说："我今天闲着没事，到中元道观进香，向道长求了一幅字，送给丁董事长。"

丁香接过画轴，展开，墨香扑面而来，三尺黄绢上，两个古拙的大字：

不争。

甄帅说道："我是商人，经商多年，处处与人争，争的不外乎一个利字。近来常感心力交瘁，了无生趣，为此求教于道长如何化解，道长对我说了一句话，与人争之者亡，并送给我这两个字，不争。"

丁香漫吟："以其不争，故天下莫能与之争。"

甄帅说："丁董事长对《道德经》也有心得？"

丁香说："甄先生的意思我明白了，你是以这'不争'二字，劝我退出光明集团董事长之争。"

甄帅说："孟艳常对我说，丁董事长是最聪明的女人。"

丁香问："甄先生是否有意争一争？"

甄帅问："争什么？"

丁香说："据我所知，光明集团部分中小股东提出，推举甄先生为新一任董事长人选。"

甄帅否认："没有的事。"

甄帅正欲告辞。丁香忽问："孟艳除了帮你打理生意，她还兼做慈善？"甄帅屁股抬了一下，又坐稳，说："她对公益事业很热心。"

丁香话里有话："孟艳身在国外，相隔万里，她怎么知道本市有个叫涂三妹的急需善款做肝移植，并提供捐助？"

甄帅说："我不清楚这件事。"

孟艳的捐助行为破坏了丁香的计划。多年商战经验，丁香习惯于凡事往最坏的方面去想，明枪易躲，暗箭往往来自最意想不到的地方。

"丁董事长，邬代市长约我今晚八点到他的办公室。"甄帅起身，一瞥碎纸机。

送走甄帅，丁香站在写字台前，一敲键盘，电脑上显示大字标题：关于永泰投资公司的调查报告。丁香移动鼠标，点击，报告第一页中的一行字不断放大，直至占据整个屏幕：

Chairman（公司董事长）阮美玉 其子甄帅为公司实控人

丁香打出越洋电话，接听的人是宛霞。

丁香问："都安顿好了吗？"

宛霞说："我刚把时差倒过来，这里是早晨七点，与国内相差十二个小时，我今天上班。"

寒暄几句，丁香问："我记得录用你的是永泰投资公司？"

"是。"

"你的老板实际上是甄帅？"

"是。"

"你是和我最要好的同窗四年的大学同学？"

"是。"

"宛霞，祝你夫妻和睦，事事如意。"

"丁香，别挂电话，你听我说，丁香……"

丈夫走进客厅："快走吧，今天第一天上班，不要迟到。"宛霞抱紧他。丈夫吻她的头发："以后天天在一起，下班我去接你。"

宛霞难过地说："为了移民，与你团聚，我出卖了友谊。"

丈夫说："可是你维护了这个家庭的完整。"

宛霞说："丁香发现了。我担心……"

她担心丁香将收养在福利院的无脑儿送回来，她怕因此失去丈夫，失去家庭，失去刚得到的一切。

万里之外，丁香一盏一盏地关掉董事长室的灯。

天上，新月还没有升起。

10. 绝地

门厅，丁香换上软拖鞋，额头抵在穿衣镜上，凉凉的，闭目休息一分钟。镜中的她拍拍两颊，用手把嘴角向上拉，拉成笑脸。她振作精神，脆声说："妈，我回来啦。"

厨房飘出浓郁的炒菜香味儿，丁苦菊说："洗手，吃饭。"

饭厅，两菜一汤端上桌，与寻常人家没有不同。母女俩对生活的要求简单朴实。

丁香大口吃饭，一点不像淑女。

丁苦菊给她夹菜："慢点吃，没人跟你抢。"

母女俩边吃边说话，她们不在乎"食不言、寝不语"的古训，这是丁香每天最放松的时候。只有在妈妈面前，她才不用动心机与戴面具。

母女俩对今天发生的事只字不提。

敞开的窗户里不时飞出母女俩的笑声。

单层别墅外，老保安卢汉章站在丁香树旁，揉揉眼角。

饭后，洗净碗筷，丁苦菊说："你的头发有点乱，妈给你梳梳。"丁香拿来牛角梳子，这是她小时候，丁苦菊在地摊上买来的，用了二十几年，没断一根齿，磨得光滑油亮。丁苦菊打开女儿的发髻，丁香一头乌黑的长发瀑布般披散下来。

牛角梳滑过长发。

丁香回过身，头埋在妈妈怀里，肩膀无声地抽动。

丁苦菊抱住女儿。

丁苦菊任由女儿发泄一天受到的委屈。过了一会儿，她没出言安慰，而是说："你把妈妈的衣服弄湿了。"

丁香仰起犹带泪痕的脸。

丁苦菊说："女强人还哭鼻子？传出去多丢人。"

丁香展颜一笑。

丁苦菊说："还记得你刚上中学时的事吗？"

丁香点头："嗯。"

丁苦菊说："有天夜里，一个坏东西钻进咱们住的小屋，想欺负你。"

丁香说："妈，我第一次看见你那么凶！"

也是一个夏夜。大杂院，一间铁皮顶的小屋，白天太阳暴晒，屋内闷热难耐。十三岁的小丁香在木板床上睡着了，穿着短裤背心，皎洁的月光斜照在她发育还不完全的身上。丁苦菊打开门窗通风，摇动大蒲扇给女儿扇凉，她打起瞌睡。

一个黑影溜到窗前，向里偷看。

黑影跳窗而入，扑向丁香。

丁香惊醒，躲到丁苦菊身后。

丁苦菊说："我们母女不想惹事，钱，给你一张，五块的，拿着走吧。"

黑影亮出一把小刀子："别出声，动一动，我弄死你，我不要钱，我要人！"

黑影又扑上来。

丁苦菊手里抄起一把剪子。她刹那间变得无比凶狠，剪子张口，朝黑影下身戳过去，用力一剪，咔嚓！

惨叫声响起。

黑影捂住下身，逃出小屋。大杂院里的住户都是进城打工的，逆来顺受惯了，没人敢出来，都躲在屋里。天亮了，丁香见地上遗留一长串血迹。

说来也怪，以后几天，没有警察上门。

这件事丁香记忆犹新，她印象中最深刻的是，一向温和、善良的丁苦菊有着凶神般的另一面。

丁苦菊毫不留情地说："对付那种坏人，就要剪断他的坏根，让他这辈子做不成坏事。"

丁苦菊梳通女儿的长发。

今天，丁香连遭沉重打击，对手又阴又狠，从不同方面向她猝然发难，招招致命，企图摧毁她的意志，将她逼入绝境。她毕竟是有血有肉的人，情绪难免波动。母亲的话激发起她顽强的斗志，她要剪断一个人的坏根！

丁苦菊了解女儿，给她的不是温言抚慰。

丁苦菊说："咱们娘俩该梳洗打扮出发了，去，把妈那套最漂亮的新衣服拿来。"

很快，母女二人穿戴整齐。

丁香一件蓝色竹布旗袍，宛如家庭主妇。丁苦菊一套宽松的火红衣裤，真丝的，戴副金耳环，一只金手镯，抹了一点点淡口红，年轻何止十岁，俨然一位富态的婆婆。母女相互看看，乐得合不拢嘴。

母女二人走出小区，坐上出租车。

这是要去哪儿？去干什么？

第七章

1. 烹饪大赛

晚八点四十五分。城隍庙前小广场上纳凉的人不多,鬼市后半夜才开张。

灰色轿车里,毕队长与小袁一身便装,坐在前排,紧盯庙门。白天在刑警队,牛伯安说今晚九点他在这儿与买主见面,收了钱得把怀表给人家。

两位警官要核查买主是否真实存在。

牛伯安还没来。

小袁说:"一会儿完成任务,领导请客。"

毕队长说:"行。先回队里,看五频道的新闻。"

小袁说:"五频道?那是生活频道,哪儿有什么新闻。"

毕队长说:"重要新闻,具体内容暂时对你保密。"

小袁被勾起好奇心,她没往下问,问了毕队长也不会说,成心吊她的胃口,非常讨厌!

九点已过,牛伯安没露面。

毕队长说:"给他打电话。"

电话中,牛伯安对小袁说,买主到他家来过了,刚把怀表拿走。

灰色轿车开进小胡同。院内，低矮的东厢房门外，牛伯安说："屋里乱，不请两位警官进去坐了。"

小袁问："你以前见过买主吗？"

牛伯安说："没有，钱隆皇上两头传话。"

小袁问："刚才来的买主长什么样？"

牛伯安说："是个小伙子，个头一米七几。"

小袁出示一张高文明的照片："是不是这个人？"

牛伯安接过照片，左看右看，说："认不出来，院里没灯，黑乎乎的，看不清那人长相。"

小袁问："你确定来人是买主？"

牛伯安说："确定，那小伙子带着两张怀表的照片，是我当初给钱隆皇上的，他说的钱数也没错，都对得上，不像是蒙人的。"

毕队长说："照片？还在吗？"

"在。"牛伯安回屋取出照片，手电光下，一张是怀表外观，白金表盖上刻着古希腊神话中的时序三女神；一张是打开表盖的样子，泛黄的表盘上用罗马数字指示时间。

牛伯安说："照片你们拿走，我留着没用。"

回刑警队的路上，毕队长开车，问："说说你的看法？"

小袁语气肯定："牛伯安说的是真话。"

"为什么？"

"牛伯安的智商编不出这么完整的一套假话。"

"如果有人教他呢？"

"牛伯安表情自然，表达流畅，他没有表演天赋，背不下那么多台词，他就是个爱吹牛的胡同大叔。"

毕队长问："在案件调查的关键时刻，冒出一个身材酷似高文明的人，借雨衣做掩护，偷偷摸摸地给牛伯安汇去一笔钱，这是故意干扰警方的侦查视线，还是仅仅属于巧合？"

小袁说："有人在跟咱们玩捉迷藏。"

灰色轿车加快车速。车窗外，曹记面摊一闪而过，吃面的人不少。回到刑警队，毕队长拿起遥控器，打开电视，调到五频道。

屏幕上，正在直播本市首届家庭烹饪大赛。

手持话筒的主持人宣布："今晚，获得第一名的是……"

画面断开，插入调味品广告。

毕队长与外勤刑警通电话："包间里有十二个人？点的都是高档名菜？你让服务员进去，对那些人说，今晚电视五频道有好节目，让他们看，注意观察他们的反应。"

小袁想，毕队长搞什么名堂？

广告结束。主持人高声说："获得第一名的是丁苦菊、丁香。"

掌声如潮。

主持人现场采访："丁董事长，请你发表获奖感言。"

丁苦菊说："大兄弟，她是给我打下手的，你采访我才对。"

主持人连忙递上话筒："您说，您说。"

丁苦菊说："获得第一名我高兴，有奖品我会更高兴。"

主持人一挥手："把奖品送上来。"

乐曲声中，礼仪小姐鱼贯上场，向来宾们展示成套不锈钢锅具。赞助厂家的代表发奖。

场上气氛欢快、热烈。

小袁说："丁香在今晚的电视中一亮相，所有关于她的流言蜚语就会不攻自破，四两拨千斤，效果远胜在报纸上刊登整版的严正声明，真聪明。"

"她就是太聪明了。"毕队长说。他与丁香相处时，往往感到紧张，不够自信，他找到原因了。

小袁说："毕队，我又看了多遍案发经过的录像，发现一个新的细节，黑色红旗轿车即将撞上肖芳时，车头向左微微一转，避

221

开正面撞击，说明开车的白衣女人并不想要肖芳的命。丁香不是心慈手软的人，若是肖芳手中有她违法的证据，她应当杀人灭口才对。我有个新的想法，丁香为什么主动捐助涂三妹的肝移植费用，我认为，丁香似乎断定涂三妹就是白衣女人，她这样做是为了感化涂三妹主动自首，从而洗清她的嫌疑。"

"如果丁香只是单纯的慈善行为呢？"

"本市需要救助的不止涂三妹一人，丁香表现得过于热心。丁香是位捐赠善款最多的企业家，但是，她以往的善行同时都有商业上的考虑。"

"有道理。"毕队长说。

小袁心里得意，嘴上谦虚："说得不对的地方，请领导批评、指正。"

毕队长说："今晚不吃牛肉面了，请你吃大餐，以资奖励。"

小袁雀跃："吃什么大餐？"

毕队长一本正经："曹记面摊的馄饨。"

小袁说："领导真大方。"

毕队长说："本案嫌疑人的名单应该再加上一个人。"

小袁说："我知道是谁。"

2. 青年才俊

墙上，液晶电视屏幕显示一个定格画面：

"首届家庭烹饪大赛"红色横幅下，丁苦菊、丁香母女二人扎着围裙，手捧奖品，满面笑容。

电视屏幕前，大圆桌旁围坐着十二个人，有男有女。钟人杰高居首位，女记者小贾坐在他的右边，左边坐的是资格老、威信高的男记者老石。朱天佑坐在靠门、掏钱买单的位置。来客都是女记者小贾在媒体界的朋友。佳肴满桌，酒分三色，吃喝两个多小时，人人有了程度不同的醉意。

这里是齐鲁大酒楼最好的包间。

女记者小贾指着电视屏幕，问："你们怎么看这件事？"

朱天佑抢先说："虚张声势，垂死挣扎。"

男记者老石说："我不这样认为。丁香董事长忙里偷闲，参加家庭烹饪大赛，充分证明她内心世界的强大，自信能够掌控光明集团的局势，根本不把对手放在眼里。诸位，你们写稿时要慎重啦，不要没有抹黑丁香董事长，反而弄成造谣诽谤，当心将来追究责任，总编炒你的鱿鱼。"

来客中多一半的人表示赞同。

朱天佑打心里厌烦这位不过三十出头，却老气横秋的男记者老石，这家伙与丁香过从甚密。他要惩治姓石的，想个什么法子呢？

包间外，他叫来司机小陆，贴耳吩咐了几句。

小陆笑着领命而去。

他回到包间，问："你们谁认识金山？"

女记者小贾配合地说："几个月前，我采访一位姓翟的老板，撞见金山靠在翟老板身上修指甲，两人的关系很'那个'。听说，金山是双性人。"

朱天佑说："他是男的，有一次在歌厅，我和我的司机把他按在沙发上，扒了他的裤子，验过他，家伙还挺大，粗俗了，掌嘴。"朱天佑轻打一下自己的右脸，又说："万万没想到，冰清玉洁的丁董事长竟会勾搭上这种货色。依我看，丁香表面上清高，心里脏得很，俗话说，武大郎玩夜猫子，什么人玩什么鸟，是不是？"

朱天佑挑起的这个话题最能吸引人，也最能败坏一个人，尤其是女人的名声。他见男记者老石要说话，赶紧举杯："老石，干一个，你海量，别不给面子。"

他用酒堵住男记者老石的嘴。

朱天佑八面应酬，钟人杰只顾与女记者小贾耳鬓厮磨，说私房话。

男记者老石问："你们说什么呢？"

钟人杰以笑代答。女记者小贾说："我请求钟总接受我的专访。"钟人杰说："我同意了，时间、地点、专访内容由她确定。"

男记者老石说："我也想对钟总进行一次专访，可以吗？"

钟人杰说："抱歉，我只接受漂亮的贾小姐的专访。"

其实，女记者小贾说的是：今晚十一点，红莓酒吧，我等你。

两位女服务员为每位来客端上一盏冰糖燕窝粥。

在朱天佑的注视下，男记者老石揭开盏盖，用小瓷勺搅一搅，他吃了一勺，轻嚼，咽下，很享受的样子。

朱天佑纳闷，他期待的事没有发生。

哇，那边，女记者小贾把嘴里的冰糖燕窝粥吐到纸巾上，大皱眉头，伸出舌头。

钟人杰问："怎么啦？"

女记者小贾连说："咸，咸得发苦。"

钟人杰尝了尝她的冰糖燕窝粥："放了有半袋盐。"他让女服务员拿来一瓶矿泉水，扶着女记者小贾去洗手间漱口。

朱天佑气哼哼地说："我去找老板算账。"

包间外，司机小陆要跪下，朱天佑见有人朝这儿看，喝止："别跪！"司机小陆双腿打战，说："不是我的责任，服务员上错了，她把姓石的、姓贾的两人的两盏冰糖燕窝粥弄反啦。"

朱天佑说："滚蛋，回去我再收拾你。"

女记者小贾像遭了一场大难，钟人杰搂着她的腰，从洗手间回来。

朱天佑冲她说了七八个"对不起"。

酒席将散。

朱天佑举杯："我再敬各位一杯酒。好风凭借力，值此光明集团董事长改选之际，务请各位大造声势，给钟人杰钟总送来一股好风，送他直上青云。"

来客们满口答应，只有男记者老石例外。

女记者小贾提议照张合影。

朱天佑把手机交给女服务员。来客们站成一排，钟人杰与女记者小贾居中，两人十指相扣。朱天佑挤不进去，他站在最边上。

手机内置闪光灯一闪。

照片上，钟人杰英姿勃勃，意气风发，不愧是青年企业家中的俊才！

朱天佑只露出半个脑袋，小半个。

3. 擦皮鞋的

硬木餐桌旁，朱天佑只穿一条三角红裤衩，腆着大肚子，坐在高背椅上，看今天的晨报。

木格窗外，庭院中，葡萄架绿叶茂密，挂满一串串接近成熟的玫瑰红葡萄。太阳初升，阳光斜照在这座大四合院上。

一只喜鹊落在房檐，今天是八月八日，两个八，好日子。

苏小蝶一手端着托盘，一手捏着鼻子，给他送来早餐。

托盘里有牛奶、煎蛋、法棍面包、苹果，还有一小盘灰色的小方块，不知是什么东西。

朱天佑把晨报揉成一团，扔到地上，踩了两脚。

他端起小盘，放在鼻子下面，闻闻灰色小方块，深深吸入一口气，表情无比陶醉。他用西餐刀挑起灰色小方块，抹在法棍面包上，对苏小蝶说："宝贝儿，你也吃点儿。"

苏小蝶躲得远远的，摇头。

朱天佑满口大嚼，赞不绝口："法棍面包抹臭豆腐，人间第一美味！"

原来灰色小方块是臭豆腐，天哪，这是什么古怪吃法？

朱天佑说："每次一吃到这个味道，我就会回想起我的童年，我爸，我妈，还有我最爱一个人躲在里面玩儿的地下储藏室。"他面色暗淡，那段回忆大概不太美好。

手机振动，朱天佑看了看，妈妈打来的。近两天，母子俩一天通多次电话。

他对苏小蝶说："给你买了一件小礼物，在床头柜上。"

支走苏小蝶，他接听电话。

妈妈白萍的声音："儿子，你爸连水杯都拿不住了，喝一次水呛几次。"

朱天佑说："病情发展这么快？"

"可不是吗，你爸现在不能死。刚才，我去看你爸，我问他，是不是叫你回来照顾他。"

"我爸怎么说？"

"你爸说……儿子，你听了别生气，你爸说你是没用的东西，一点小事都办不好，不要回来啦。你爸让你办什么事你没办好？"

"说了你也不懂。妈，你跟我说实话，我是我爸的亲儿子吗？"

"满嘴放屁！你妈不是随便的女人。"

"我爸只有我这么一个儿子？"

南方，大庄园里，白萍停止荡秋千："你没得神经病吧，儿子，别嫌妈说话啰唆，你好好干出点成绩，让你爸对你刮目相看，把这份家业交到你的手上……"

"我还有事。"朱天佑把电话挂了。

朱天佑习惯地挠挠秃头顶。去年以来，一直有个念头折磨着他。光明集团成立之时，他的爸爸朱辰破天荒飞临本市，向丁香表示祝贺与合作意愿。朱辰地位尊贵，近些年从不出席各类庆典活动，至多派雷律师作为代表应付一下。尤其是一年多前朱辰身体出现渐冻症的征兆后，更是深居简出，像只大蜘蛛伏在蛛网中心——庄园里。但是，朱辰却纡尊降贵地前来拜访丁香，还关门密谈一次。朱天佑记得小时候，偷听朱辰的老下属们酒后闲聊，说起朱辰曾经狂热地追求一位叫丁丁的女演员。

难道？！朱天佑有了更强烈的动机，必须把丁香打倒在地，才能确保他的唯一继承人的地位。

朱天佑闲散地走出位于西厢房的饭厅，来到院子里。他站在葡萄架下，伸手摘了一颗葡萄珠，尝了尝，又酸又涩。东厢房是会客室，房门敞开，一个穿白衬衣的男人背对门口，蹲在门厅，二十几双男女皮鞋摆成一排，他擦着其中一双。

朱天佑冲着那人的后背，轻蔑地一笑。

主卧室在正房西侧，苏小蝶坐在床边，手里玩着一只白金表壳的小怀表。

朱天佑悄悄走到她身边，问："喜欢吗？"

苏小蝶柔情一笑。

朱天佑说："这只表还带闹铃呢，你听听，像蝉叫。"

苏小蝶耳朵贴着小怀表："真的耶。"

每次闻到苏小蝶身上特有的香气，朱天佑总是情难自禁。过去，他的惯常做法是苦追一个女人一到数月，上床一次，即转身离去。他自知其貌不扬，女人只是看上他的钱，而他则是为了满足生理快感与心理上的征服占有欲，女人与他相互视为猎物，一场游戏而已。苏小蝶与那些女人不同，她像水，而他是一条从小缺爱的鱼。他的头埋在苏小蝶胸前。

他解开苏小蝶睡衣上的腰带，手伸进去。

苏小蝶按住他的手，说："门铃响。"

朱天佑想起来了："我约了人，你去开门。"

院门大开，甄帅跨过高门槛。朱天佑迎接："贵客临门，满堂生辉。"甄帅看一眼苏小蝶身上的睡衣，问："你们俩是……"

"小蝶是我的未婚妻。"朱天佑第一次这样向人介绍。

苏小蝶弯弯的眉毛动了动。

朱天佑说："请，会客室坐。小蝶，煮两杯咖啡。"

甄帅站在会客室门口，目光落在擦皮鞋男人的后背上，他说："三杯咖啡。"

紧邻饭厅的厨房里，苏小蝶现磨咖啡豆。她抽空去饭厅，在餐桌下找到被朱天佑揉成团的晨报，捡起，展开，抚平，报纸上登着钟人杰的大幅照片，附有文章，标题是《青年才俊，光明集团新任董事长？》，文章出自女记者小贾的手笔。

苏小蝶用托盘托着三杯咖啡，走进会客室。她在朱天佑、甄帅面前各放上一杯，第三杯给谁？

只听甄帅对擦皮鞋的男人说："钟总，请一起就座吧。"

擦皮鞋的男人抬起深深低下的头。

他果真是钟人杰。

钟人杰脸色泛紫，勉强笑笑。

朱天佑说："小蝶，给他拿瓶纯净水。"

苏小蝶说："家里只有矿泉水。"

朱天佑说："也行。"

甄帅说："你请我来，只为看钟总给你擦皮鞋？"

朱天佑说："当然不是，我向你透露一个重大商业秘密，青云公司是我的，青云公司持有的光明集团百分之二十五的股份也是我的，我才是真正的老板。我看你一点不吃惊？现在，我要办理工商手续，把青云公司、光明集团股权变更到我的名下。"

甄帅说："以前是以钟人杰的名义代你持有？"

朱天佑说："对。"

甄帅说："这是你自家的内部事务，与我无关。"

朱天佑说："有关。我向你宣布一项重大决定，我要走上前台，亲自成为光明集团新一任董事长。你在中小股东中混得人缘不错，我想取得你的支持。"

甄帅说："我是商人，做生意讲求等价交换。"

朱天佑说："你我新近各自成立了一家服装公司，你把滕飞抢走了，他成了你的首席设计师，作为交换，我不再跟你争。"

甄帅说："你用我到手的利益跟我交换，生意不能这样做。"

朱天佑说："你开价吧。"

甄帅说："我把滕飞让给你，你支持我出任光明集团董事长，如何？"

朱天佑微怒："你一个持股百分之六的小股东，玩笑开大了。"

双方没谈拢。

甄帅说："你的父亲朱辰再三训诫你，不许你出头，认为你没有能力与丁香一决高下。我判断，朱辰病重，你胆子大了，你的意图是趁丁香正在受到刑事调查、丑闻缠身的有利时机，先把光明集团收入囊中，让你的父亲看一看，你不是废物，借机实现你梦寐以求的下一个目标。"

朱天佑身子前倾，仔细看看甄帅，说："你是我肚子里的蛔虫？"

甄帅说："祝你心想事成。我还有事，不送。"

朱天佑坚持送他到院门。握手道别时，甄帅说："做生意一次谈不成，可以多谈几次，我等你再来找我。"朱天佑敷衍地哼哈了几声。

关上院门。朱天佑站在会客室外，对钟人杰吩咐道："今天中午十二点，王朝酒店天字一号包间，我请光明集团全体股东吃饭，丁香、甄帅除外，你去办吧。"

所有皮鞋逐双擦好，放入鞋柜。

钟人杰蹲得太久，双腿麻木，他几乎站不起来。

苏小蝶递给他一瓶矿泉水。

两人不看对方，默默无语。

朱天佑鬼叫："小蝶，快到我身边来。"

4. 马桶先生

大四合院外，白色越野车里，钟人杰用湿纸巾擦去手上沾的黑色鞋油。

他的脸上看不出任何表情。

他开车到王朝酒店，不巧，天字一号包间昨天有人预订了。他打电话请示朱天佑后，改订二号包间。

他开了一间配双人床的套房，进门直奔小酒柜。他喝着罐装啤酒，一个一个地与光明集团中小股东联系，好言邀请。就像事先商量好了，没有一个股东明确答应中午赴宴，都是含糊其词，不说来，也不说不来。

他打出最后一个电话。

熟悉的女声："去哪儿？"

他说了所在的房间号。

他脱掉白衬衣，露出匀称结实的胸腹肌，在地毯上做俯卧撑，在大床上做仰卧起坐，直到汗出得像水洗一样。

他站在窗前，绷紧全身肌肉，低吼一声。

刑警队大办公室，小袁与一位女士通电话。

女士："袁警官，你好。我是公司人事部长，请问你调查谁？"

小袁："钟人杰。"

女士："我查一下。钟人杰应聘到我公司业务部，工作十三个月，三年前离职。你想了解他哪方面的情况？"

小袁："越全面越好。"

女士："时间过去三年，我尽量吧。我对这个人还有些印象，钟人杰工作能力比较强，入职十二个月，越过比他资格老很多的前辈，破格提升为业务主管。出于某种原因，升职后不到一个月，他主动提出辞职。听说他去了几家公司，都待不长。"

小袁："辞职原因？"

女士："两件事。一件是钟人杰为人傲气，不太合群，人际关系……一般。同事们议论，他是靠逢迎拍马获得提升的。他所在的部门经理是位外国人，名叫威尔逊，两人关系密切。威尔逊家的坐便器漏水，他给修好了，因此，同事们背后给他起了一个绰号，马桶先生。在公司餐厅，有人用这个绰号当众取笑他，他一拳打断那人的鼻梁骨。公司免去他业管主管的职务，并给予记大过处分。"

小袁："还有一件呢？"

女士："这是很私人的事。钟人杰所在部门有位非常漂亮的女同事，她是全公司所有男人竞相追求的对象。钟人杰被提升为业务主管的同一天，他公开宣布，那位女同事已经接受他的求婚，成为他的未婚妻。嫉妒会使人疯狂！从此，钟人杰在公司处境艰难。"

小袁："他的未婚妻叫什么名字？"

女士："苏小蝶。"

卧室。大床上，朱天佑紧紧压住苏小蝶，身体一阵颤抖。他翻身下来，仰面躺着，满足地吐出一口气。

朱天佑说："我按你左手无名指的指围定制了一枚钻戒，明天取。"

苏小蝶问："你真要娶我？"

朱天佑说："我要你做我的未婚妻，我让我妈跟我爸去说。"

苏小蝶有点走神。

朱天佑问："你想什么呢？"

面对朱天佑多疑的目光，苏小蝶偎入他的怀中："我在想，你向我正式求婚时的样子。"

朱天佑说："你想让我求婚时单膝下跪？跪就跪吧，你是唯一能让我下跪的女人。"他又压到苏小蝶身上运动。

苏小蝶任由摆布，并配合地发出有节奏的哼声。

苏小蝶这会儿在想什么？

苏小蝶与钟人杰相识在公司电梯间。每天上班时，为了不迟到，员工们抢着挤进电梯。这天，还差几分钟到上班时间，苏小蝶最后一个进入电梯，超载警示音立时响起，电梯门不关不动。如果她等下一趟，必定迟到，这时，一个高大俊朗的年轻男人走出电梯，给她腾出一个位置。电梯上升，九层，当她走出电梯时，只见那个年轻男人气喘如牛，与她同时到达，他顺着楼梯跑上来的。

那个年轻男人叫钟人杰，第一天到这家公司上班，与苏小蝶是同一部门的同事。

两人相识，相爱，自然而然。

打人事件发生后，两人离开公司。两人先后应聘到几家公司，都没待长，人不可以过于优秀，又不知收敛。两人四处投递简历，南方大城市的一家公司有意同时聘用，薪酬优厚，要求两人前去面试。

两人收拾行装，买了两张打折的单程机票。

候机大厅，一个四处闲荡的谢顶男人坐到两人身边，攀谈中，得知这人叫朱天佑。

噩梦从此开始。

飞机上，朱天佑很有骑士风度，把他的头等舱让给苏小蝶。他与钟人杰并肩而坐，聊了一路。钟人杰对这个热情的旅伴毫无设防之心，说出此行目的。飞机降落后，双方互留手机号码，一辆黑色豪车接走朱天佑。

公司会议室，经过面试，人事部李经理对钟、苏二人非常满意，决定聘用。

聘用合同摆到桌面上，正要签字时，李经理接到一个电话，他走出会议室。回来后，他对钟人杰、苏小蝶说："抱歉，名额已满，请二位另谋高就。"

会议室窗前，李经理望着钟、苏二人离去的背影，说："可惜，两个优秀的人才。"

朱天佑搂着他的肩，说："我让我爸给贵公司追加投资。"

李经理问："你打的什么鬼主意？"

朱天佑笑得有点不正经。

奔波一周，没有公司聘用这对恋人。

一筹莫展之时，钟人杰接到电话，朱天佑打来的。他说，他现在在北方一座城市，正筹办一家名为青云的科贸公司，需要一名总经理，问钟人杰是否有意屈就。

钟人杰想都没想，当即答应，他与苏小蝶就这样来到本市。

朱天佑亲自开着黑色奔驰轿车到机场迎接，将两人拉到这座大四合院，又设了一顿丰盛的晚宴。席间，朱天佑无意中提到他是九鼎投资公司董事局主席朱辰的独生子，钟人杰与苏小蝶听说过九鼎的鼎鼎大名。

朱天佑闭口不提"总经理"一事。

朱天佑没为两人安排住处。饭后，两人坐出租车在城里找了一家小旅馆。

第二天，朱天佑手机关机。他的司机小陆打来电话，说：一大早，朱天佑被他的爸爸朱辰派来的私人飞机接走了，可能有急事，不清楚哪天回来。

一连半个月，朱天佑杳无音信。

钟人杰、苏小蝶在本市无亲无友，身上的钱所剩无几。两人都是自尊心极强的人，不好意思开口向各自父母要钱。苏小蝶是父母宠爱的女儿，没吃过苦，她受不了啦。钟人杰一夜苦思，放下身架，找了一份快递员的工作，骗苏小蝶说他临时在一家小公司上班，快递员制服藏在黑公文包里。为了挣钱，他每日早出晚归，风雨无阻，成天戴着头盔，以免被人认出来。有两次，他回到小旅馆，苏小蝶不在。等苏小蝶回来，看她打扮得整整齐齐，问她去哪儿了，她说，她也在找工作。钟人杰没起疑心。

过去一个月。中午，钟人杰一身快递员制服，随便找个小面摊，要了大碗面。他摘下头盔，用筷子挑起面往嘴里送。忽然，他整个人僵住了。

朱天佑看着他笑，说："上车吧。"

黑色奔驰轿车停在几步外。钟人杰上车，又是一愣，苏小蝶坐在后排座。

一路上，三个人不说话。

大四合院。正房，云彩大理石面的八仙桌两边，坐着钟人杰、朱天佑。苏小蝶在哪儿？

朱天佑发表演讲："一百万个男人里，不到一个创业成功，其余都是分母。哪个男人没有野心，尤其是自恃有才的？可叹，没有背景的男人若想出人头地，难于登天：终其一生，碌碌无为，过了三十五岁，一堆贷款压在身上，天天担心被老板解雇，那点雄心大志早已消磨殆尽。醒醒吧，人杰，别做梦了，我指给你两条路，一条是你带小蝶走，我恭送；一条是小蝶做我的女朋友，你做青云公司的老板；两条路任你选。"

钟人杰问："你跟小蝶……"

朱天佑说："不瞒你，我跟小蝶见过两次面，她感到前途渺茫，我安慰了她。放心吧，我不是流氓，小蝶还是完璧之身。"

钟人杰再问："小蝶的意思……"

朱天佑走向卧室。一会儿，请出苏小蝶，他说："你走到谁身边，就是跟谁。"

苏小蝶站在两个男人中间，她原地不动。

钟人杰成为青云公司的挂名老板。钟人杰本想借此平台施展才华，干一番事业，抢回苏小蝶。无奈，青云公司上下都是朱天佑的人，钟人杰就像一条困在沙滩的鱼，在烈日暴晒下吐泡泡。钟人杰发现，朱天佑与吴氏集团董事长吴礼合作几个项目，投入大笔资金无法收回；朱天佑让钟人杰做青云公司的法定代表人，其实是找了一只替罪羊，朱天佑向九鼎总部汇报时，把投资失败的责任统统推到钟人杰头上。钟人杰进一步发现，青云公司账上经常有不明资金进进出出，财务部对他极力隐瞒，又要他在单据上签字。钟人杰有种感觉，他站在深坑里，一锹锹土扔到他的身上。他没有勇气反抗，因为朱天佑不仅有钱，还有一股黑恶势力给他撑腰。

女人如水，水往低处流，苏小蝶流入朱天佑的怀抱。

钟人杰意志消沉，沦为一只傀儡。公开场合，朱天佑怕他乱讲话，为了便于监督，两人如影随形，他索性常常装作哑巴。朱天佑似乎有自虐倾向，热衷于扮演成他的小丑式跟班，并且乐在其中。背地里，朱天佑对他加倍凌辱，往往还要当着苏小蝶的面，以此获得心理平衡。

光明集团成立的剪彩仪式上，他遇到过去的老上司威尔逊。威尔逊此时已是甄帅的秘书。威尔逊听完他这两年多的经历，提醒他说：一切都是朱天佑搞的鬼。

钟人杰的心里埋进一粒仇恨的种子，他没有离开青云。

客房窗前，钟人杰握紧双拳，双臂肌肉隆起。

门铃响。

钟人杰打开房门，放进一个女人，他去"会摇尾巴的狼"酒吧买醉时认识的陪酒女郎。

他刚才打电话招来的这个女人是涂三妹。

5. 被践踏的人

走廊里没人。钟人杰在门外挂上"请勿打扰"的牌子。

涂三妹从小酒柜里拿出一瓶红酒，动作熟练地起出软木瓶塞，举瓶喝了一大口。她用力一推，钟人杰倒在沙发上。涂三妹一撩裙子，骑上他的大腿，口对口，把含在嘴里的红酒喂给他。

一年前，钟人杰与威尔逊长谈后，醒悟到朱天佑坑惨了他。为了平息杀人报复的冲动，他随意走进一间酒吧，叫来一个看上去颇具性感的陪酒女郎。他喝到烂醉如泥。醒来后，他躺在地下室小屋的大床上，怀里有个陌生女人。两人互通姓名，女人叫涂三妹。涂三妹说："你叫了一夜小蝶，小蝶是谁？"

此后，钟人杰每逢心里不痛快，就到酒吧找涂三妹喝酒，带她开房。

涂三妹很懂男人，在她这儿，钟人杰生理上得到尽情发泄，心理上得到满足。两人成了无话不谈的知心朋友，相互同情、安慰，两个都是被践踏的可怜人。

涂三妹喂了他三大口酒，问："还要吗？"

钟人杰抱起她，走进内间卧室。双人大床上，钟人杰脱她的裙子时，她说："不行。"钟人杰问："为什么？"

涂三妹说："我有老公了，你亲我、摸我可以，干那个不行，我不能做对不起我老公的事。"

钟人杰问："你老公？送外卖的？"

涂三妹说："他真心对我，我也真心对他。"

两人并排躺在大床上。

涂三妹侧过身，问："姓朱的又欺负你了？"

钟人杰说："没有。"

涂三妹说："别不承认，每次受了姓朱的欺负，你就来找我。你好歹是个男人，你就不敢找姓朱的拼命？"

钟人杰说："我在等机会。"

涂三妹说："机会不是等来的。"

钟人杰说："你帮我。"

涂三妹说："我能帮你什么忙？"

"四日夜里，那个开车撞人的白衣女人是你吧？"钟人杰突然问。

"不是。"涂三妹往旁边挪了一下身子。

"我猜是朱天佑让你干的？"

"不是。"

"朱天佑是不是答应你干了这件事，就借钱给你做肝移植？"

"不是。"

钟人杰说："你撒谎！"

涂三妹说："我没撒谎，朱天佑没借给我钱，他是个骗子。"

"说漏嘴了吧。"钟人杰压在她的身上，脸对脸，"朱天佑事后耍赖，说话不算数了，对不对？朱天佑就是个言而无信的卑鄙小人，你不该信他的话。"

涂三妹说："我该走了。"

钟人杰抓住她的一只胳膊："你向警方揭发他，送他进监狱。我可以给你出做肝移植的全部费用。"

涂三妹说："你？前天我病得快要死了，没钱付抢救费，那时候你在哪儿？你跟别的男人没有不同。"

钟人杰面红耳赤。

涂三妹说："不用你操心，已经有人替我交了肝移植的一期费用。"

钟人杰说："出钱的人只是想堵住你的嘴。"

涂三妹推他："你压得我喘不上气啦。"

门口。钟人杰掏出事先准备好的钱，塞进涂三妹的手袋，涂三妹没有推辞，这是她应得的。

她咬着钟人杰的耳朵说："去健身房吧，冲着沙袋发泄十分钟，去去火。"

王朝酒店外，涂三妹从一辆灰色轿车的车头前走过。车内，负责监视钟人杰的男刑警拿起手机，向毕队长报告。

健身房。钟人杰没戴拳套，猛击沙袋，两腋下渗出大片汗渍。

他不再前思后想，决定听从丁香的"建议"。

6. 尺蠖之屈

钟人杰露出洁白的牙齿，满面堆笑，拉开黑色奔驰轿车的后车门。他还伸手挡在车门框上，以防车内下来的人碰着头。

车门处出现一个谢顶的脑袋。朱天佑钻出来，他趾高气扬地走向青云公司与九鼎联络处合租的灰砖小楼。

钟人杰亦步亦趋，紧紧追随。

朱天佑斜瞟，他在钟人杰脸上没有找到因擦皮鞋而心生怨恨的表情。他问："事情办好啦？"

钟人杰："全体股东都通知到了，这是午宴的菜单。"

朱天佑说："不用看啦，这种小事，以后不要向我请示。在今天的午宴上，我要对光明集团全体股东宣布一件大事，人杰，你知道我要说什么。"

钟人杰说："我的使命完成，应该退出舞台了。"

朱天佑说："嗯，你的职务另行安排，我不会亏待老朋友的。"

钟人杰说："谢谢朱董事长。"

听到这个称呼，朱天佑通体舒泰。他想，看来，钟人杰已经完全臣服，不必急于轰走，可以再留用一段时间，这人多少还有点利用价值。

钟人杰抢前一步，推开办公室的双扇门。

朱天佑刚一走进去，只见全体员工恭立两排，齐刷刷地喊了一声："少帅好！"

朱天佑发蒙："少帅？谁是少帅？"

钟人杰说："你的父亲是老帅，你当然是少帅。"员工们一拥而

239

上，围住朱天佑，搀扶他坐到皮圈椅上，给他送来香茶，女员工为他揉肩，"少帅"声不绝于耳。

朱天佑飘飘然。

钟人杰举着手机，将全过程拍成视频。

热闹一阵，员工们退出。

朱天佑笑着说："少帅，这个称呼叫得我的骨头都酥了。"他一变脸，怒声道："钟人杰，这是你的主意吧，你安的什么心，是不是设套让我钻？"

钟人杰说："不是我的主意。"

朱天佑说："谁的？"

司机小陆以为拍错了马屁，面露惶恐。

朱天佑心里清楚，司机小陆没这份脑力，准是受到钟人杰的教唆。他转为笑脸："小陆，干得好，我要给你提职提薪。"

办公室只剩朱天佑一个人。他肚子痛，坐在卫生间的马桶上，接听妈妈白萍打来的电话。

白萍告诉他：半小时前，朱辰呼吸困难，喘不上气，如果不是紧急抢救，现在已是死人。申教授讲，朱辰的呼吸肌一旦受到累及，随时可能死于呼吸肌麻痹导致的呼吸衰竭。

朱天佑问："妈，你在哪儿给我打的电话，信号不好。"

南方庄园。精美而又俗气的女性卧室。白萍也坐在马桶上，对着手机说："妈在卫生间，在这儿说话，别人听不到。"

年轻女佣进来收拾卧室，白萍与朱天佑的对话钻入她的耳朵。

白萍又催："儿子，抓紧哪，搞出点大名堂，让你爸对你满意，在他咽气前留下遗嘱，把家业传给你。"

朱天佑的声音："我懂，我要是能够成为光明集团的董事长，掌握一家集团公司，我爸肯定满意。"

白萍乐极："好儿子！"

"我爸要是拖个三年五载，老不死呢？"

"不会吧，你爸那个老东西活着也是受罪，老不死，不如安乐死算了。"

母子俩想到一处。

年轻女佣踮起脚尖，走出卧室。

庄园主楼外，年轻女佣向雷律师密报。雷律师给了她几张钞票。年轻女佣双手合十谢过。

电话打完，朱天佑也拉完了。

他坐在写字台前，精力不集中，没心思调整修理中的西洋钟，脑子里胡思乱想。

小时候，妈妈白萍请来一位号称奇人的游方老道士给他算命，老道士摸骨相面后，写下四个字：尺蠖之屈。尺蠖，一种小虫子，两三寸长，一屈一伸地向前爬行，这句成语的意思是劝诫世人忍得暂时委屈，以求将来伸展抱负。随着年龄增长，他越来越理解到这四字的深刻含意。他与朱辰相貌酷似，朱辰却并不喜欢他，他稍有小错，就会被罚不给饭吃，关入又黑又冷的地下储藏室。一次，他饿极了，溜进厨房找到一瓶厨师自吃的臭豆腐，抹到又硬又凉的法棍面包上，真是味道好极了。长大成人后，他吃的不是臭豆腐，而是童年的回忆。他缺少父母的关爱，又常常受到同学与邻家小孩的欺负，因此内心充满自卑。他的一言一行深受朱辰的影响，他梦想成为并坚信能够成为朱辰那种一呼百诺、高高在上的人，他有先天的优越条件，因此，他又极度狂妄。他所有的忍耐、蛰伏，都是为了有朝一日一飞冲天，俯视芸芸众生。在朱辰的阴影下，朱天佑与妈妈白萍活得谨小慎微，拼命讨朱辰的欢心。母子深知，如果不够虚伪，不够坏，在这个大庄园里就无法生存。如今，朱辰病重，失去束缚他的人，他要伸展了！在他的想象中，午宴上，当他宣布自荐为光明集团董事长时，那些中小股东向他投来敬畏与爱戴的目光，掌声雷动。

他的下一步是将九鼎揽入怀中。还有第三步、第四步……人的欲望永无止境。

他按下叫人铃。钟人杰进来。他吩咐道："让小陆备车，十分钟后出发，去王朝酒店。把我的茶端来，一会儿我要对全体股东训话，先润润嗓子。"

办公室的门向里推开，有人进来。谁这么大的胆子，未经他的允许，擅自闯入。他想拍、没拍桌子。

来人是毕队长与小袁。

小袁看到这样一幕，钟人杰站着，双手捧茶杯，端给坐着的朱天佑。

朱天佑起身："贵客，两位警官，请上座。"

毕队长看看他手中的修理工具，又看看写字台上的西洋钟，问："你还兼职修表？"

朱天佑说："取笑了，一点小小的个人爱好。"

毕队长开门见山："你认识一个叫姜大虎的人吗？"

"认识，泛泛之交。"

"泛泛之交？八月四日下午到现在，四天时间，你与姜大虎通电话十七次，每次通话时间十分钟以上，这是泛泛之交？"

"我的意思是……我与姜大虎仅仅是酒肉朋友，没有深交。"

"通话内容？"

"……聊女人。"仓促之间，朱天佑只能胡编。

"你随便找个理由，约一下姜大虎，见面的时间、地点立刻向警方报告，不得有误。"毕队长声色俱厉。

"我尽力。"朱天佑说。

7. 睚眦必报

十一点四十分。黑色奔驰轿车驶向王朝酒店。

朱天佑靠在后排座上，两位警官突然造访，使他忧心忡忡。警方为什么找他？没几个人知道他与姜大虎的来往。他怀疑地扫一眼开车的司机小陆与坐在副驾驶座位的钟人杰，谁是泄密者？爸爸朱辰说过，不要相信任何人。

车速放慢，司机小陆说："老板，你看。"

前面，路北，一排两层门面房底层正中的两间，几个工人挂起一块招牌，红底上，霓虹灯管组成五个金字：滕飞工作室，牌标是一只振翅欲飞的黑色大鹏鸟。整块招牌设计得动感十足，色彩浓烈，远远就能看到。

"停车。"朱天佑说。

招牌下，朱天佑背着手，仰起脸，怒气撑大他的肚皮。

司机小陆火上浇油："老板，姓甄的忒不地道，敢跟你抢人。"

朱天佑脸上阴云密布。他完全效仿丁香，筹划近一年，新成立了一家从原材料、生产、设计到市场销售自成体系的服装公司，成败就在设计。他满心指望着从丁香服装公司挖来滕飞，自创"天佑"品牌，在竞争中打败丁香，没有料到，却被甄帅抢先一步。人才难得，他去哪儿再去找滕飞这样优秀的设计人才？他的前期投资等于打了水漂，幸亏爸爸朱辰病重，否则又要被骂得狗血喷头。他恨透了甄帅，他要报复。

钟人杰与周围商户聊了几句。

朱天佑说："你跟那些人扯什么淡。"

钟人杰过来说:"我问了问,甄帅不仅租了底层两间,还包租了楼上一整层,给滕飞做设计工作室,底层这两间用于展示新的服装式样与接待客户。"

司机小陆说:"出手够阔气的。"

钟人杰说:"还有,这个地方挑得不错,地处商业街,一层商户都是卖服装的。我问了几家商户,甄帅同意向他们提供最新设计的服装,一分钱不收,免费,卖出去的钱全归商户所有。这么一来,等于所有橱窗都在展示甄帅的服装公司的产品,所有商户都在为他做广告,厉害!"

朱天佑不得不佩服甄帅的经营头脑,但他的脑子比甄帅的更强。

司机小陆说:"我找人把滕飞工作室砸了。"

朱天佑说:"打打杀杀的没意思。"

司机小陆问:"那怎么办?"

朱天佑说:"我看见滕飞工作室旁边有一间房空着,贴着招租俩字,没租出去?"

钟人杰说:"没有,房主一看租房的人多,租金提高了一倍。"

朱天佑下令:"租下来,不管租金多贵,今天就要签订租房合同。"

司机小陆问:"老板,你也要卖服装?"

朱天佑说:"我要卖一种特别的服装。"

"什么特别服装?"

"寿衣,给死人穿的衣服。"

司机小陆头脑简单,听不出特别在哪儿。钟人杰心想,朱天佑这人真坏,坏透了,天生的坏种。司机小陆说:"卖寿衣,多晦气。"

朱天佑笑得又阴又坏:"我要的就是晦气,滕飞工作室旁边卖寿衣，兼卖墓地，时不时放段哀乐，我想看看甄帅怎么在这儿接待客户，卖他的最新款的高档服装。记着，明天开业，请甄帅来剪彩。"

司机小陆说："是，少帅。"

朱天佑说："以后，滕飞工作室搬到哪儿，寿衣店跟到哪儿，直到甄帅向我求饶。"

一位旁听老者说："你这么做缺不缺德呀？"

朱天佑自鸣得意："德字怎么写？"

钟人杰说："少帅，差十三分十二点，光明集团全体股东等着你呢。"

黑色奔驰轿车飞快开走。

8. 热闹的午宴

王朝酒店前，黑色奔驰轿车还没停稳，朱天佑、钟人杰就从前后门钻出来。

两人冲进金色旋转门。

两人跑上铺满紫色厚地毯的环形大楼梯。

时针、分针、秒针同时指向十二。

十二点整。跑在前面的钟人杰推开天字二号包间的彩绘玻璃门，朱天佑正一正跑歪了的桃红色领带，调匀呼吸，昂首挺胸走进去，他期待着全体股东以雷鸣般的掌声向他表示欢迎。

他脸上的笑容消失了。

包间里，空无一人。

大圆桌正中，摆放着大篮七色鲜花，冷菜上齐了，红酒、白酒、啤酒与各种饮料立在小推车上。水族箱里的银龙鱼吐出一个气泡，升到水面，可以清晰地听到气泡破裂的声音。

朱天佑确认没有走错包间，他问："人呢？你怎么通知的？"

钟人杰说："今天中午十二点，王朝酒店天字二号包间，你做东，宴请光明集团全体股东，务请准时光临。"

朱天佑问："你没通知错？"

钟人杰说："我一个一个打的电话，都是股东本人亲接的，为了保险起见，我还给他们每人发了一条短信，写明时间、地点。"

朱天佑检查，钟人杰的手机上确有通话与短信记录。

朱天佑说："你再打一遍电话。"

一圈电话打下来，所有股东的手机都处于无人接听的状态。

朱天佑脑子再灵，也猜不出发生了什么情况，他一屁股坐到椅子上，挠着秃顶。

怪哉，那些人死绝了？

女服务员给旁边的天字一号包间上菜，门刚一推开，热闹的声浪从里面汹涌而出。只听见宋诚的大嗓门："老孔，你用矿泉水冒充白酒，被我抓住了，你说，怎么罚？"

孔全的声音："罚我给你倒酒，来来来，满上。"

"走一个。"碰杯声。

钟人杰过去，将门推开一半。天字一号包间里，大圆桌上堆满酒菜，近二十位光明集团中小股东围坐在一起，酒气飞扬，笑语喧哗。甄帅也在其中，背对着门。原来他们一个不少地都在这儿。

女服务员上菜，请钟人杰不要挡住门口。

甄帅回过头，笑冲钟人杰招招手，意思是请他进来喝酒。

二号包间，钟人杰报告所见所闻。

"谁是召集人？"朱天佑问。

"听值班经理说，是甄帅，他昨天订的包间。"钟人杰如实回答。

"又是甄帅，存心跟我对着干！"朱天佑憋着一肚子火，带上钟人杰，闯进一号包间，他要掀翻这里的酒桌。

股东们一齐看向两位不速之客。

朱天佑脸变得快："各位都在这儿，我有两瓶好酒，一会儿送过来，不打扰，你们接着喝。"他领着钟人杰退出去，为了大局，他不得不暂时咽下这口气。

孔全与娄长贵小声嘀咕。

宋诚说："好话不背人，你们俩准没好话。"

娄长贵用筷子敲敲酒杯："各位，老孔跟我说，他有句话想向各位说，这句话不说出来，就像憋着一个屁，不放，难受。"

哄笑。

孔全说："我就想问问各位，明天召开临时股东会，如果确实需要选举出一位新的董事长，你们选谁？"

包间里静了一下。

一位高瘦股东说："我觉得甄帅甄先生是最合适的人选。"他的老婆今年年初病重，急需一种紧缺的特效药，甄帅在国外帮他搞到，并派秘书威尔逊坐飞机专程送上门，这是大恩。

甄帅谦辞："我是小股东。"

一位矮胖股东随声附和："我同意，甄先生更能代表我们中小股东的利益。"他的孩子出国留学，甄帅帮助办成的。

孔全问："甄先生具有参选资格吗？"

娄长贵照本宣科："按集团章程，凡集团股东，取得持有集团二分之一及以上股权的股东的赞成，即可成为集团董事长。"

孔全说："咱们这些中小股东的股权加起来，刚好二分之一。"

股东们议论纷纷。

宋诚放下酒杯，他感到孔全的表现中有几分奥妙。

今天上午，孔全跑出医院单人病房，与甄帅见了一面。甄帅对他说，去酒楼捣乱的钱隆皇上死了，背后指使者姜大虎正被警方抓捕，他可以高枕无忧了。同时，甄帅答应借他一笔钱，无息，他翻修扩建酒楼的资金有了着落。《诗经》云：投我以桃，报之以李。他揣测出甄帅想得到什么样的回报。酒桌上，他借高瘦、矮胖两个股东的嘴说出他要说的话，因为他不想得罪丁香董事长与朱天佑，更不想承担责任。

对于推举甄帅出任光明集团董事长，在座的中小股东们暗中分为三拨，同意的是少数，一部分持观望态度，还有一些与宋诚想法相同。

孔全问："你还是支持丁香董事长？"

宋诚说："我看重的是人品、能力。"

孔全问："如果丁香董事长的那些事属实呢？"他不用明说是哪些事。

宋诚仰脖喝了满满一盅酒。

这时，威尔逊进来："老板，按日程安排，你一小时后与邬代市长会谈。"

"知道了。"甄帅轻描淡写地说，"我考察了本市的几个投资项目，前景不错，可以先签意向性协议。"

孔全恭维："甄先生大手笔。"

在座股东都是闯荡江湖二十年以上的老生意人，个个精明无比。甄帅深知，小恩小惠收服不了他们，能让他们敬佩服从的是一个具有经营手腕、资金实力、手眼通天、不断促进企业发展并创造更高利润的领导者。

钟人杰送来两瓶酒，被甄帅留住，加了一把椅子，两人挨肩而坐。股东们看得出来，钟人杰对甄帅的态度十分尊重。

天平向甄帅大幅度倾斜。

二号包间里，女服务员问了几次上不上热菜。

朱天佑孤家寡人，有气无处撒。他想掀翻大圆桌，太重，掀了两次没掀动。

他摔碎一只高脚杯。

9. 你死我活

马路上，黑色奔驰轿车加快速度，追上前面的白色宝马轿车。两车并排时，黑色奔驰轿车前车窗降下，司机小陆伸出手，冲着白色宝马轿车先是握成拳，晃了晃，再伸出中指，接着，车窗里又啐出一口唾沫。

白色宝马轿车里，开车的威尔逊说："老板，我回敬一下。"

后排座的甄帅说："一只狗冲你叫，你也冲它叫？"

白色宝马轿车左转，驶向市政府方向。

黑色奔驰轿车内，司机小陆说："少帅，我去别它一下，保证让它翻车。"

对方不回应挑衅，朱天佑自觉没趣。他接到苏小蝶的电话，让他回家，语气很急，没说什么事。他对小陆说："你下车，回办公室等我。"

司机小陆站在路边，黑色奔驰轿车开走。

白色宝马轿车停在市政府楼外。甄帅只是来送一份意向性协议的讨论稿，邬代市长并未约他会谈。经电话联系，秘书请他等十分钟再上楼。

甄帅闭目养神，眉头微蹙，似在想事。

威尔逊感觉到，他的老板甄帅这次回国与以往不同，偶尔表现出急迫、浮躁，像是心里压着一块巨石。

威尔逊说："老板，我在电脑上做了三次全面分析与推演，电脑给出的结果是，你出任光明集团董事长的可能性在百分之三十一至三十五之间。老板，一件没有成功希望的事，你为什么极力争取？这是一单不赚钱的生意。"

甄帅说："我并不想成为光明集团董事长。"

威尔逊问："你有更大的目的？老板，我可以听一听吗？"

甄帅说："不可以。"

威尔逊问："老板，你可以考虑从这个月起给我加薪吗？"

甄帅面露不豫之色。

威尔逊耸耸肩，压抑住不满。他说："老板，电脑演算还显示，你与朱天佑联手，战胜丁香的概率达到百分之九十八，不过，你与朱天佑已经成了竞争对手、敌人。"

甄帅不带感情地说："我是商人，和气生财。"

黑色奔驰轿车高速行驶。

车内空调温度调到最低，风速开到最大，仍然不能冷却朱天佑的头脑。他自认为即将打垮丁香时，半路冒出一个新的劲敌甄帅，区区小股东，妄想跟他争夺光明集团董事长的位子，活得不耐烦了。

他违反爸爸朱辰的禁令，又一次要动用姜大虎这把利刃。

他一手扶方向盘，一手拿手机，正要拨号。不行，手机已被警方监听。姜大虎像个鬼魂，飘忽不定，如何找到他？

卷闸门升起，黑色奔驰轿车开进大四合院的车库。

院内，苏小蝶说："家中来客人了。"

"谁？在哪儿？"朱天佑问。

苏小蝶指指西厢房的一扇门，说："长相挺可怕的。"

"没吓着你吧？"朱天佑猜到来客是谁了。

苏小蝶说："没有，他是好人。"

姜大虎是好人？朱天佑头回听到这样的评价，女人的直觉吧。姜大虎从不伤害小猫小狗小动物，他只对人狠。

屋内，姜大虎躺在单人床上，看本破旧的武侠小说。床边小桌上放着吃剩的酒肉。

朱天佑问："你怎么进来的，有人看见吗？"

姜大虎说："翻墙头，没人。"

姜大虎身上总有股冷森森的杀气，令朱天佑感到紧张，他说："警察在找你，我这儿也不安全，我给你一笔钱，你离开本市。"

姜大虎问："钱呢？"

"我明天上午去银行取现金。"

"我拿到钱就走。"

朱天佑说："你走之前，帮我办件事，教训一个人。"

姜大虎："要那人的胳膊、腿还是眼睛？"

"两条腿。"

"什么时候要？"

"今天，最迟不过明天上午。"

"行。"

朱天佑阴阴一笑，他好像看见甄帅挂着双拐，艰难挪步，这画面多美。

"那人叫什么名字，有照片吗？"姜大虎问。

"这是照片，那人叫甄帅。"

"甄帅？不行！这人不能动。"

姜大虎扔回照片。

朱天佑问："为什么？"

姜大虎说："甄帅对我有恩，我不能对他下手，也不许任何人伤害他一根汗毛。"

朱天佑奇道："他有恩于你？什么时候的事？"

姜大虎说："昨天，在鬼市，他开车救了我跟钱隆皇上。"

朱天佑傻了。这个甄帅，提前施恩于姜大虎，莫非他预知我要用姜大虎对付他？朱天佑不敢强求，姜大虎历来说一不二，说翻脸就翻脸。朱天佑没趣地说："你休息吧，需要什么，跟小蝶说。"

姜大虎说："你女朋友是个好女人，不许辜负她。"

嘿，这两人初次见面，倒是惺惺相惜，朱天佑有点酸溜溜地想。

刑警队大门口，钟人杰对门卫说："我要求见毕警官，急事。"

10. 等价交换

光明大厦最高一层。董事长室，丁香站在落地窗前，俯瞰外面的夏日风景。她说："半小时后，甄先生在这儿与我会谈，你负责记录。"

高文明问："会谈内容？"

丁香回答："甄先生偏好绿茶，你去准备吧。"

高文明走出董事长室时，看不到丁香冲着他的后背短促地一笑。

回到秘书室，高文明即刻拿起手机拨号，向朱天佑通风报信。

黑色奔驰轿车冲出车库。朱天佑边开车，边穿袜子、皮鞋、衬衣，扎好领带。苏小蝶给他做全身按摩时，高文明打来的电话。他必须在丁香与甄帅会谈之前赶到，如果迟到一步，丁甄二人达成联手对付他的协议，他就只能给自己寻块墓地了。

光明大厦前的停车场上，白色宝马轿车已先到一步。

门卫老乔奉丁香董事长的指示，对朱天佑没有阻拦，也没让他填写来客登记表，任由他穿过大厅，走进董事长专用电梯。

朱天佑双手大力推开董事长室的雕花木门，沙发上的甄帅转过头，两人四目相接，碰撞出火花。

丁香不在董事长室。

隔壁。丁香坐在监视器前，饶有兴致地看着黑白屏幕上的甄帅与朱天佑，两人像一对蓄势的斗鸡。丁香设计这个场合，并不是想观赏两只斗鸡相互啄得头破血流的精彩画面。

以朱天佑与甄帅的智力，必会达成妥协，转而对付她。

甄帅不自量力地摆出争夺董事长之位的架势，而且不惜工本，目的何在，仅仅为了搅局？甄帅是商人。

丁香必须搞清他的真实目的！

董事长室，朱天佑说："今天，你我这是第三次见面，缘分哪。"

"请坐。"甄帅说。

"这不是你的地盘，轮不到你请我坐。"朱天佑大剌剌地坐到甄帅对面，自斟一杯绿茶。

"你是客人，我是客气。"甄帅说。

朱天佑说："客人？我正在办理工商变更手续，明天我将是与丁香并列的光明集团大股东。你呢？"他冲甄帅竖起小拇指。

甄帅说："明天？噢——"言外之意，你今天还不是。

朱天佑说："我不想跟你斗嘴，你不配。我明白了一件事，你说你这次是回国办事、顺路来看看、只在本市住一晚上就走，胡扯！你是专程有备而来。为了争夺光明集团董事长的位子，你谋划了很长时间吧？我纳闷了，你怎么预先知道光明集团要出大事？你是能掐会算的杂毛老道？"

甄帅说："你高抬我了。"

朱天佑说："你别痴心妄想了，支持你的股东不会超过半数。"

甄帅问："你呢？"

朱天佑一时语塞，目前，支持他的股东只有他自己。他骄横地说："我爸爸朱辰可以调动方方面面的力量支持我，只要他老人家一句话，没有办不成的事。"

甄帅说："他老人家重病在身，自顾不暇。"

这个混蛋什么都知道？朱天佑语含威胁："跟我作对，你不想架着双拐度过后半生吧？"

甄帅明说："姜大虎是你的朋友，也是我的朋友。"

这个奸诈小人果然早有预谋，一切尽在他的算计之中。朱天佑改为利诱："说说你的交换条件，我听说，只要价钱合适，你什么都卖。"

甄帅说："你这种劣等货色没人买。"

空气中充满火药味，两人怒目相视，一触即发。

朱天佑拍案而起，怒火烧红他的秃顶，脏话已到嘴边，他向甄帅逼近。甄帅严阵以待，他是柔道五段，系黑腰带。朱天佑从小不跟人打架，经常挨揍。尚未动手，胜负已判。

朱天佑噗的一声笑了，他坐到甄帅身边："你我都是文明人，何必动粗，有话好商量。"

气氛立见缓和。

朱天佑问："你不怕我与丁香联手？"

甄帅反问："你想不想做少帅？"

一句话，令朱天佑举起白旗。他说："只要你能带领中小股东在光明集团董事长改选中支持我，我可以满足你的任何条件。"

"君子一言？"

"驷马难追！"

两人击掌，相对一笑，转眼成为好朋友。

朱天佑说："这里只有你我，没外人，你的交换条件是什么？"

甄帅从西服上装内袋中取出几页纸。

"嗬，你早就准备好了。"朱天佑接过，看了一遍，鼓泡眼凸起，他说："如果我在这份文件上签字，等于出卖了整个光明集团，还没收到一分钱。你若是投资失败……"

甄帅收回薄薄几页纸："我从未失败过。"

朱天佑说："你得给我讲讲你的整个计划，我死了也要做个明白鬼。"

隔壁的丁香集中注意力，调大监控音量。

董事长室里的甄帅刚要开口，心念一动，丁香迟迟不露面，不符合她待人接物的风格。甄帅用目光四处搜寻，看到隐蔽在书柜里的监控探头。他碰碰朱天佑："隔墙有耳。"

朱天佑闭住嘴巴。

隔壁。丁香关掉监视器，这个甄帅狡狯，心细，他大概发现了监控探头。

一份"等于出卖了整个光明集团的文件"？紧迫的危机感冲击着丁香，她绝不允许这种危害到她的光明集团的事情发生！

她该出场了。

董事长室里，朱天佑说："我豁出去了，明天，临时股东会一结束，我就以新任董事长的身份，在文件上签字。"

甄帅说："今晚签字，签字日期填写为九日，明天。"

朱天佑说："我明天一定签，我以人格担保。"

人格？你的人格不如用过的卫生巾，甄帅如是想。

朱天佑问："必须今晚？"甄帅不想重复说过的话。朱天佑凑近，他看到甄帅的眼睛，一双没有情感的眼睛。

朱天佑悻悻地说："今晚就今晚。"

门开，丁香走进来。两个男人同时站起身，对这个女人的敬畏深植于他们的潜意识之中。丁香坐到写字台后的皮圈椅上，问："你们买卖谈成了？"

　　朱天佑挺起胸脯："现在是二对一。"

　　丁香说："甄先生，你的目的是什么，我大概猜到了。"

　　甄帅缄口，脸上两条咀嚼肌绷紧。

　　朱天佑说："我要将这间董事长室重新装修一下，摆上一架十八世纪的西洋立式座钟。未经我的准许，如果有人擅自闯入，我也要让保安把她轰出去。"他走到落地窗前，远眺：道"站在最高一层，看到的风景就是好啊。"

　　扬扬得意之时，朱天佑的手机响了。

　　他笑着接听，听了两句，脸色倏然变得惨白。妈妈白萍哭诉的声音："儿子，大事不好，你爸把我关起来了！"

第八章

1. 雷霆之怒

朱天佑问："你惹爸爸生气了？"

白萍的声音很大："全是你惹的祸。"

母子对话：

"你爸看了一个视频，差点气死。"

"什么视频？"

"一堆人围着你，叫你少帅的视频。"

"哎哟！"

朱天佑想起来了，今天上午，他到九鼎联络处的办公室时，员工们列队喊他"少帅"的情景历历在目，钟人杰拍了现场视频，随后发到每位员工包括他的手机里。

"谁把这个视频传给我爸的？"

"准是你身边的人。"

"我爸的邮箱号码没几个人知道哇。"

"儿子，你的胆子忒大了，你爸最容不下的就是这种事。你爸病重，你自封少帅，你想干什么？儿子，你把天捅塌了。"

朱天佑感到事态的严重性。

他口干，找水。他转过身，发现丁香与甄帅正静静地看着他，这才想起自己是在光明集团董事长室。糟糕，他一时情急失态，当着这两个人的面说了刚才那些话，妈妈白萍的话也一定被这两个人听到了。

手机里还在传出白萍的哭声："儿子，快来救救你妈，他们不给我水喝……"

数千里之外。白萍拍打从外面锁住的卧室门，声嘶力竭："放我出去，我是朱家的太太，谁给你们的胆子，敢关我，我要见我丈夫，把你们统统开除，我要喝水。"

门外，站着两个保镖模样的黑衣人，像是聋子。

白萍喊哑了嗓子，没人理睬，她跑到卫生间，拧开洗漱台上镀金的水龙头，双手捧接流出的自来水，大口大口地喝着。

她继续拍打卧室门，无助的呼救声在这栋上千平方米的主楼里回响。

主楼一层。一间巨大的卧室里，摆放的都是粗重、老式的硬木家具，朱辰靠坐在能睡十个人的大床上。他穿着黑布睡袍，瘦得只剩一把骨头，身体明显萎缩。

床边小桌上，一部笔记本电脑循环播放"员工欢呼少帅"的视频。

申教授、雷律师站在离床两米远的地方。

"我还没死，太性急了。"朱辰看着视频说，嘴里像含着一颗大枣。隐约传来白萍的哭声，虽然声音如蚊子哼哼般细小，仍令朱辰心烦，他吩咐："让那个女人闭嘴。"

卧室外，申教授招来女护士，小声说了几句话。女护士领命而去。申教授回来，听见朱辰问："那个女人真是这么说的？"

雷律师谨慎回答："这是一个服侍太太的女佣无意中听到的。"

朱辰的手抖得像一片风中枯叶。

雷律师说:"女佣就在门外。"

朱辰说:"叫进来。"

雷律师走到门口,推开门,探出身,招招手。一个女佣畏葸不前地走进来。雷律师推她向前:"照实说。"

女佣瑟瑟缩缩:"我听见太太打电话。"

雷律师问:"给谁打电话?"

"她的儿子。"

"你把太太的原话重复一遍,不许差一个字。"

女佣复述:"太太说,你爸爸那个老东西活着也是受罪,老不死,不如安乐死算了。"

咚!

朱辰奋力将笔记本电脑推到地上,做完这个简单的动作,他瘫在床上,气喘吁吁。

雷律师摆手打发女佣出去,他犀利的目光落在申教授脸上。申教授不敢隐瞒,如实报告:"太太对我说过同样的话。"

雷律师问:"你为什么不早说?"

申教授张口结舌。腋下出汗,他找到理由,对朱辰说:"我担心惹你动怒,干扰对你的治疗。"

树根雕成的大茶几上,放着一盆形色各异的热带水果,十分鲜艳好看。雷律师说:"这是太太送来的,如何处理?"

朱辰命令:"有毒,扔掉。"

雷律师说:"我去告诉底下人,以后你吃的东西,不许太太插手,另外指派专人负责。"

朱辰说:"好,凡是那个女人碰过的东西我不吃。"

雷律师拨动公文箱上的密码锁,打开,取出一沓照片,一张张向朱辰展示。照片上,白萍与不同的年轻男人拥抱,亲吻,或做出不雅动作，这些男人具有共同特点，都是粉面小生。雷律师说："最近两天，太太每夜外出，次日凌晨方归，与她幽会的是……"

朱辰打断他的话："不许再叫那个女人太太。"

雷律师立刻明白了。

朱辰抓起照片，摇了摇。

雷律师心领神会："有了这些照片，可以不用付给那个女人离婚补偿费，节省一大笔钱。"

朱辰狞笑，笑声桀桀。

申教授想，白萍将被扫地出门，拿不到一分钱，因为按照夫妻财产约定，整个家业归朱辰所有，这份约定是雷律师写的。申教授想不通，以往雷律师与白萍的私交还算不错，雷律师显然是在一步步把白萍往火坑里推，往死里整。他是搞医的，却不知道人心远比解剖学里讲的复杂百倍。

雷律师搬过一把椅子，坐到床边，他要与朱辰商议生意上的事了。申教授退出。

楼梯口，申教授听到楼上的吵嚷声，他犹豫着是否去看看。

白萍的卧室里，她坐在地毯上，披头散发，脸上的妆花了，衣不蔽体，又老又丑又可怜。

女护士拿着一支注射器，哄她打针。

白萍说："我不打，死也不打。"女护士抓住她的胳膊，针头扎下。白萍挣脱，逃到床上，挥舞枕头自卫。

申教授站在门口，看到白萍惨状，唯有一声叹息。白萍看上他的女儿，想招做儿媳妇，他求之不得。私下里，两人以亲家相称。如今，他要尽快撇清与白萍的关系。

白萍看见他，喊："亲家，救我！"

申教授朝门口的两个黑衣保镖一摆手。他转身离开，卧室里一阵乱响，两个保镖加上女护士制服了白萍。

半小时后，一辆厢式小货车拉着昏睡中的白萍开出庄园。

朱天佑接到电话：雷律师即来本市。

雷律师是爸爸朱辰身边的第一亲信，他来干什么？朱天佑给妈妈白萍打电话，没人接；再打，关机。

南方大城市。机场，雷律师手提永不离身的密码公文箱。

他此行要为朱辰办三件大事。

第三件是朱辰个人的私事，雷律师手握一只红色的小盒，他打开看了看，小心收起，这是最重要的一件事。

由于航线上有雷区，朱辰的私人飞机暂时不能起飞。

2. 签字

办公室内，朱天佑放下手中工具，西洋钟终于修复了。他满意地欣赏了一会儿凝结自己多日心血的成果，将时针调到整点。报时开始，音乐声中，钟身四根立柱飞快旋转，钟冠上打开一道门，飞出一只金丝雀，唧唧叫了几声，声音悦耳。

朱天佑对这种精密组合的玩意儿深度痴迷。

六点整。朱天佑打开电视，收看每日三十分钟的本市新闻。

敲门声。司机小陆探进头："少帅，有客。"

甄帅准时登门，分秒不差。

朱天佑与甄帅坐到沙发上，两人都不愿意有第三人在场。

见面没有例行的客气话，甄帅直接打开皮封面的文件夹，取出打印好的正式文件，一式三份。

朱天佑揉揉腮帮子，他的牙有点痛，上火了。他再看一遍文件，没挑出毛病。他虽然不学无术，但能掂量出这份文件重逾千斤。这件事他没向爸爸朱辰请示，属于自作主张。他又一次挠起秃头顶，犹豫不决。

甄帅不催，笃定朱天佑会在文件上签字。

这份文件一旦泄露出去，后果不堪设想，朱天佑不仅会遭到全体股东的一致谴责，还可能涉及渎职的罪名。他问："你保证除了你我，再没别人知道？"

甄帅说："保证。"

朱天佑找出一个不签字的理由："甄先生，没有董事会或股东会决议，即便我在文件上签了字，它也可能因此而无效。"

甄帅说："有这种可能。"

"那你为什么还非要我在一份可能无效的文件上签字？"

"我自有办法应付。"

"你怎么应付？"

"你不用操心。"

"不会牵连到我吧？"朱天佑后背发凉。

"绝对不会。"甄帅心里想的是，如果将来东窗事发，那时这份文件已经完成了它的使命，主要责任推到朱天佑身上就是了。

朱天佑下定决心，拿起事先备好的签字笔。

甄帅摇摇头，一笑，掏出一支金笔，拧开笔帽，递给朱天佑，说："用这支笔签。"

朱天佑说："你怕我在笔上做手脚？你太多心了，我不是不讲道德的人。"

甄帅说："我从不用道德约束人。"

笔尖落到纸上，签下"朱天佑"三字。

"天佑，好名字。"甄帅毫不放松地监督，"签字日期写成明天，八月九日。"

朱天佑签完字，扔掉笔。

甄帅收起其中的两份文件，朱天佑说："来，拍个照，作为留念。"他强拉着甄帅站到电视机前，一手竖拿展开的文件，一手举起自拍杆上的手机。

"等等，"甄帅用手挡住手机，他关上电视机，说，"现在拍吧。"

这个该死的滑头！朱天佑心里骂道。他本想用电视里的新闻做背景拍成照片，该条新闻哪天、哪个时间段播出的一查便知。将来真出了事，他可以此证明，他签字的时间是八月八日六点多钟，这个时间他还不是光明集团的董事长，因此，他以光明集团董事长身份签的字只是开的一场玩笑。

他的小伎俩被甄帅一眼识破。

交易做成，没有庆祝的香槟。

朱天佑打开墙角的大保险柜，放入自存的一份文件，他说："我该办的事办完了，明天的临时股东会上看你的了。"

甄帅说："我有把握争取到三位股东，连同你我在内，明天，赞成你出任光明集团董事长的股东所持股权将会达到百分之五十一。"

"险胜？"

"险胜也是胜。"

两人冷淡道别。

甄帅拿着文件夹，回到白色宝马轿车上，说："回酒店。"

从甄帅说话的语调中，威尔逊听出他的老板很高兴。他发动车，问："老板，你身上什么味儿？"

甄帅闻闻自己。

威尔逊说："朱天佑那个猪头油脂分泌旺盛，一天洗十次澡也洗不掉他身上的油腻味儿，传给老板了。"

回到王朝酒店，甄帅说："你到我的房间来一下。"套房内，甄帅说："我冲澡时，你看好文件夹，不许打开。"

　　威尔逊说："我现在只想打开电视看球赛。"

　　甄帅冲过澡，裹着大浴巾到外间客厅，文件夹原封不动地躺在小写字台上。威尔逊在看欧洲足球联赛，他是个超级球迷。甄帅说："你可以走了，给我点一份晚餐，送到客房。"

　　威尔逊说："是。"

3. 就是她

　　电梯里，威尔逊给一个人打电话："今天晚上我请你喝酒。"

　　"去哪儿？"电话那头的钟人杰问。

　　"你选地方。"

　　"红莓酒吧？我刚好去那儿办事。"

　　"一小时后见。"

　　"我已经到了。"

　　出租车停在红莓酒吧前，钟人杰下车。他没进酒吧，左右看看，不远处，停着一辆灰色小轿车。

　　钟人杰拿着手机，拨号，通了，有人接听，他说："快点来吧，红莓酒吧。"

　　"跟你说过了，我不去。"涂三妹的声音。

　　"你陪我坐一会儿。"

　　"今天上午陪过你了。"

　　"我多付你钱。"

　　"……多付多少？"

钟人杰说:"加倍。"

地下室小屋里,涂三妹没有经受住诱惑。为了做肝移植手术,她急需补充营养,增强体能,可是,她缺钱。她说:"我最多陪你到十点,我老公回家看我不在,就会发觉我又出去陪男人,他要几天不理我的。"

钟人杰说:"只到十点,不多一分钟。"

"只陪你说话,不干别的。"

"我不会强人所难。"

"那好吧。"涂三妹勉强答应。

涂三妹总算同意来了,钟人杰松口气,他朝灰色小轿车做了一个 OK 的手势。

钟人杰又说:"你坐出租车来,快一点。"

涂三妹说:"车费你给?"

"我给。你打扮一下,穿上我送给你的那条白裙子、高跟鞋,多抹点口红。"钟人杰特意叮嘱。

涂三妹没多想,她按照钟人杰的要求,精心化好妆,穿戴整齐。临出门前,她扎上一块纱巾遮住短发,她的脸形适合长长的波浪形鬈发。她去见钟人杰,不只是为了钱,与赵刚相比,钟人杰英俊,有情趣,对女人温柔体贴,属于上等人,相处时间长了,她与钟人杰之间不能说没有感情,但她只能选择赵刚。

天黑下来,路灯亮了。

钟人杰站在酒吧前的一根路灯杆下。路灯昏黄,树影婆娑,这时周围的环境、光线与八月四日夜交通肇事案发生时的大致相同。

马路对面,停住一辆出租车,车上下来一个白衣女人,纱巾飘飘,高跟鞋发出有节奏的声响,她横穿路面,风姿万千地走向钟人杰。

钟人杰叫："三妹。"

涂三妹走到他面前，说："这是出租车费发票。"

钟人杰说："你比白天漂亮。"

涂三妹说："你拐着弯说我老了。"

两人在路灯下说话。涂三妹心中生疑，钟人杰为什么不带她进酒吧？

灰色小轿车里，大脑袋牛伯安的脸贴在前风挡玻璃上，鼻子头压变了形。他的眼睛死盯住涂三妹不放，嘴里自语："眼睛一圈黑，大嘴巴，高颧骨，白裙子，走路屁股一扭一扭的……"

旁边的小袁说："别着急，看仔细一点。"

牛伯安说："就是她！"

小袁回头，与后排座的毕队长交换一下眼神。

路灯下，涂三妹问："咱俩站在这儿说话说到十点？"

为了拖延时间，钟人杰问："你的长头发呢？"

"剪了，短头发不好看？"

"短发适合配无袖上装，紧身长裤子，明天我送你一套，不许说不要。"

涂三妹说："不去酒吧了？我陪你走走。"

钟人杰说："到我住的地方去？"

"不！"涂三妹挽起他的胳膊，依在他身上。

毕队长、小袁与牛伯安走到两人面前。牛伯安再次细看，一指涂三妹，说："没错，就是你。"

涂三妹说："你是谁，我不认识你。"

牛伯安说："我认识你，你就是开车撞人、抢包的白衣女人！"

钟人杰退开一步。

涂三妹对他说："原来你叫我来，为的是这个。你们男人哪……"

钟人杰低下头。

涂三妹被带上灰色小轿车，车开远了。

夜风中，钟人杰站在原地。今天下午，他到刑警队，向毕队长说出他对朱天佑与涂三妹的怀疑。在毕队长的安排下，他演了刚才那出戏。

这次辨认十分成功。

钟人杰心里不好受，他亲手把一个与他有过肌肤之亲的女人送进牢房。在刑警队，毕队长问他检举的动机时，他说不出口。

他喃喃道："三妹，对不起。"

"你对不起谁？"有人拍他的肩膀，是威尔逊。"三妹，你的情人？你抛弃了她？"威尔逊问。

钟人杰掩饰："你听错了，你的中文需要再学习。"

酒吧，两人入座。威尔逊点了一瓶伏特加，问："你呢？"钟人杰说："跟你一样。"威尔逊说："平时你只喝红酒。"

钟人杰说："今晚我想大醉一场。"

威尔逊说："我陪你。"

碰了三次杯。

威尔逊说："我要辞职，不再做甄帅的秘书，因为他答应给我的待遇没有兑现。"

"辞职以后你去哪儿？"

"还没想好。"

钟人杰说："我也要离开这座城市了。"

"离开以后你去哪儿？"

"还没想好。"

两个失意的人，一脸苦涩的笑。

4. 内奸

审讯室里，涂三妹坐在椅子上，没戴手铐。

小袁前天在曹记面摊上见过她，那时素颜的涂三妹是位朴实、病态的家庭妇女，而今晚浓妆的涂三妹则变身为妖艳、性感的风尘女子，两个涂三妹是同一个人？所以，不能责怪牛伯安第一次对她进行辨认时，没有认出她就是白衣女人。

小袁给她端了一杯水。

涂三妹大口喝着，有点呛，说明她心情紧张。她坐过牢，又数年从事灰色职业，常常出入派出所，脸上尚能保持镇定。

对于小袁的提问，涂三妹的嘴像是用线缝上了，不吐只字。

她闭上眼睛。

小袁感到不对劲儿，过去碰碰她，她随之倒下，看样子是昏迷了。

警车开往医院。

病房，涂三妹躺在病床上。走廊里，男医生说："她的各项体征没有变化，可能是暂时性休克，也可能是……"

"装的。"小袁说。

"不排除这种可能。"男医生说。

病房门外，刑警小霍负责看守。他抱怨道："我今晚要去相亲的，这下子完了。"小袁说："姐给你介绍个更好的。"小霍说："得了吧，你自己还没着落呢，要不，咱俩凑合凑合？"

小袁要用擒拿术治他。

毕队长与小袁刚离开一会儿，单女士不知从哪儿得来的消息，赶到医院。她向刑警小霍自我介绍，要求只对涂三妹说一句话。

病床边，单女士说："我代表爱心慈善基金会通知你，对于现行的犯罪人员我会不予捐助。你听清了吗？"

涂三妹的眼珠在眼皮下动了动。

刑警小霍认为这是一件小事，没有向毕队长报告。

警车行进在马路上。车里，毕队长问："小丫头，想什么呢？"

小袁说："我在想，谁是涂三妹的幕后主使？"

毕队长鼓励她："说说你的想法。"

小袁说："犯罪行为人的品质、性格、爱好与社会地位往往会反映到案件过程中，形成每起案件独有的特点。本案是一起设计精巧、组合严密的案件，从确定肖芳为作案目标，物色涂三妹为作案人，选择肖芳横穿马路那一刻为作案时机与作案地点，到准备黑色红旗轿车为作案工具，环环相扣，缺了哪一个环节，本案都不可能完成。这个案件必须在最短时间里策划、决定、布置、实施、完成，因为所有条件同时具备的机会稍纵即逝。这起案件还被伪装为交通肇事逃逸以掩人耳目。基于以上各点，我认为，这个幕后主使应当是一个擅长阴谋、心思缜密、习惯于发号施令的两面人。"

毕队长说："这个人是丁香？她一向不按常理出牌。她可能暗中收买了涂三妹，指使涂三妹开车撞死掌握了她违法证据的肖芳；只是在最后一刻涂三妹害怕了，车头左转，肖芳才捡回一条命。她与涂三妹表面上的矛盾是为了掩人耳目？"

小袁说："不可能，涂三妹拒绝丁香捐助的肝移植费用，这是证明两人并未私下交易的最有力证据。"

毕队长又说："这个人是曹民？曹、赵、涂三人关系亲密，最有可能成为同谋的共犯。曹民伪装成一个粗人，从他做的馄饨可以看出这个人心很细。"

小袁说："曹民不可能预先知道肖芳的行踪，并通知涂三妹在莺桃小区前等候。"

毕队长说："曹民是受更上面的人指使呢？"

小袁说："曹民是位有正义感、有骨气、性格倔强的男子汉，当年他敢于与丁香决裂，证明他不是一个畏惧权势、受人摆布的人。"

毕队长说："你对曹民评价挺高。"

小袁说："我有种感觉，这个幕后主使除了制造一起交通肇事逃逸案陷害丁香，好像还有别的目的。"

毕队长佯装糊涂地问："别的什么目的？这个幕后主使人不是丁香，不是曹民，莫非是自导自演的高文明？"

小袁不理他。

对于小袁的推论，毕队长基本赞同，但他想得更深。他说："本案有个关键疑点，肖芳的红色坤包里究竟装着什么宝贝，值得有人费这么大心思去抢？"

小袁说："找到肖芳，一问便知。"

警车开进莺桃小区，停在一个隐蔽的角落。透过前风挡玻璃，可以看到一栋楼上肖芳家黑漆漆的窗口。

一个男刑警站到车旁，说："肖芳在家，但无论谁来，她都不应声，不开门。"

小袁问："高文明来过吗？"

男刑警说："没有。"

毕队长命令："继续监视。"

高文明躲在一棵树后，对面是大四合院。

路灯照不到他的藏身之处。他到处找不到朱天佑，只能在这儿死等。

黑色奔驰轿车开来，驶入车库。高文明眯细眼睛，看清开车的人是朱天佑后，他朝车库快步走去。没等他走到，卷闸门降下。

大四合院内，苏小蝶端着托盘，给住在西厢房小屋的姜大虎送去酒肉。

咣，车库通往院内的小门被人一脚踹开，朱天佑从门里钻出来。见到苏小蝶，他气哼哼地吼："说，是不是你干的？"

"我干什么了？"苏小蝶问。

"准是你把视频发给我爸爸的，你们俩合伙害我，没想到你们俩藕断丝连。"朱天佑怒火更旺，他高度怀疑这事是钟人杰与苏小蝶串通一气干的，他抓住苏小蝶的肩膀，指甲抠进去。

苏小蝶轻呼一声："痛。"

朱天佑以前的那些女友个个挨过他的暴揍，他觉得女人挨打时的求饶声与哭声格外婉转动听，激发他的快感，但他对苏小蝶没有动过手。全是因为那个视频，他到现在与妈妈联系不上，对爸爸朱辰的动向一无所知，他快急疯了，快被怒气憋炸了。冲着苏小蝶，他的手高高举起！

有人咳嗽一声。姜大虎双手抱肩，倚在门框上，目光冷酷地看着朱天佑，就像恶狼盯上一只兔子。

朱天佑不寒而栗，手没敢打下去。

苏小蝶哭了。

朱天佑心软了。苏小蝶珠泪涟涟。朱天佑好言好语地将她劝到卧室，没有一个女人能让他如此低声下气。

苏小蝶说："你爸爸的邮箱号码没人告诉过我呀。"

朱天佑说："我冤枉你了。"

"你说的'你们俩'是我跟谁呀？"

"我随口一说，胡说八道。"

看苏小蝶的表情，她根本不知道这回事。朱天佑想，苏小蝶是清白的。去年年底，他带着苏小蝶回家，在庄园里住了一夜，只跟爸爸朱辰见了一次面。为了讨爸爸欢心，他命苏小蝶给爸爸做了一次按摩，并吹嘘说苏小蝶的按摩是祖传医术。苏小蝶绝无可能与他爸爸有任何联系。这个给他爸爸发视频的人是谁？妈妈说得对，他的身边有内奸，很可能是爸爸朱辰安插的，为的是监视他。所有的人都有嫌疑，他一定要把这个内奸挖出来。

苏小蝶问："你说的什么视频？"

朱天佑说："拍着玩儿的。"

苏小蝶摇他的胳膊："我想看看嘛。"

朱天佑搂着她，让她看手机里的那段"众员工欢呼少帅"的视频。苏小蝶看了好几遍，说："挺好的呀，我喜欢。"朱天佑自我感觉也不错。

苏小蝶望着他，目光里充满崇拜，叫了一声："少帅！"

朱天佑不禁内心骚动。自古美女爱英雄，苏小蝶主动吻他，在他的记忆中，这是第一次。在苏小蝶充满爱意的激励下，他腾云驾雾了，害怕因此受到爸爸朱辰责罚的念头抛到九霄云外，不仅如此，他开始不满足于只做少帅。他兴冲冲地给苏小蝶的指甲涂红红的凤仙花汁。

苏小蝶破涕为笑。

卧室里，他与苏小蝶卿卿我我，情意浓浓。

骤然，门铃响起。

朱天佑说："不开门，不理它。"

门铃声不断，在暗夜中分外刺耳。

5. 一步错

朱漆院门外。门洞里，高文明固执地按着门铃，手不松开。他只有一个念头：

朱天佑见死不救，两人就一起下地狱。

几个月前，高文明开车，送丁香董事长参加市里召集的本市工商界人士春节茶话会。会场外，红旗与奔驰两辆黑色轿车并排停在一处，总爱戴副墨镜的司机小陆与高文明闲着没事，边擦车边聊天。

司机小陆问："你的老板如今是光明集团董事长，还坐这辆老红旗，不换辆新车？"

高文明说："艰苦朴素是丁董事长的优良作风。"

司机小陆说："少打官腔，你我就是个开车的。"

高文明纠正他的话："我是集团秘书。"

"我现在是九鼎联络处办公室副主任啦。"司机小陆一挺胸脯，言外之意"不比你差"。

"恭喜。"高文明礼貌地说。

"你跟了丁董事长几年了吧，她没赏你个经理干干？副的也行呀。"司机小陆说。

高文明"哼"了一声。

司机小陆听出这声"哼"中带有明显不满。

当晚，司机小陆打来电话，请高文明到"会摇尾巴的狼"酒吧喝酒。跟司机小陆同来的还有一位叫珍珍的姑娘，珍珍漂亮、活泼、时尚大方，一双眼睛水汪汪的。司机小陆说："我老婆的眼睛勾人吧，我们下个月结婚。"司机小陆介绍说，珍珍大学毕业后，应聘到本市一家服装厂工作。两人在这间酒吧认识的，同居后，珍珍辞职不上班了。她不是本市人，父母在国外，婚后，小夫妻俩出国发展。

三人喝了不少酒，珍珍与高文明跳了两次舞。酒乱人性，珍珍舞姿撩人。

买单时，司机小陆掏出一大把钱，对女服务员说："不用找，剩下的给你，开张发票，多开点儿，我回去报销。"

第二天，高文明下班，走出光明大厦。

珍珍朝他招手。

珍珍说："昨天我陪你跳舞，今天你请我吃火锅。"

两人去了一家火锅店，吃完身上热，随便走走；走到高文明家，上家里坐坐；坐了会儿，跳跳舞；跳了几曲，不知怎么搞的就上了床。高文明的妈妈已被他送进养老院。完事，两人相拥说话。高文明说："你结婚以后，咱俩还来往吗？"

珍珍说："我不想嫁给小陆了。"

"为什么？"

"他在床上不行。"

珍珍讲了一番道理，她说：做爱是一个整体，不能只做不爱，也不能只爱不做，又做又爱，才是好夫妻。她改主意了，要嫁给高文明。

高文明忽然想到："糟了，没采取措施，你怀孕了怎么办？"

珍珍随便地说："你就当爸爸呗。"

还是在"会摇尾巴的狼"酒吧，高文明约请司机小陆面谈，珍珍坐在他身边。高文明把他与珍珍的事和盘托出，等着司机小陆跟他拼命，他理亏，挨打不还手就是了。大大出乎他的意料，司机小陆满不在乎地说："没事，珍珍让给你了，女人如衣服，我再换一件；兄弟如手足，你我还是兄弟，我叫你一声哥。"他改口叫珍珍"嫂子"。当晚，司机小陆开车，将一只拉杆箱送到高文明家，说这是珍珍的全部物品，请她的新任老公接收。

三人成为好朋友。

一次酒后买单，高文明摸摸口袋，这个细微动作被司机小陆看见，他问："手头紧？"

高文明说："珍珍真能花钱，我那点工资月月光。"

司机小陆说："想不想挣点外快？"高文明能不想嘛。司机小陆说，只要高文明干一件事，每月就能得到一笔钱，现金，没有风险。干什么事？随时把丁香的重要活动（比如见什么人、谈什么项目）告诉他的老板朱天佑。

高文明说："你让我做商业间谍？"

司机小陆说："想挣钱就干，不想挣拉倒。"

珍珍凑过来，对高文明撒娇："老公，我看中一条裙子，你给我买。"裙子好贵，要花掉高文明半个月的工资。

"买买买。"高文明说。

高文明渴望自立门户，重开一家自己的公司，他自信有能力东山再起，以前的失败是因为时运不济。他向丁香寻求资金支持，遭到拒绝。他对丁香的感恩之情已被怨气取代，人心自古如此。

于是，他拜见了朱天佑。

小钱对于高文明不解渴。他天性好赌，不是牌桌上的输赢，而是梦想在生意场上舍命一搏，一夜暴富。机遇来了！一个多月前，司机小陆约他吃饭，地点选在僻静的小酒馆，他与古董商人段明初次见面。席间，段明说起近日看中一架玉石屏风，大谈这单生意能赚大钱，只差五百万资金的缺口。

高文明动心了，他问："我出五百万，利润怎么分？"

段明说："一人一半。"

他说："我去搞钱。"

司机小陆讥笑："你去抢银行？"

他说："我有我的办法。"

他花了十块钱，在街上流动小贩手里买了一枝红玫瑰。莺桃小区，他跟在肖芳后面，进了肖芳的家……

6. 步步错

正如高文明所料，肖芳对他暗恋已久。

肖芳把一切给了他。

那夜之后，他有意几天不见肖芳。整整过了一个星期，下班了，大厦没人时，他走进还亮着灯光的财务部总监室。肖芳扑进他的怀里。他的手一边在肖芳身上恣意游动，一边说，他新近结识了一个古董商人段明，段明看中一架玉石屏风，四扇，专家书面鉴定为晚清遗物，价值五千万。卖主急于换成钱给儿子买婚房，开价一千万。这种赚大钱的好事难得一遇，可是，段明手头只有五百万，想找个合伙人。

高文明不是商量，而是用命令的口吻对肖芳说："给我开一张五百万的现金支票。"

肖芳中魔一样，开出支票。

高文明带着她，在齐鲁大酒楼与段明吃了顿饭。饭桌上，只见段明脸色灰中泛黑，不住干咳，呼吸中散发出腐败的气味，一副病入膏肓的样子。段明没少喝酒，不忘对一位叫田彩云的女服务员动手动脚，说些不堪入耳的下流笑话。

高文明与段明两人签了书面合同，约定一个月后即八月五日归还高文明五百万，赚的钱双方平分；玉石屏风移交高文明作为抵押。

田彩云在旁上菜斟酒。段明一高兴，给了她一百元小费。

支票交到段明手上，一辆小货车将玉石屏风拉到肖芳家。

全办完了。只需过一个月，玉石屏风出手，高文明就能坐挣一千万以上。他打算拿着这笔钱，带着珍珍南下发展，干一番大事业，数年后衣锦还乡，让所有看不起他的人仰视他的成功与辉煌。

他坐等好消息。

消息来了，犹如头顶炸下一个闷雷。距一月期满还差几天，他拨通段明的手机，接听的人是位声音苍老的女性。高文明说："我找段明段先生。"

老妇女问："你是谁呀？"

高文明说："我是段先生的朋友。"

老妇女问："你是段明的酒友小陆？"

"不，我姓高。"

"噢，段明走了。"

"去哪儿了？"

"他去的地方可远了。"

"哪天回来？"

"他不回来了。"

高文明说："不要开玩笑，请段先生接电话。"

老妇女的声音冰一样冷："他死了，死几天了，烧成灰了，你让他从骨灰盒里爬出来接你的电话？"

高文明觉得手机里传出一股凉气。

老妇女自称是段明的母亲，她给高文明的手机里发来一张死亡证明书的照片，死者的身份证号是段明的。高文明到开出证明书的医院核实，段明患有晚期肺癌，已于五天前病故。

高文明脑子嗡嗡的，乱了方寸。他找到司机小陆质问，司机小陆说，他与段明仅是一面之交，不熟。司机小陆还说："那天在酒桌上，我一再劝你不要与段明打交道，你不听呀，把我的话当成耳旁风。"

"你当时劝我跟段明合伙干，你说玉石屏风是笔稳赚不赔、挣大钱快钱的生意。"

"我没这么说，反正这事跟我没关系，我没挣一分钱好处费，还搭进去一顿酒钱，供你们白吃白喝。"

高文明不敢翻脸："兄弟，帮帮我。"

司机小陆一摊双手："我拿什么帮你？哥，我还有点事，先走啦，改日请你和珍珍嫂子喝酒。"

连续两天，高文明四处联系玉石屏风的买家，他没玩过古董，不认识行里的人，他又不敢大张旗鼓地卖，唯恐此事传到丁董事长的耳朵里。结果可想而知，玉石屏风无人问津。

转眼到了八月四日，高文明急得在秘书室里转圈，像笼中的困兽。明天，八月五日，他应当交到肖芳手里一张五百万的支票，入回光明集团账上。万般无奈之下，他敲开朱天佑办公室的门。

朱天佑问："你要卖一套玉石屏风？"

高文明说："清末的古董，市值五千万。"

"你卖多少钱？"

"我一千万买的，只卖你五百万。"

"赔钱卖，为什么？"

"我急需用钱。"

"不是假货吧？"

"我有鉴定书。"

朱天佑答应得相当爽快："我买了，我爸爸下个月过生日，送给他老人家做寿礼。"

高文明大喜过望："我今天就要钱。"

朱天佑说："会计下班了，她下午一上班就给你开支票。"

高文明中午设宴，这顿饭花钱不少。他与朱天佑推杯换盏，相谈甚欢。酒至半酣，朱天佑说："付款之前，我要请位专家对玉石屏风再做个鉴定，你别误会，不是信不过你。"

高文明说："应该的。"

酒足饭饱，朱天佑打电话叫来一位长须垂胸的老者，号称是鉴定界泰斗级的人物。高文明有肖芳家的门钥匙，他领着老者与朱天佑去看玉石屏风。

老者围着玉石屏风转了一圈，又用强光手电照了照，说："好东西。"

高文明如释重负。

老者又说："不是清末的。"

高文明问："年代更远？"

老者拈须道："玉石屏风工艺精湛，是现代仿品，我往高了估价，五千块钱。"

7. U盘

听到老者的话，高文明面无血色，强撑着没有当场倒下。

朱天佑说："我出一万，卖不卖？"

从肖芳家出来，电梯上，朱天佑接了一个电话，会计打来的，刚说半句话，就被朱天佑打断："员工工资下周一再发，我知道账上没钱啦，我跟我爸爸要，你得给我两天时间哪，晚发两天工资饿不死人。"

老者说："我的鉴定费……"

朱天佑说："下周一，少不了您的。"

老者说："还有上次出鉴定书的。"

两人不说话了，高文明在旁边。

回到光明集团秘书室，高文明再也坚持不住，进门就瘫坐到地板上。

高文明的头脑一团混乱，地面冰凉，他渐渐清醒过来。他是个极聪明的人，很快从几件小事中看出问题。朱天佑账上没钱，却答应立付购买玉石屏风的五百万；老者鉴定玉石屏风时漫不经心，草草了事；司机小陆与段明是酒友，应该常来常往，很熟；司机小陆请他去"会摇尾巴的狼"酒吧，请他到小酒馆，两次都开了报销发票；珍珍跟司机小陆不像夫妻关系……这些小事串联起来，高文明一拍脑门，猛醒：珍珍、段明、老者、司机小陆都是朱天佑的手下，给他挖下一个大坑，先是引诱他成为丁香身边的奸细，又用假货玉石屏风从他手里骗走五百万，朱天佑用这五百万中的很小一部分作为赏给他出卖商业情报的报酬，他上了朱天佑的恶当。

怎么办？他无计可施，只能自认倒霉。

如果他报案，挪用公款五百万足够他坐半辈子监狱，朱天佑不一定构成诈骗罪，因为段明死了，所有责任都可以推给死鬼。

朱天佑这个恶魔！

快到下班时，一位无名客到光明大厦找丁香；一小时后，高文明站在窗前看到，丁香与来客同乘黑色红旗轿车离开。

高文明决定，向肖芳说出实情，让她做假账，暂且蒙混过关，只有这一条路可走。

财务总监室。肖芳一个人，面对电脑，她边看边记下一些数据。高文明把手放在她的肩上，轻轻抚摸她多肉的肩头。肖芳颤声说："别在办公室，让人看见。"

高文明琢磨如何开口向肖芳坦白时，他的目光落在电脑屏幕上，上面显示的是一组组财务数据，抬头大字标题：九鼎投资公司近五年利润及去向。高文明问："这是哪儿来的？"

肖芳说："丁董事长不让我对任何人讲。"

高文明说："对我也保密？"他的手伸进肖芳上衣的领口。

肖芳触电一样麻酥酥的。她说："丁董事长上午叫我到她的办公室，给了我一只U盘，全是九鼎投资公司的财务数据。丁董事长没说从哪儿搞来的，她让我分析一下，明天出报告。我连续看了几个小时，有重大发现，九鼎投资公司账面利润很小，分给股东的红利很少，大量利润被虚摊成本后转移到境内境外的不同账号，其中一部分经由钟人杰的青云科贸公司过账，再转入另外一家公司。从这些数据中，可以明显看出有人蓄意侵吞公司资产。"

高文明问："这个人是谁？"

肖芳说："这样大规模地长期做假账必须有法定代表人的签字，否则，办不到。"

高文明说："九鼎投资公司董事局主席朱辰？"

肖芳说："大概是吧，我还没有得出完全的分析结果。"

高文明的脑子像风车般转得飞快。

肖芳问他："明天五日，五百万能到账吧？"

高文明说："没问题。"他亲吻肖芳的脖子，手也在动。肖芳反应强烈，身子软了，只要高文明一碰她，她就这样，毫无抵抗能力。高文明做着这些动作时，心里想的却是另外一件事。他问："你今天要加班到几点？"

肖芳说："十一点。"

高文明说："等着我，我来找你，我今天想要你。"

肖芳脸色绯红。

高文明转身就走，下楼，出大厦，路边拦辆出租车，上车说："去元宝路。"他一路上不断催促的哥快开，他要争分夺秒。因为太着急，他与的哥发生口角，他投诉了的哥。

办公室里，高文明坐到沙发上，不像上午来时那样卑躬屈膝地站着。

朱天佑放下修表工具："你再说一遍。"

高文明不紧不慢地说："九鼎投资公司近五年的财务数据在一只U盘里，这只U盘现在在光明集团财务总监肖芳手上，我能搞到U盘，并且清除电脑记录。"

朱天佑问："然后呢？"

高文明说："我把U盘卖给你。"

"卖五百万？"朱天佑语含讥讽。

"那只U盘值这么多钱，买一赠一，我还可以把玉石屏风白送给你，算是物归原主。"高文明话中有刺。

朱天佑说："九鼎投资公司的财务数据没有见不得人的地方。"

高文明说："如果里面有你父亲侵吞巨额公司利润、转移出境的原始记录呢？"

朱天佑双脚搭在写字台面上，脚尖晃动，说："你挺会编故事，我爸爸朱辰德高望重，光明磊落，干不出这种龌龊事。请你滚出去，滚滚滚。"

"你会后悔的。"高文明愤而起身，摆出要走的架势，没走。

朱天佑的手机急响，他看看显示的号码，赶紧到隔壁钟人杰的办公室接听。十分钟后，他回来了，亲热地搂住高文明的肩膀，说："别急着走哇，坐，请坐，给你冲杯咖啡？你我好兄弟，有话好商量。"

接了一个电话，朱天佑态度大变。

高文明猜测，电话是朱辰打来的，他猜对一半。雷律师用朱辰的手机打来电话，没有废话，简明扼要地说："今天中午，我接到匿名电话，揭发九鼎投资公司首席财务官的电脑遭人入侵，入侵者是公司的计算机工程师宛霞，她破译密码后，窃取了近五年公司原始财务数据，我马上派人检查首席财务官的电脑访问记录，匿名电话所述属实。"

朱天佑说："弄死那个叫宛霞的。"

"来不及了，宛霞移民国外，她已出境，现在国际航班的飞机上。匿名电话说，宛霞把窃取的数据存储入一只U盘。"

"U盘在宛霞身上？派人去国外抢回来。"

"今天上午她已经将U盘交给一个人。"

"谁？"

"光明集团董事长丁香。"

"需要我做什么？"

雷律师语气沉重："不择任何手段，不惜任何代价，追回U盘，立即销毁，事关你们朱家的生死存亡。你爸爸在我身边。"

朱天佑说："我要六百万。"

雷律师说："三分钟后到账。"

咖啡端到茶几上，朱天佑亲自冲的。他给高文明看了手机上显示的刚到账的六百万，问U盘在哪儿。

高文明说："肖芳正在分析。"

"我问的是一般存放在哪儿？"

"财务总监室的大保险柜里，一门大炮都轰不开，密码只有肖芳知道，偷不出来。"

"光明大厦夜班几名保安？"

"六名，加上报警装置，你想派人去抢？"

朱天佑问："不偷不抢，你有更好的办法？"

高文明说:"我正在想。你先给我支票,我保证明天给你U盘。"

朱天佑说:"你用什么保证?这么着吧,你先给我U盘,验明是真的之后,我保证给你支票。"

高文明眼睛没眨一下,说:"行。"

高文明如此轻易同意,反而让朱天佑心生疑窦,他说:"你不怕我拿到U盘后不给你支票?你是不是想复制一份要挟我?"

高文明不回答。

两人互不信任,事情僵持在这儿了。

这时,丁香来电,高文明吓得一激灵,五百万一事被发现了?他已成了惊弓之鸟。接听后,他长出一口气,说:"丁董事长让我现在去曹记面摊,开车送她回家,她与一个朋友喝酒了,我得走啦。"

"什么朋友?"朱天佑问。

高文明说:"今天快下班时来集团总部的一个无名客。"

朱天佑详细询问了男客的外貌与做派,说道:"天助我也。你知道无名客是谁吗?"

高文明不操这份心,他说:"无论如何,我明天必须拿到支票。"

朱天佑给西洋钟拧上一颗螺丝。

短暂的半分钟思考,他有了一个奇特的念头:"你按我说的去做。"

"快说。"

8. 一石二鸟

晚上九点多,高文明赶到曹记面摊。

等丁香与无名男客上车后,高文明发动黑色红旗轿车,向丁香家驶去，车内很暗，后排座位上，丁香与男客都不说话。借着不时掠过的路灯灯光，高文明斜眼看看车内后视镜，丁香与男客十指紧紧相扣。

单层别墅前，黑色红旗轿车停在监控探头拍不到的树荫下。

丁香与男客下车，走进别墅。

别墅里没有亮起灯光。

高文明离开时没拔车钥匙，没锁车门。

大约十点半，高文明坐出租车回到光明大厦。财务总监室，电脑前，肖芳专注地分析九鼎的财务数据。

高文明站在她背后，问："弄完了吗？"

肖芳说："还要半个小时。"

高文明装出猴急的样子，抱住肖芳，说："先回家，我跟你一起分析，能快一点，我等不及了。"高文明拔下U盘，放进肖芳的红色坤包，拉上拉链，随手消除电脑记录，说："走吧。"

肖芳说："你先出去，我换衣服。"

高文明涎着脸笑："你还怕我看？"

肖芳害羞地推他出去，关上门。走廊上，高文明打电话，他用最小的声音说："都按你说的办了，U盘在肖芳的红色坤包里。"

财务总监室里，肖芳换上宽松的红色休闲衣裤，她胖，个子矮，不适合穿露腿的裙子。她挎起坤包欲走，止步。丁董事长叮嘱再三，U盘非常重要，千万不能丢失。她打开坤包，取出U盘，她摘下细细的金项链，穿过U盘顶端的小孔，做成一只胸坠。她把这只"胸坠"戴到脖子上。

莺桃小区前，这对"情侣"下了出租车。

横过马路时，高文明心血来潮，不断地瞻前顾后，预感危险将要发生。他并不清楚朱天佑下一步怎么干，或是派人拦路抢劫？或是半夜入室行窃？或是……

他眼睛的余光看见一辆黑色轿车飞驰而来。

车祸随之发生！

早有心理准备的他及时躲开，化险为夷。朱天佑莫非想连他一起撞死，省下五百万？此人太过阴毒。他躲在树后，眼看着白衣女人抢走红色坤包，他并不关心肖芳的死活，心里想的是，朱天佑太刁了，用这种办法夺走 U 盘，使得他来不及复制一份。

夜半，钱隆皇上混进医院，在厕所里将黑色红旗轿车的车钥匙塞进他的口袋。

清晨，他开着黑色红旗轿车到刑警队，向耿直警官暗示车身右侧的撞痕，成功将警方视线引到丁香身上。

既抢回 U 盘，又整垮丁香，朱天佑设计的一石二鸟计划进展顺利，即将大功告成。

人算不如天算，计划实施中出现重大失误！万万没有料到，U盘不在红色坤包里，被肖芳做成"胸坠"，第二天丁香到医院探视时，从肖芳胸前摘下拿回去了，以至于朱天佑的妙计落空一大半。

警方的调查重点已经逐步转向他与朱天佑。

霉运连连。今天，丁香召他到董事长室。

在座的客人中有一位是开服装厂的老板，姓杜，一见高文明就说："我前两天在街上看见珍珍了。珍珍跟我讲，她新交了一个姓高的男朋友，是光明集团的副总。"

高文明说："光明集团没有姓高的副总。"

老杜的笑不够厚道："有位姓高的秘书。高秘书，劝你一句，珍珍那种女人娶不得，男人哪，不能顾了小头忘了大头。"

高文明说："我不认识珍珍。"

从董事长室出来，高文明心想，这事传到肖芳的耳朵里就坏了。就在这个时候，肖芳短暂开机，打来电话，她说，她再也受不了啦，她要向丁董事长认罪，请求最严厉的处罚。

高文明说:"今晚零点之前,我准能拿到五百万的支票。"

他去哪儿搞到五百万?

他持续按着门铃,铃声如同他的心声,绝望,凄厉。

9. 尔虞我诈

高文明听见院里响起脚步声。

呀的一声,院门开了,只开一道缝。苏小蝶问:"您找准?"

高文明说:"我找朱天佑。"

"他不住在这儿。"

"我看见他进去了。"

"请你走吧,不要再按门铃了,怪吓人的。"苏小蝶说,朱天佑躲在她的身后。苏小蝶要关院门,关不上,低头一看,高文明一只脚伸过门槛,院门被挡住了。

"请你转告朱天佑,我跟他只说两句话,说完就走。如果他不见我,我扭头就去刑警队自首,我再等五分钟。"说完,高文明收回脚。

院门关了。

一分钟不到,院门大开,朱天佑迎出来:"高秘书,是你呀。"

高文明说:"躲着不见我?"

朱天佑亲热地说:"误会误会,我多喝了点酒,躺床上睡着了。"

"我找你有急事。"

"请讲。"

"站门口说?"

"请进。"

位于东厢房的会客室里，朱天佑说："请坐。我的酒还没醒，头又痛又晕。"他打开一瓶矿泉水，不是给高文明的，他自己喝了一大口。

高文明说："今天财务的穆会计对我讲，已经查出五百万的收款人是段明。"

"段明是谁？"

"不要演戏了，你能不能说句真话？"

"我这人不说一句假话。"

"是啊，不说一句，成套地说。"

朱天佑不以为忤，笑了。

高文明笑不出来："我不能无限期地让肖芳藏在她的家里，丁董事长正在找她，她只要一露面，就会说出全部实情。我实在是走投无路了，请你、求你帮帮忙。"

"我怎么帮你？"

"借我五百万，我写借条，我卖房子还你，我不想坐一辈子牢。"

"拿来。"

"拿什么？"

朱天佑说："U盘。"

高文明说："U盘回到丁董事长手里，我拿不出来。"

朱天佑说："这不能怪我了吧，事情是你办砸的，你我有过君子协定。"

高文明说："你让我做的我都做了，你不能把责任推到我一个人头上。我被抓进去，你也跑不了，八月四日夜里的交通肇事案是你一手策划的，我会向警方彻底坦白交代，你不怕？"

朱天佑不怕，他说："我从不亲手干坏事，我是君子，君子动口不动手。指控我，证据呢？"

高文明说："我最后问你一遍，这个忙你帮还是不帮？"

朱天佑同情地说："我真想帮你，心有余而力不足哇。你看看，因为没有追回U盘，我爸爸给我的六百万他又收回去了。"他点开手机，找出相关页面，给高文明看。

高文明嗒然若丧。

朱天佑说："我给你出个主意吧。"

"快说。"

"你不如自行了断，活着也是受罪。"

"你！"

"反正你与肖芳之间总得死一个。"

高文明一脸哭相。

朱天佑打个呵欠："我得睡了，高秘书，好自为之，但愿明天的临时股东会上还能相见。"

高文明垂头朝外走。

"站住！"朱天佑喝道。

高文明加快脚步。朱天佑追上来，一把抓住他，毫不客气地在他身上到处摸索。高文明说："你要干什么？"

朱天佑一声诡笑，他从高文明口袋里翻出一样东西，高高举起。

这是一只录音笔。

朱天佑笑骂："跟我玩儿这套，这是我玩儿剩下的，你还嫩了点。你装出一副可怜的孙子样，麻痹我，偷着把你我的谈话录音，将来好敲诈我，你比我还坏。"

高文明扑上去抢夺。

两个男人撕扯在一起，不是拳打脚踢，而是像女人一样挠，掐，咬，室内叮当一阵乱响。中间，姜大虎进来看了看，摇摇头，没管，回他的小屋喝酒去了。缠斗几分钟，分出胜负，高文明败了。

朱天佑得胜，他把录音笔扔到地上，狠狠踩了几脚，直至踩成碎片。他还不放心，又把录音笔里的芯片捡起来，塞进矿泉水瓶，再摇晃几下。他对高文明说："证据，没啦。"

高文明浑身是伤："你不应该这样对待朋友。"

朱天佑鄙视："谁跟你是朋友，知道我为什么用假的玉石屏风教训一下你吗？"

高文明不知。

朱天佑说："因为你出卖了丁香，丁香是你的老板。"

高文明叫屈："是你引诱我这么做的。"

朱天佑恶狠狠地说："我最恨你这种出卖老板的人！"

10. 殉情

高文明屁股挨了一脚，"滚"出大四合院的院门。

他回到家。凌乱不堪的屋内，珍珍不在，又去泡酒吧了。他从床头柜里取出一大盒安眠药，几年前他自杀过一次，这盒安眠药他没扔，本想留作纪念。

夜深人稀。

他走进街心公园，找到那处隐蔽的灌木丛，钻进去，躺下，像是过去一幕的重演。

小虫子在他周围爬来爬去，发出窸窸窣窣的声响，有几只钻进他的衣领、裤脚，等他死后，它们会咬噬他的血肉吧。他自嘲地想，明天的临时股东会上，听到他自杀的消息，股东们会不会起立默哀一分钟？

他倒出一把安眠药片，想起忘带水了，只能干吞。

他的手停在嘴边。

朱天佑的一句话钻进他的脑子：你与肖芳之间总得死一个。

他不想死。

他坐进出租车，对的哥说："去莺桃小区。"

紧闭的窗帘挡住微弱的星光。

黑暗中，肖芳坐在沙发一角，她很少动。六日上午回家，现在是八日深夜，六十多个小时的时间里，她望眼欲穿地等着一个人。

她迷迷糊糊地睡去。

肖芳惊醒。她听到敲门声，空洞的屋子将声音放大。

不是高文明，他有门钥匙。

丁香的声音："肖芳，开门。"

肖芳不敢动。

门外，丁香唇角含笑，戏谑地说："我调查过了，知道你在里面，我给你四种选择，你自己来开门，叫开锁匠来开门，请你的爸爸妈妈来开门，报警说你突发急病需要抢救，警察来强行打开门，你挑哪一种？不挑，我给你爸爸妈妈打电话啦，你不想让两位老人着急吧。"

门开了。

肖芳站在门后，走廊灯光将丁香长长的黑色身影投入在门内地板上。

丁香走进去。

二十分钟后，丁香出来，她没有说服肖芳。她有更重要的事情要办，一个身份特殊的人约她紧急见面，谈一件机密大事，刻不容缓。

楼前，丁香上了黑色加长林肯轿车，她对司机说："红莓酒吧。"

车开走了。

茂盛的绿化带里，钻出高文明，他来了一会儿，直到黑色加长林肯轿车走后才现身。他朝楼门走去，回头看看身后，又看看四周。他没坐电梯，步行上楼，轿厢里有监控探头。

男刑警掏出手机向毕队长报告。

客厅里，亮起一盏落地灯。肖芳坐在沙发上的老地方。刚才，面对丁董事长，她眼睛看着地面，始终一声不吭。她相信高文明在零点之前一定会拿回五百万的支票，她不相信高文明还有一个叫珍珍的情妇。女人哪，一旦对一个男人动了真情，脑子就坏掉了，男人也一样。恋爱实践证明，分泌过于旺盛的荷尔蒙损害智力。

见她执迷不悟，丁香多说无益，拂袖而去。

肖芳心里一遍又一遍呼唤爱人的名字。

有人用钥匙开门。

她呼吸停顿。门开了，她赤着脚，飞扑过去，她与高文明忘情地拥抱。

床上，脱下的衣服散乱在四周，她与高文明合体成为一个人，沉醉于情爱的狂潮中。高文明更显亢奋，他满脑子想的是用什么方法杀死身下的这个胖女人。来的路上，他有多种设想，刀砍、绳勒、水溺、毒杀、电击等，但是，每一种方法都有破绽，他不想因此上刑场，后脑勺挨上一粒枪子儿，掀飞他的天灵盖，必须做到万无一失。

肖芳说："我爱你。"

高文明说："我也爱你。"

肖芳说："我愿意为你去死。"

高文明想说"你去死吧"，他加大动作的力度与频率，床前后晃动，咯吱咯吱地响。高文明听到他的裤子口袋里哗啦一声，是安眠药片相互碰击发出的响声。他脑中灵光一现。

两人汗出如浆。

肖芳高潮未退，紧紧抱住高文明。高文明像是要昏昏睡去。肖芳摇动他："你醒醒，你困了？"

高文明翻身下地，双膝跪倒，头垂在胸前。

肖芳见状怔了一下，下床扶他，说："你这是干什么？"

高文明沉痛地说："姐，五百万回不来了。"

肖芳一身热汗化为冰水。

高文明抱住她的大腿，说："玉石屏风是不值钱的假货，咱们让人骗了，骗子已死，他的银行卡里只剩一块钱。我不敢报案，还不上五百万，咱们要坐一辈子牢哇。"

"向亲戚朋友借钱。"

"我跑了几天，没借到。"

"卖房子。"

"咱俩的房子加起来卖不了五百万，短时间里也卖不出去。"

肖芳没了主意。

高文明流泪了，他说："只有一个办法。"

肖芳燃起希望。

高文明说了一个字："死。"

"死？"

"你别怕，是我死。"

肖芳抱住他："我不想让你死。"

高文明大义凛然："姐，我一个人去死，我承担全部罪责。记住我，别忘了我，每年清明给我上坟，我在地下就心满意足了。"

肖芳痛哭失声。

高文明摇摇欲倒，他拉过裤子，取出安眠药盒向她展示，说："来之前，我已服用了大量的安眠药，我就要睡了，长睡不醒。"他的话无比惨痛。

肖芳哭着说："你死了，我一个人生不如死，我陪你去死。"

高文明说："不要！死一个就够了。"

肖芳决然地倒出安眠药，一大把，全塞进嘴里，用力往下咽，噎得要吐。

高文明说："喝点酒，药效快。"

肖芳听话地照做。

两人赤身裸体，并排躺在床上，盖着一条薄被。高文明握住肖芳的手，满怀感情地说："咱们生同衾，死同穴，今生苦命鸳鸯，来世再做夫妻。"

渐渐地，肖芳不动了。

高文明推推她，喊她，打她的脸，没有反应。高文明掀开被子，跳下床，他看着肖芳，心里冷得发抖。

现在送肖芳去医院还来得及，这个念头一闪而过。

他穿上衣服，拉开写字台的抽屉，翻找出他与段明签的合同，撕得粉碎，到卫生间扔进坐便器，放水冲掉。

他打开肖芳的笔记本电脑，用一支铅笔戳着键盘，打出一份电子邮件，设定发送时间。

他给肖芳化了妆，穿上她最喜欢的红色休闲装。

他抹去安眠药盒上的指纹，放在肖芳手中。

做完这些，他又检查一遍，关上落地灯。他又一次跪下，对着床上的肖芳说："别怨我，我对不起你，来世我给你做牛做马，还今生的债。"

时间将近零点。

楼门打开，高文明探出头，他贴着楼边走了。

男刑警远远看着他。高文明先是慢走几步，越走越快，小跑，直至舍命狂奔，就像身后有一只鬼在追他。男刑警将这一情况报告给毕队长。

毕队长一听，说："不好，去莺桃小区。"

毕队长与小袁破开肖芳家的房门。

高文明回到他的家，掏出门钥匙，手抖得厉害，插不进锁孔。

他打开门，一大团白色的东西迎面扑过来。"鬼呀！"他叫道，吓得一屁股坐到地上。

嬉笑声中，原来是一身白婚纱的珍珍跟他开玩笑。

高文明问："哪儿来的婚纱？"

珍珍说："婚纱店租的，老公，什么时候去登记结婚哪？"

"明天，后天……"

"我要把所有的小姐妹们都请来参加婚礼，向她们宣布，我是光明集团高总的太太，高太太，好玩儿。"

珍珍叫了一份外卖比萨，开了一瓶红酒。她继续试穿婚纱，摆出各种撩人的姿势，不断问："好看吗？咦，你发什么抖哇，就要娶我了，高兴的？"

高文明想起小时候听老人们讲，女人死时穿红衣服，死后会化为厉鬼，找害死她的人索命。他的身子抖个不停。

床上，珍珍跟他亲热，他哪里还有一丝丝力气。

珍珍不满地屁股对着他，睡了。

他不能闭眼，眼皮刚一合上，就看到躺在床上的穿红衣的肖芳上半身坐起来，向他笑，笑得阴森可怖……

第九章

1. 遗书

八月九日。光明大厦一层大厅，几部电梯前挤满上班的员工。

员工们小声议论着今天下午三时将在温泉山庄召开的临时股东会，猜测会议的结果，高文明站在其中。一部电梯来了，梯门打开，员工们蜂拥而入，给高文明留了一个位置。他没上，让给一名急急跑来的女员工。他看看大厅墙壁上的时钟。

八点五十四分。

过了几十秒钟，高文明裤袋里的手机"叮"的一声，收到一条短信。他掏出手机，看了一下，惊呼："肖总监自杀了！"

等候电梯的员工们一静，个个表情愕然。

"这是她留给我的遗书。"说完，高文明手一松，手机滑落，正好掉在他的脚面上，没有摔坏。

一位男员工拾起手机，大声读出短信内容。

"小高：你看到这条短信时，我已不在人世，我死了，亲手结束自己的生命。我不得不死，丁董事长指使我给她开出一张五百万的支票，并威胁我说，如果出事，由我承担全部责任，与她无关，因为没有她的签字。当我想向娄长贵监事说出实情时，丁董事长竟想杀人灭口，驾车撞死我。八月四日夜里，开车的人就是丁董事长，我假装昏迷，她以为我死了，才没有当场取我的性命。我躲在家里，不敢上班，丁董事长刚才又上门逼着我写一份承认挪用五百万公款的认罪书。我已无生路，只能以死抗议，表明我的清白。不要为我申冤，你们惹不起有钱有势的丁董事长，让我静静地走吧，天堂没有恶魔。肖芳绝笔，八月八日夜，家中。"

读完，众员工鸦雀无声。

高文明昨天没吃晚饭，今天没吃早点，他只觉天旋地转，虚脱了。他喝下一大杯糖水，有了几分活气。

高文明走进刑警队的大办公室。

小袁接待。

高文明打开手机，提供了肖芳的短信截图。同时，他明确指控：八月四日晚，他也看清驾驶黑色红旗轿车的白衣女人就是丁香董事长，以前出于惧怕，不敢说。

小袁观察着这个人。

高文明眼球布满血丝，脸色焦黄，头发散乱地搭在额头；白衬衣没换，起皱，有味儿了；说话中气不足，时有停顿；他的眼睛总看着斜下方。这些外部特征表明，他一夜没睡，心虚，充满恐惧。

高文明感受到小袁目光的压力。他说："我因为忙，肖芳出院后再没见过她。"

小袁说："是吗？"

"她还好吧？"高文明问出一句怪异的话。

"什么意思？"小袁看着他。

高文明目光躲闪："我的意思是，肖芳死前没有受到太多痛苦吧？"

小袁说："这个问题你只能去问肖芳。"

"我想看看她。"

"面对肖芳，你不害怕？"

"我还是不看了。"高文明手抖得像是中风后偏瘫的病人。忽然，他一脸惊悚，双手胡乱挥舞，身体向后退，带翻椅子，他看见肖芳了！

肖芳一身红衣，从白墙里走出来。

高文明闭上眼睛，晃晃头，再睁开时，肖芳不见了，又是幻觉。昨夜到现在，肖芳的影子无处不在。

看着他的奇怪动作，小袁想，这是精神分裂的初始症状。

离开刑警队，高文明走在人行道上。他掏出肖芳家的门钥匙，四顾无人，扔入路边的垃圾箱。

一只手从垃圾箱里提取这把门钥匙，装进证物袋。

高文明是八月四日交通肇事案的被害人，他的陈述与牛伯安的证言相互冲突，因此，在临时股东会之前，对丁香的取保候审强制措施未能予以撤销。

消息传来，朱天佑仰天大笑。

他让苏小蝶准备一套最好的西装，他又严令司机小陆务必于今天上午办完工商变更手续，他要以青云科贸公司法定代表人、光明集团法人股东的身份盛装参加今天下午三点的临时股东会，一举成为光明集团董事长。

司机小陆说："少帅，你让别人办吧，我得去趟刑警队。"

"去干什么？"

"袁警官找我了解情况。"

"你准备怎么说？"

"装傻充愣，我一概不清楚。"

朱天佑笑道："不愧是我的办公室主任。"他把"副"字去掉："好好干，有前途。"

2. 白色拉杆箱

司机小陆没戴墨镜。他坐在半小时前高文明坐过的椅子上，面对两位警官。

小袁问："你与段明什么关系？"

司机小陆答："朱天佑从段明手上买了一架西洋钟，我去取货时认识的，跟他喝过几次酒，酒友。"

"段明与高文明之间有来往吗？"

"有，我们仨喝过一次酒，我请的客。"

"谈些什么？"

"玉石屏风，段明与高文明合伙倒腾一组古代四大美女的玉石屏风，段明缺五百万，高文明说他出。"

司机小陆有一说一，态度配合，毕队长本以为他会一问三不知。

小袁问："你请客，挺大方。"

司机小陆说："我开了发票，回去报销。"

"你们私人来往，单位报销？"

"那次段明与高文明见面，是朱天佑让我安排的，凭什么我花钱。"

"你在九鼎联络处什么职务？"

"办公室主任。袁警官，我明白您什么意思，我这个主任是虚职，凡是朱天佑办机密的事，从来不准许第三人在场，谈话内容不能录音，不留纸上的字，我所知有限。"

小袁提了二十几个问题，司机小陆尽量如实回答。

司机小陆走后，毕队长说："这个小伙子眼睛很亮。"

小袁说:"我调查过了,他没有前科劣迹,个人履历很干净。有一点不同寻常,他大学本科毕业,学法律的,但他在九鼎联络处员工登记表上填写的是高中学历。"

毕队长说:"隐瞒真实的高学历,其中必有原因。"

小袁说:"段明哪儿来的玉石屏风?他是个老贼,不玩儿古董。"

毕队长说:"他是钱隆皇上的师傅,我抓过他,不止一次,过去,他只偷不骗。"

小袁说:"肖芳家的玉石屏风拍照后,照片拿给段明的母亲辨认,她说,这是她儿子的玉石屏风,以前放在床底下。段明死后,她收拾遗物,发现不见了,所以报案。她请求发还,说她是个孤老婆子,玉石屏风多少能换点养老钱。"

小袁打开笔记本电脑:"经查,光明集团的五百万转入段明的账号后,即分散转至上百张银行卡,随后卡内现金被提取一空。这些银行卡大多是用丢失或盗窃来的身份证办理的。"

屏幕上显示一组剪辑过的画面:

一个老瘸子拄着拐,在ATM自助机取款,装入黑塑料袋。他坐着电动轮椅,出现在下一部ATM自助机前,连跑四处。

破旧的面包车停在树荫下,车门敞开,那时还是活人的钱隆皇上坐在中排座,嘴对瓶口喝着啤酒,一只手夹着烟卷。老瘸子的电动轮椅开来,他把黑塑料袋扔给钱隆皇上。钱隆皇上闻闻味儿,用手掐掐厚度,从袋里取出两张面值百元的大钞,晃了晃。老瘸子一把抢过去。

陆陆续续,不同的男女到面包车这儿,交给钱隆皇上一只只黑塑料袋,每人拿走两百块钱。

车里有两只白色大拉杆箱。

夜幕降临。钱隆皇上从面包车里拖下两只白色大拉杆箱,走进青云公司与九鼎联络处合租的旧办公楼,箱子十分沉重。他出来时，空着双手，没有带走箱子。

两只白色大拉杆箱的画面定格、放大：一只箱体左上角有明显划痕，另一只的轮子坏了一个……

小袁说："监控视频足以证明，白色拉杆箱里装的是化整为零后提取的现金，扣除佣金，大概有四百九十万元左右。"

毕队长问："这些钱交给楼里的谁了？"

小袁说："除了朱天佑，还能有谁？"

毕队长说："青云公司、九鼎联络处有二十几名员工，朱天佑可以推说是下属员工所为，他毫不知情。"

小袁说："我查了朱天佑的账号，里面只有九鼎总部的拨款，没有这四百九十万元现金的踪迹。"

毕队长说："他没那么蠢。"

小袁说："朱天佑像蛇一样滑，与他的年龄不相符。明知幕后主使是他，但是，他在身边筑起一道防火墙，每次只能查到他手下的人，因为缺少证据，查不到他的头上。"

毕队长说："别泄气，咱们小袁警官的调查工作成效显著，正一步步接近真相，抓住这条蛇早晚的事。"

小袁说："我有个想法，朱天佑会不会把这么大一笔现金存放进银行的保管箱了？"

毕队长说："多种可能性中的一种。"

小袁说："每张纸币正面左下角有一组由字母与数字组成的符号，叫冠字号。每一张从 ATM 自助机上取出的纸币，都会在银行后台对冠字号进行记录。凭借冠字号，可以查出该张纸币是在哪个时间、哪台 ATM 机、凭借哪张银行卡取出的。如果朱天佑存在银行保管箱里的现金的冠字号与钱隆皇上雇人在 ATM 自助机上取出的现金的冠字号相同，就可以证明朱天佑是骗取光明集团五百万的幕后主使。"

毕队长点头，认为这个想法很好。

小袁说："我请求对朱天佑的银行保管箱进行搜查。"

毕队长说："只凭推测，没有证据，邢局不会批准。"

小袁仿佛看见，朱天佑得意地冲她一笑。

朱天佑站在办公楼门外的台阶上，问："你在刑警队待的时间不短，说些什么？"

刚回来的司机小陆又戴上墨镜，恢复油滑的腔调，说："无论袁警官怎么问，翻来覆去，我就一句话，我一开车的从不打听老板的事；我这人还有个毛病，沾酒准醉，说过的话，做过的事，第二天全忘，打死我，我也想不起来，我天天喝点。袁警官气得够呛。"

"真的？"

"少帅，不敢骗你，我指望跟着少帅步步高呢。"

司机小陆一脸阿谀，朱天佑没看出破绽，他说："开车，去机场，接人。"

"接谁？"

"我爸爸身边的第一红人雷律师。"

3. 钦差

一架私人飞机降落。

舷梯放下，雷律师硕大的身躯钻出舱门。朱天佑叫着"雷叔"，迎上。雷律师面带倦色，因为天气原因，他耽延一夜，今天上午才到。

进城高速路上，黑色奔驰轿车飞快地超过一辆又一辆车。

车内，朱天佑问："我爸身体还好吧？"

雷律师说："很好，专家团队最终确诊，你爸爸不是渐冻症，经过治疗，大有好转，预计年内就可痊愈。"

朱天佑欣喜地说："太好了，我日夜挂念他老人家的病情。我去中元道观许过愿，愿以我的二十年阳寿换取他老人家的福体安康，神仙显灵啦。"

雷律师说："孝心可嘉。"

朱天佑问："我爸爸还生我的气吗？"

雷律师说："生你的气？没有啊。你是你爸爸唯一的儿子，员工们喊你一声少帅，实至名归，你爸爸不会为这个生气。可能是你爸爸的病没有确诊之前，心情不好，造成你妈妈的误解，更年期的女人，心理方面会有明显变化，你要多关心你的妈妈。"

朱天佑问："我妈妈也好吧？"

雷律师说："也好，她二十四小时陪在你爸爸身边。"

朱天佑说："我给我妈妈打电话，总是关机，我挺担心的。"

雷律师解释："不要多想。女佣收拾你妈妈的房间，不小心把她放在洗漱台上的手机碰落到瓷砖地面上，摔坏了。新手机需要删除一些功能，增加一些功能，才能交给你妈妈用，这是你爸爸的老规矩，你知道的。今天晚上，你再给你妈妈打电话，新手机应该能用了。"

雷律师说得合情合理，表情自然，朱天佑放下一半心。

一间狭窄的公寓。白萍缩在墙角，脚前地上放着一碗猪脚面，她没碰。

她的对面，一个满脸横肉、模样凶悍的中年女人端着一碗猪脚面，吃得头上冒汗，大声吧唧嘴。中年女人扔下吃完的空碗，拿过白萍那份，接着吃。

白萍说："我想给我儿子打个电话。"

中年女人指指耳朵，又啊啊地张口吐出舌头，表示她既聋且哑。

中年女人用绳子捆住白萍的手脚，抱起，扔到床上。她堵在门口，躺倒便睡，不一会儿鼾声如雷。

白萍用牙咬开绳扣，活动勒肿的手脚。

她轻轻地从中年女人身上迈过去。她打开外面的房门。她按下电梯按钮。她站在轿厢里，电梯门快要关上时，伸进一只干粗活的手。她从电梯门的缝隙中看到中年女人又凶又丑的脸。

白萍像只母猫跳过去，照着那只手咬了一口。

中年女人大叫，缩回手，电梯门关上。

电梯下降。

街上，白萍衣裙不整，身无分文。她拦住一个穿高中校服的女孩子："能让我用你的手机打个电话吗？"女孩子递给她手机。白萍拨打儿子朱天佑的手机号码。

朱天佑陪在雷律师身边，走上旧办公楼的台阶。手机响，他看了看，陌生号码，他没有接听，点了一下"拒绝"。

女孩子拿回手机，上了一辆进站的公交车。

白萍借公交站牌挡住身体，中年女人带着两个黑衣男子从她身后跑过。白萍的项链、戒指、耳坠都被摘下收走了，她摸摸头上，还有一只金发卡。

打制首饰的小店，她用金发卡换了些钱。

一家小旅馆，她租了间客房。她拿起柜台上的座机话筒，对收银员说："我用一下电话。"

她一遍又一遍地拨打儿子的手机。

朱天佑的手机调成静音状态。

办公室里，他向雷律师介绍："这位是钟人杰，这位是吴良律师，我新聘请的法律顾问。"

雷律师与两人握手。

朱天佑说："将来，吴良律师就是我的左膀右臂，军师。"

雷律师说："同行。"吴良律师说："您是老前辈。"雷律师说："老前辈？长江后浪推前浪，还有一句怎么讲，前浪死在沙滩上，我老了，该退休了，以后你要好好辅佐少帅。"

吴良律师鼻孔朝天，一副当仁不让的样子。

朱天佑看出危机，赶紧圆场："雷叔，您永远是我们朱家的首席法律顾问。"

四人入座。

司机小陆悄没声地走进办公室。

朱天佑皱眉："谁让你进来的？"

雷律师说："我。小陆，你坐下。"

朱天佑心中忐忑，与妈妈失去联系后，他摸不清雷律师这位钦差大臣来本市的真实目的。

雷律师正襟危坐："我这次来，是受朱老先生的全权委托办几件事，你们必须照做，如果阳奉阴违，无论是谁，立即除名。朱老先生接到报告，天佑，你正在办理青云公司法定代表人的工商变更手续？"

朱天佑问："谁报告的？"

雷律师说："立即停办，这是你爸爸的严令。人杰，朱老先生对你十分器重，青云公司法定代表人还是你，以后有事直接向朱老先生或是我汇报。小陆，九鼎联络处暂时由你负责。至于你，吴良律师，是否继续聘任你为联络处的法律顾问由小陆决定。"

吴良律师如坐针毡，他见雷、钟、陆三人都不说话，拿眼看着他，醒悟道："我在这儿影响你们说事，我退出。"他臊红了脸，走出办公室。

雷律师喝了一口茶。

朱天佑问："我呢？"

雷律师说："你今晚随我回去。"

朱天佑问："回去干吗？"

雷律师说："你爸爸老了，身边需要人。"

朱天佑说："伺候他的人还少吗。"

雷律师说："笨！你是少帅。"

朱天佑心跳加剧："您的意思是我爸爸要安排我接班？"

雷律师笑吟吟地说："这是你的猜测，我没有提前泄密。"

朱天佑眼前一片血红色，办公室里的几个人可以听到他的心脏激情跳动的咚咚声，野心终将成为现实。他拉住雷律师的手，说："我想现在就跟您回去。"

4. 反目

办公室里只剩下朱天佑、雷律师二人。

朱天佑一口一个"雷叔"，叫得极为亲热，俨然亲叔侄。他爸爸朱辰对雷律师的话基本言听计从，这个时候万万不可得罪，以免雷律师在他接班的路上设置障碍。雷律师向来看不起他和妈妈，这仇他记在心里，等他成为九鼎董事局主席之日，再把这个老家伙打发走不迟。

朱天佑说："雷叔，我在王朝酒店订了包间，点的都是您最爱吃的菜。"

雷律师说："我还有事情要办，没时间。"

朱天佑说："您办什么事？"

雷律师说："我去拜会光明集团董事长丁香。"

朱天佑说："拜会她？您和我爸爸太高看她了。雷叔，您跟了我爸爸几十年，有件事我想问问您，不知当问不当问。"

"问吧。"

"丁香是不是我的同父异母的姐姐？"

雷律师说："不是。你叫小陆开车送我。"

走廊上，吴良律师没走。雷律师对他说了几句话，吴良律师眨了眨灵活的小眼睛。

雷律师走后，朱天佑一个人待在办公室，不许人打扰。他又挠起秃头顶，多疑的性格使他反复推敲雷律师的话。雷律师对他办砸了的U盘一事一字不提，雷律师简单几句话让他丢掉了青云公司、九鼎联络处的控制权，雷律师所说的调他回去接班是真是假？他的头越想越大。

他把西洋钟的时针调到整点，报时开始，他闭上眼睛，在叮咚的乐声中放松身心。

雷律师的话不会有假，朱天佑最终断定。他掏出手机，想给苏小蝶打个电话，告诉她这个好消息。手机点开，嚯，密密麻麻地几十个未接电话，来自同一个座机号码。

那个座机号码再次打来，朱天佑接听："你是谁呀？"

"我是你妈妈。"白萍的声音。

朱天佑一下子跳起来。

母子俩在电话中说了十几分钟。听完妈妈的哭诉，朱天佑全明白了，雷律师满嘴鬼话，目的是先夺他的实权，再骗他回去，一进大庄园，他将身不由己，受到软禁算是好的，很可能跟他的妈妈一样，被扫地出门，而这一切出自他爸爸朱辰的指令。

他的血液一点点变冷。

"我是朱辰的亲儿子吗？"他再次切齿问道。

"你怀疑你的妈妈？你不是野种！"白萍恼羞成怒。

"丁香到底是什么人？"

"我向申教授打听了，她是你爸爸的……"

电话那头，响起一阵杂乱之声，只听白萍喊了句"救命"，电话像是摔到地上，之后没声了。

瞬间，朱天佑决定，他要与朱辰拼死一搏，他心中叫道："朱辰，你对我无情，别怪我冷血。"

司机小陆明摆着是安插在他身边的内奸，不能用了，朱天佑想。他叫进吴良律师，吩咐："你去办工商变更登记，下午三点之前办好，办不好，一分钱法律顾问费不给。"

吴良律师说："你不是今晚就要走吗？"

朱天佑说："我不走了。这是联络处、青云公司的公章，拿去办，事成之后，我聘任你为光明集团的首席法律顾问。"

吴良律师耸耸鼻子，嗅出一股异味儿。

表面上，青云公司的出资与九鼎无关，朱天佑是实控人，这种规避风险的设计正好被朱天佑利用。只要法定代表人变更为他，青云公司就是他的，朱辰对他毫无办法。他从丁香手中夺取光明集团董事长的计划不变。有了青云公司与光明集团两块实地，他就有足够的本钱与朱辰分庭抗礼。再过一年半载，朱辰咽气，他去朱辰的坟前哭两嗓子，何愁九鼎不是他朱天佑的！

他还有下一步。

他提着密码箱，上了一辆出租车。

城南一家银行。他打开保管箱，取出一沓沓没有封条的百元纸币，放进密码箱，直到装满。

出租车驶向大四合院。

数辆警车鸣着警笛，风驰电掣般超过出租车，也是开往大四合院方向。

朱天佑只觉心血来潮，他即刻拨打手机。

5. 漏网之鱼

门铃响。

苏小蝶隔着院门问："谁呀？"门外女声："我是邻居，我的猫咪丢了，有人说进了你家的院子，能让我进去找找吗？"苏小蝶打开门上的小窗口，看见一张女孩子笑眯眯的圆脸。

苏小蝶毫无戒心地拉动门闩。

呼啦，几名刑警推开院门，冲进院内，直扑西厢房的小屋。

毕队长身先士卒，大喝："姜大虎，出来！"

小屋内无声无息。

小袁向前，毕队长用身体挡住她，姜大虎是个出手狠辣的亡命凶徒。毕队长面对小屋，说道："喂，新娘子，别害羞躲在屋中，快点拜见公婆！"他飞起一脚，踹开屋门，向门旁一闪。

姜大虎并未蹿出来。

小屋里，床铺整齐，不见半个人影。

刑警们在大四合院里逐屋搜查。卧室门关着，苏小蝶挡在门前。

小袁说："请让开。"

苏小蝶不大情愿，她说："里面没有你们要找的人。"

小袁拔出佩枪，推门而入。

离院门还有几十米，朱天佑提着密码箱下了出租车。几辆警车围住大四合院，其中一辆里坐着高文明。原来是这小子告的密，昨夜他与朱天佑厮打时，见过姜大虎一面。

朱天佑一颗心悬在半空，姜大虎若是在他家里被抓，他难以自圆其说，直接后果将是他的全部计划化为泡影。

他沉住气，走向院门。

卧室里，小袁搜遍每个角落，没有人，床上散乱放着成年男女游戏时的用具，苏小蝶可能羞于让外人看到。

葡萄架下，小袁问："人呢？"

苏小蝶说："几分钟前还在。"

小袁问："那人叫什么名字？"

苏小蝶说："我不知道。"

小袁出示照片："是不是这个人？"照片上是戴棒球帽的姜大虎，"会摇尾巴的狼"酒吧中监控视频的截图。

苏小蝶说："这张照片太模糊，看不出来。"

小袁问："这个人什么时候来的？"

苏小蝶说："昨天，翻墙进来的。"她指指一处高高的院墙。

小袁说："你的胆子挺大，留宿一个翻墙而入的男人，你不害怕，不报警？"

苏小蝶细声细语："他不像坏人。"

小袁查过，这座大四合院登记在朱天佑名下，她问："你是朱天佑的什么人？"

苏小蝶的回答很特别："天佑说，我是这个院子的女主人。"

苏小蝶身上发出一只蝉叫的声音。小袁问："什么东西？"苏小蝶从口袋里掏出一件带银链子的小玩意，递过来。

这是一只小巧的怀表，白金表盘上刻着古希腊神话中的时序三女神，表盘上用罗马数字指示时间，正是牛伯安祖传的老物件，经钱隆皇上的手卖给不知名的买家，没想到在这儿看到了。小袁问："哪儿来的？"

苏小蝶说："天佑送我的。"

小袁无意中发现，幕后指使他人向牛伯安银行卡内转款、干扰警方侦查的人是朱天佑。

院门外，传来朱天佑的叫嚷声：

"哟，来了这么多警察叔叔，毕警官大驾光临，你好，有何贵干？"

毕队长说："有人举报，你窝藏通缉要犯。"

朱天佑的声音更大："不可能，我昨天在办公室加班，没回家，小蝶，小蝶。"他边喊边走进院子。见了苏小蝶，他问："家里来过外人吗？"

苏小蝶说："来过，一个男的。"

"你敢私自留一个男人在家里过夜，你没给我戴绿帽子吧？"

"我给你打过电话，你不接。"

"他是谁？"

"我不认识，他说他是你的朋友。"

两人一唱一和。朱天佑说："毕警官，我没责任，小蝶也没责任，不知者无罪。你们要抓的通缉犯是谁呀？"

毕队长说："姜大虎。"

朱天佑信誓旦旦："我绝不会与这种人同流合污，他要是再来，我保证向警方及时报告。"

刑警撤离。

朱天佑关上院门。他又一次滑出法网，说声："好悬。"

苏小蝶说："接到你的电话，我告诉姜哥警察朝这边来了，一转眼，他已跳出墙头，动作真快耶。我还清扫了一下他住的小屋。"

朱天佑说："老婆，你这次表现不错。"

苏小蝶说："我不想姜哥被抓去坐牢。"

朱天佑搂住她："你学会说瞎话了，警察都被你骗了。"

"跟你学的。"苏小蝶眼波流动。

"这叫近朱者赤。"朱天佑以此为荣。他注意到，苏小蝶不再是两年多前那个只会抹眼泪的柔弱小女人。在与朱辰的生死血拼中，苏小蝶可以助他一臂之力。

姜大虎今后去哪儿藏身，他没留下话。

半小时后，朱天佑一手提密码箱，一手拿着祭奠亡灵的供品，出现在万寿墓园。他找到胡大江与其父母的三座墓地，在墓碑前插上香烛，摆上水果点心。

背后，姜大虎问："你找我？别回头。"

朱天佑说："我有事找你。"

"说吧。"听声音，姜大虎离他大概有几米远。

朱天佑说："帮我办一件事，这只箱子里是钱，事成，还有一箱。"他把密码箱放到身后。

"什么事？"

"杀个人。"

"我不杀人。"

"弄残也行。"

"这人是谁？"

"丁香。"

姜大虎："这活儿不好干。从你的语气中可以听出来，你恨透了这个女人。"

朱天佑说："没有个人恩怨，只是生意之争。"

姜大虎冷笑的声音："你不说实话，这活儿我不接。"

朱天佑说："请你看在我爸爸的面子上。"

姜大虎说："你爸爸对我有恩，我不会忘恩负义。我帮你不止一次，涂三妹、段明、钱隆皇上、金山，都是我的人。"

"这是最后一次，今后永不见面。"

"什么时候交活儿？"

"今天，最迟下午三点之前。"

"你准备好另一箱钱吧。"

一阵风过。

朱天佑回头，姜大虎与密码箱都不在了。

6. 女人心

河边，一株合抱粗的大柳树下，一个男人背手而立，俯视一去不返的流水。

钟人杰与他并肩而站。

那个男人侧过脸，他是甄帅。他问："朱天佑回去接他爸爸的班？"

钟人杰说："今天晚上走。"

甄帅问："你有什么打算？"

钟人杰说："我想在青云公司长干下去，以后不用再听命于朱天佑。雷律师许诺给我资金支持，我有权自主开发项目。"

"你相信雷律师的话？"

"他没必要骗我，再说，我也没更好的地方可去。我现在是青云公司的老总，配备公寓专车，我到别的公司只能从一般员工干起。"

甄帅说："据我所知，朱辰病情危重，少则三个月，多则半年，他不死也是个丧失语言与行动能力的废人。朱天佑为人刻薄，他接班后还会留用你吗？解聘的名单上第一个就是你，因为你曾经是苏小蝶的未婚夫。"

钟人杰说："这点我想到了。"

"还有你没想到的。"

"什么？"

"青云公司长期为九鼎洗钱与非法转移利润，你想想，朱天佑会把谁推出去承担责任？非你莫属。"

"朱天佑有那么坏吗？"

"朱天佑坏到什么程度，你最有体会。"甄帅说，他的这句话揭开钟人杰心中永远无法愈合的血淋淋的伤口。

钟人杰问："我该怎么办？"

甄帅说："辞职，马上辞职，不要再给朱家卖命。你辞职以后，我负责安排你的新工作，待遇不低于青云公司。临时股东会一结束，你来找我。"

钟人杰感激地说："谢谢。"

甄帅见时机成熟了，说："为了跟过去一刀两断，你要离开这座城市。你与青云公司不能再有任何关系，尽快去工商办理青云公司法定代表人的变更登记手续，吴良律师在那儿等着你呢，快去吧。"

两人走上堤岸。

女记者小贾笑盈盈地站在白色越野车旁。甄帅警惕地问："你怎么找到这儿来了？"她说："我是记者。我不是找你的。"她挽住钟人杰。

甄帅消除戒心，说："我对女人没有吸引力，我有自知之明。"

白色宝马与白色越野两辆车分头驶向东西。

白色越野车内，贾记者说："小蝶要见你。"

钟人杰问："哪个小蝶？"

贾记者说："你认识几个小蝶？小蝶跟我说了你们俩的事，原原本本。小蝶的花店今天关门，她要走了。"

花店清空，只剩一盆半枯萎的红玫瑰。

女记者小贾待在白色越野车里。

小桌旁，钟人杰与苏小蝶面对面坐着，空气中残留着最后一缕花香。

钟人杰看着空荡荡的花店，说："小蝶，你终于下定决心跟我走了？甄先生帮我找到一份薪酬优厚的新工作，我们离开这个伤心之地，我去订两张今晚的机票。"

苏小蝶说："我不跟你走。"

钟人杰"咦"了一声："你一直说愿意回到我的身边。"

苏小蝶说："女人的心思变得快。这几年，我习惯了安逸、舒适的生活，朱天佑特别舍得为我花钱，这些你给不了我，我不想再跟你去过天天加班、每月领份工资、总是担心被公司解雇的穷日子。"

钟人杰问："那你为什么关了花店？"

苏小蝶说："我跟我的老公今晚走。"

"我的老公"四字刺痛钟人杰。他问："还回来吗？"

苏小蝶说："我老公去接他爸爸的班，我不会回来了。"

"今天是最后一面？"

"我想是吧。"

"我可以去找你吗？"

"不行。我作为未来九鼎董事局主席朱天佑的夫人，需要陪着我的老公经常出入各种高级的交际场合，会很忙的。"

"应该称呼你朱夫人了？"

"是呀，我挺喜欢大家这样叫我。"

钟人杰问："你爱他吗？"

苏小蝶说："以前不爱。"

"现在呢？"

"最让一个女人动心的是男人的身份、地位、财富。"

钟人杰说："你变了。"

苏小蝶说："我变得实际了。看在过去的情分上，我会让我的老公照顾你的。"

钟人杰极受污辱，他对朱天佑的恨意达到顶点。

苏小蝶恳求："人杰，你帮我办件事，你快点去把青云公司法定代表人变更成我老公，我老公今天就能成为光明集团董事长，我未来的公公一定高兴，会尽早让我老公接九鼎的班。"

一句话点醒钟人杰。

他回到白色越野车上。女记者小贾问："谈完了？"他说："完了。"

贾记者问："咱俩去哪儿？"

钟人杰说："随你。"

看着白色越野车开走，苏小蝶神色抑郁，她的心隐隐作痛。

左等右等，钟人杰没来，而且不接电话。办理工商变更登记的大厅里，吴良律师等得心焦，没有钟人杰的签字办不了。他打电话向朱天佑报告，请示怎么办。

朱天佑与甄帅联系。甄帅不清楚发生了什么变故，他本已做通了钟人杰的思想工作。

朱天佑又出险招，他指示吴良律师。找人假扮钟人杰，模仿钟人杰的签字，放开胆子去干，干好了重重有赏！

吴良律师进退两难。今天上午，在朱天佑办公室外的走廊上，雷律师对他说："小子，你这种律师在执业中违法乱纪的事没少干吧，不想下半辈子去街上要饭，在我面前就乖着点儿。"他听说过雷律师的大名，雷律师绝不是虚言恫吓。

按不按朱天佑说的办？吴良律师要先去中元道观抽上一签。

7. 冤家宜解

光明大厦董事长室，丁香与雷律师握手，两人脸上挂满笑容。

丁香说："请上座。"

雷律师坐下后，说："丁董事长的这间办公室质朴无华，平淡中不失典雅，充满平和之气，一如它的主人。"

丁香说："请用茶。"

雷律师说："好茶，茶是君子之饮。"

丁香说："请赐教。雷律师不是来品茶论道的，我当洗耳恭听。"

雷律师说："丁董事长天资聪慧，难道猜不出我的来意？"

丁香说："你是来正式宣战的？"

雷律师神色谦恭："丁董事长说笑了，我是来求和的。"

"求和？"

"正是。"

丁香说："朱辰在生意场上拼杀一生，从不言和，他有一句广为流传的名言，和平鸽是用来下酒的。"

雷律师："我的老板近来读了几本佛经，心境渐趋平静，只求安度晚年，不再志在千里了。"

丁香说："因为病重，来日不多吧？"

雷律师说："丁董事长果然消息灵通，你是如何知道的？"

丁香说："我的消息来源正当，朱辰的大庄园里云集全世界治疗肌萎缩侧索硬化——俗称渐冻症的顶尖专家，不难由此推断。"

雷律师说："丁董事长又是如何得知这些专家的行踪的？"

丁香说："报纸。"

两人笑了。

雷律师说："丁董事长好智力。不过，我的老板不是因为病重才派我来寻求和解。"

丁香说："愿闻其详。"

雷律师傲然说道："我的老板一生从未言败，不胜不收兵。但是，这一次不同，他不愿再做鹬蚌相争，渔翁得利的傻事，丁董事长，光明与九鼎、你与我的老板都被人利用了。"

丁香的表情没有变化。

雷律师说："看来丁董事长早已有所察觉。"

丁香一笑，不用说多余的话。

雷律师说："这个渔翁是谁？"

丁香说："你我心里都有一个人的名字。"

雷律师说："在揭破这个人的身份之前，我先说一下整件事情的起因。八月四日，我接到一个匿名的检举电话，检举内容想必丁董事长早已了然于胸。这个匿名电话来自注册在境外的手机号码，手机号码的使用者是一个名叫威尔逊的外国人，威尔逊现在是光明集团股东甄帅手下的秘书。"

丁香补充："宛霞移民国外后，进入一家名为永泰的投资公司，公司的实控人凑巧也叫甄帅。"

雷律师说："我认为，宛霞是受人指使，抛出U盘为饵，以此激化你我两家的矛盾，这个幕后之人就是企图从中牟利的甄帅。"他总结道："甄帅就是渔翁。"

丁香心里明白，宛霞是受她的指使窃取九鼎财务数据的，大概是被甄帅从宛霞口中探知后，顺水推舟，加以利用而已。为了移民，宛霞对她隐瞒了甄帅的阴谋。

雷律师说："甄帅这样做，他所图之利是什么？"

丁香说："我知道。"

雷律师说："可否满足我的好奇心？"

丁香说："今天下午的临时股东会上，将会公之于众。我预先向你透露一点，甄帅与朱天佑签了一份协议，交换条件是甄帅全力支持朱天佑成为新一任光明集团董事长。"

雷律师说："朱天佑这个蠢货，与丁董事长为敌，他会输得很惨。如果我所料不差，丁董事长手里一定握有杀手锏，恐怕不止一把。"

丁香说:"雷律师,恕我直言,朱天佑天性凉薄,心机阴诡,志大才疏,而又自命不凡,有朝一日,他若执掌大权,九鼎前景不妙,你们这些朱辰的老部下要提前考虑退路了。"

雷律师问:"丁董事长想拉我加入光明集团?"

丁香并不正面回答。

雷律师豪气不减:"我虽年过天命,还能在九鼎再干二十年。"

丁香说:"看来朱天佑已经失宠,朱辰物色了新的接班人,指定雷律师为辅佐的顾命大臣。"

雷律师说:"跟丁董事长对话要加倍小心,稍不留意就会被你发现九鼎的最高机密。"

丁香说:"难道这个机密不是雷律师故意泄露给我的?"

两人又笑了。

雷律师说:"言归正题。丁董事长,你还没有给我答复,我的老板诚心诚意地向你请求停战。"

丁香缄默。

雷律师说:"我的老板承诺,从今日起,他将闭门终老,不再过问生意上的事。"

丁香置若罔闻。

雷律师说:"我的老板对他年轻时做下的错事向你表示忏悔。"

丁香像没听见一样。

雷律师再说:"我的老板特别授权我,全力配合丁董事长,送朱天佑去他该去的地方。"

丁香终于开口:"好,我答应。"

生意成交,两人愉快地笑了。

笑容背后,丁香心里有个疑问:雷律师为何始终不提 U 盘如何处理?

高文明进来，说："董事长，车备好了。"

丁香说："雷律师，高秘书陪你到员工餐厅的小包间就餐，我有点事要办，失礼。"

雷律师说："再过三个多小时就要召开临时股东会，丁董事长还在抓紧安排大战之前的各项准备？"

丁香的微笑像和风一样从容，她说："我去试一件新做好的旗袍。"

8. 不共戴天

叠拼别墅的阳台上，木子端来简单的西式午餐，三明治、蔬菜沙拉和纯净水。

丁香说："厨艺不错。"

木子吐了一下舌头："我就会做这两样。"

丁香说："来，你也吃。今天下午你去找一位叫小西的造型师，请她把你从头到脚改造一下。今天晚上的秋季服装发布会准时举行，由你主持。"

木子说："我有点紧张。"

丁香说："我教给你一个消除紧张的办法。你能喝多少红酒？"

"高脚杯半杯多一点儿。"

"上T台之前，你喝满满一大杯，就不紧张了。"

木子抿嘴笑了。

丁香鼓励她："你的设计很棒，是我见过的最好的设计，超过你的老师滕飞。"

"滕老师还好吗？"木子问。

"他现在的自我感觉还好，到了今天晚上他就会感到非常不好了。"丁香拿起一块三明治，边吃边问，"你与滕飞属于哪种类型的关系？"

木子又羞又窘。

丁香说："我不干预员工的私生活。我换个问法，假如滕飞冲你招招手，你会跟他走吗？"

木子说："我跟他不是恋人。"

丁香亲切地说："这里没有外人，只有你我两个女人。"

木子难堪地说："他吃我的奶。"

丁香愣了一下。木子用手捂住脸。丁香侧头想了想，无声地笑了，双肩打战，继而笑出声。

木子低头，低声说："滕老师一到设计难产，没有灵感的时候，就要吃我的……不让他吃，他就会发狂。"

丁香说："滕飞直到上小学五年级，还和妈妈一起睡，吃妈妈的奶，他是个离不开妈妈、没长大的孩子，心理没有发育成熟。木子，秋季服装发布会的设计图都是你画的吧，你与滕飞的设计风格不一样，你的更符合时下的潮流。滕飞江郎才尽，落伍了。"丁香用慈爱的眼神看着木子说："我聘任你为首席设计师。"

木子惊喜交加，差点像小女生一样尖叫着蹦起来。

丁香说："来人了，你去开门。"

一辆警车停在叠拼别墅前。

画室被木子收拾得整洁、明净，墙上挂着历年获奖的女装设计图片，毕队长、小袁与丁香坐在沙发上。

木子送来三杯茶水，懂事地回避了。

毕队长开门见山，问："八月四日上午，你去哪儿了？"

丁香说："机场。"

"去做什么？"

"我的一位大学同学移民出国前，来看看我，由于她的时间紧，在机场咖啡厅见的面。"

"谈些什么？"

"叙旧。"

"只是叙旧，没谈别的？"

"没有。"

毕队长说："你再好好想一想，今天是八月九日，五天前的事，你的记忆力一向很好。"

丁香说："你帮我回忆一下。"

毕队长说："你的大学同学交给你一样东西。"

丁香问："什么东西？"

"U盘。"

"有证据吗？"

毕队长说："请丁董事长看看证据。"

小袁打开随带的笔记本电脑，屏幕上显示丁香与宛霞在咖啡厅一角见面的画面，两人的手相碰时，画面定格，放大，再放大，经过技术处理的画面逐步清晰：

丁香正从宛霞手中接过一只U盘。

小袁："U盘内容是九鼎投资公司绝密级的商业文件。"

丁香浅笑："看来我的罪名除了交通肇事逃逸、抢劫、招嫖男妓、侵占集团资产之外，又要加上一条，盗窃商业机密。"

毕队长说："U盘在哪儿？"

丁香说："我否认U盘内容与九鼎有关。你们去向宛霞调查吧，她在国外。"

毕队长说："作为……朋友，请你现在就如实相告，并交出U盘。"

"朋友？如果我犯法了，你抓不抓？"

"抓！"

丁香说："真是好朋友。你们这个时候提出U盘的问题，我怀疑，你们是故意阻挠我参加两小时后召开的临时股东会，为朱天佑成为集团董事长铺平道路。"

毕队长恼火："丁香，警方依法公正办案，不介入你们内部的争权夺利。"

"是吗？"丁香的态度很不友好。

眼看毕队长与丁香针锋相对，双方僵持，小袁说："丁董事长，雷律师已经撤回对你的指控，他说，鉴于你与朱辰达成和解，他只要求收回U盘，你不交出来也可以，他相信你的承诺。毕队并不是专程为这个来的。"

丁香解开疑问的一半，在刚才的会谈中，雷律师为什么不提U盘，他是视谈判结果而定，可进可退。丁香还有另外一半疑问，雷律师向警方提出指控，不怕U盘内容公开，等于将他的老板朱辰置于死地吗？他玩的什么花样？

丁香此时顾不上深想，她说："和解？那是暂时的权宜之计，我与朱辰永远不可能和解。"

"你与朱辰素有仇怨？"毕队长问。

"不共戴天之仇！"丁香一反往日清柔形象，神色暴戾，强烈的仇恨使她面部抽搐变形。

"你与朱辰不是父女？"毕队长问。

丁香怒不可遏。爆发前一刻，她以非凡的力量控制住满腔激愤，一点点缓和下来，就像水面下卷动无数旋涡的大河。她说："我的生母叫丁丁，我的生父是一位很有才华的编剧。我的母亲丁丁是自杀的，临死之前，她将襁褓中的我托付给远房姑姑，我的养母丁苦菊。当年，我的母亲是个小有名气的演员，朱辰偶然观看她的演出，顿生邪念。朱辰到后台，要求我母亲做他的秘密情人，他不断往化妆台上放一沓沓的钱，直到堆成一座小山。我母亲一口拒绝，她正与编剧暗中相恋。朱辰为了满足兽欲，调动各种社会力量，勾结个别剧团领导，剥夺我母亲登台演出的机会，停发我母亲的工资，强迫我母亲就范，我母亲宁死不从。我的父母私下结合，有了我。朱辰这个衣冠禽兽，见我母亲胆敢违抗他的旨意，就使出下流手段，到处散布谣言，说我母亲主动送上门，怀的是他的孩子，偷了他的一大笔钱，又说我的母亲天性淫荡，与多个男人偷情被他发现后轰出家门。人言可畏，我的母亲无路可走，只能以死抗争。养母丁苦菊害怕朱辰加害于我，多年来从未提起我的身世，只说我是捡来的，我对此一无所知。"

听着丁香的叙述，小袁气得双手握成拳，眼睛瞪圆，眼角快要裂开。

丁香继续说："光明集团成立之前，朱天佑找到我，说他的爸爸——九鼎董事局主席朱辰想约见我，出于融资方面的考虑，我去了。朱辰一见我，惊恐失色，就像见到死人复活，问了我许多个人问题，当时我并未多想。光明集团成立之日，朱辰与雷律师亲来祝贺，我以最高规格热情接待，双方达成长期合作意向。回到家，我心情很好，与养母丁苦菊闲谈时，谈到朱辰。她一听，就连连说，瞒不住了，你和你母亲长得太像，仇人找上门，祸事来了。她这才说出我的生母丁丁的全部往事。你们能体会我当时的感情吗？从那一刻起，我发誓，我要为母报仇。"

毕队长说："所以你就开始调查九鼎？"

丁香说："朱辰这只披着人皮的恶鬼一定干了不少坏事。"

毕队长问："你与朱辰一直处于交战状态？"

丁香说："八月四日的交通肇事案仅仅是其中的一个回合，朱辰手段卑劣，我多次化险为夷。自从朱辰患上渐冻症，我加快节奏，要在他没死之前，抓紧完成我的复仇计划。"

毕队长说："你不能滥用私刑。"

丁香说："我不会把朱辰吊到路灯柱上，我要送他进监狱。"

毕队长说："困兽犹斗，你要注意自己的人身安全。"

小袁说："丁董事长，毕队今天专门来提醒你，警方接到可靠情报，姜大虎正在纠集打手，目标是你。"

丁香神色刚毅："他不来找我，我去找他。"

小袁说："警方可以为你提供保护。"

丁香说："我不需要。"

毕队长想，这个倔强的女人，没人敢娶。

丁香说："两位警官还有事吗，我要试衣服了。木子专为我设计的，男士请回避一下。"

毕队长说："这个时候你还有心思试衣服？"

木子进来，展开手中的新衣，一件紫色旗袍。

9. 胜负难料

叠拼别墅前，丁香送走两位警官。

她站在原地，感到一双不知藏在哪儿的眼睛盯着她看，估计是姜大虎派来的手下隐身附近，在暗处监视着她的一举一动。她上了黑色加长林肯轿车，对司机说："开慢点，等后面的车跟上来。"

一辆老式小轿车跟在后面，开车的男人不停地用手机报告车行路线。

前方，一座水泥桥横跨河面。

桥中央，站着一个双手抱着肩膀的胖大汉。黑色加长林肯轿车鸣笛，胖大汉双眼望天，不让。车距他一尺远停下。后面的老式小轿车开上来堵住退路。

丁香下车。

老式小轿车上下来一个小个子男人，做了一个"请"的手势。

丁香随他走下河边护坡，来到桥洞。桥洞潮湿，阴暗，有股河水泛出的腥味儿。七条汉子站成半环，加上小个子男人，凑成四对，为首的是棒球帽长在脑袋上的姜大虎。

丁香细细打量那张死人脸。

姜大虎被她看得浑身不自在，说："你不怕我？"

丁香说："一个人有什么好怕的，莫非你不是人？"

姜大虎说："我是鬼，恶鬼。"

丁香笑容灿烂："我没做过亏心事，不怕鬼。请我来什么事？"

姜大虎说："我要你身上的一样东西。"

丁香问："钱？几位中午没吃饭？我给你们叫几份外卖？"

姜大虎生气地说："我们不是要饭的，我要你的一只手，或是一条腿。"

姜大虎旁边的胖大汉说："小娘们，这回你怕了吧？"

姜大虎从腰里抽出一把雪亮的砍刀，用手试试刀刃，说："我的刀快，还没觉得痛，就砍下来了。"

丁香说："小心点，别划破了你的手指头。"

胖大汉"嘿"了一声："大哥，她一点不怕，我头一次见胆子这么大的女人。"

桥洞下有穿堂风。一阵风迎面吹来，丁香看到小个子男人手里拿着纸包，说："你那纸包里是不是白灰，你想顺风扬开，用它眯住我的眼睛再动手？八对一，还要加上这种下三滥的法子？"

姜大虎脸色紫涨，一瞪小个子男人："谁让你拿这个的？"

不等小个子男人辩白，姜大虎一个大耳刮子扇过去，只听一声脆响，小个子男人用手捂住半边脸，纸包掉落地上，白灰撒出来，姜大虎一脚将纸包踢入河中。

胖大汉说："大哥，别中了她的缓兵之计，她在拖延时间，等警察。"

姜大虎竖起耳朵，听了会儿，只有水流汩汩，没听见警车上的警笛声。他对丁香说："你不会不讲江湖道义，借助官家势力，将我和我的弟兄们一网打尽吧？"

丁香说："对付你们几个，我一个人就够了。"

胖大汉说："好大的口气，我先会会你。"他横着膀子晃过来，摆开架势。丁香后退一步。胖大汉怪叫："堵住她的后路，她要跑。"

丁香没有逃的意思，她笑对姜大虎说："我不跟他们打，脏了我的手，刚洗的。你来。"

胖大汉说："你不配跟我大哥动手。"

"滚一边去，"姜大虎喝退胖大汉。他跨前一步，双手抱拳一礼，"我听说，你的功夫出自世外高人的真传，跟刑警队的毕队长不分高下。"

丁香还礼："我也听说，你在街头混战中，以一敌五，浑身是血，力战不退。"

姜大虎说："我是受人之托，情非得已，请你不要怨我。"

丁香讥笑："别说得那么好听，你是为了钱吧。"

姜大虎羞于承认，他的气势无形之中弱了下来。

丁香说："我是自卫，一会儿伤着你，也请多多包涵。"

姜大虎作势欲扑。

丁香："慢。"

胖大汉与小个子男人齐声起哄："真要动手就怕了，跪下求饶，我大哥放你一条生路。"

丁香说："打个赌怎么样？"

姜大虎问："赌什么？"

丁香俏皮地一笑："你若输了，叫我一声姑奶奶。"

姜大虎怒形于色。

丁香激将："不敢？"

姜大虎说："赌就赌。"

丁香得寸进尺："你的这些兄弟也得跟着叫。"

姜大虎说声："行！"

近一年，一些身份不明的人数次对丁香进行暗算，她查出都是姜大虎手下的混混所为，不必说出指使人是谁。她要利用今天这个机会，一次性从根儿上解决，让混混们再也不能作恶。她沉声道："贤侄，动手吧。"

姜大虎刀尖斜挑，内心充满原始的兽性，他仿佛看见一条断臂飞起，鼻子里闻到浓重的血腥味儿。

丁香的眼神冷若寒冰，她没有妇人之仁。

两人对立，一场生死搏杀即将展开。

胖大汉等混混们悄悄围拢，伺机偷袭。

10. 各怀心机

卧室。朱天佑光着上身，站在穿衣镜前。

他接到胖大汉的电话，姜大虎率领一帮打手在桥上截住丁香，恶战在即。他想象着血肉横飞的场面，惬意地一笑。他对镜穿上一件粉色短袖衬衣，扎上桃红色领带，苏小蝶为他别上金质领带卡。

他理理稀疏的头发，遮住秃顶。

他搂住苏小蝶，说："等我回来，你就是董事长夫人了。"

苏小蝶嫣然，回报一吻。

大四合院的院门外，朱天佑上了一辆出租车。为了瞒过雷律师，他没让司机小陆那个内奸开来黑色奔驰轿车。

出租车开向临时股东会的会场温泉山庄。

出租车开走一会儿，苏小蝶打开院门，迎进雷律师。

客厅里，雷律师拿出一只精美的小红盒子。

苏小蝶双手接过，打开，里面的东西闪过一道夺目的光，照亮她的眼睛。

环境幽美的私立医院。单人病房里，新添了沙发、摇椅，布置的像家一样舒适。

孔全是个讲究生活质量的人，每日三餐，齐鲁大酒楼派车送来他爱吃的菜肴。可是，今天中午的食盒盖子掀到一边，里面的酒菜一筷子没动。

孔全愁眉不展，他遇到一个难题。

一小时后召开的临时股东会去还是不去？

小护士进来："该吃药了。"

孔全说："我没病，不吃。"

小护士一手一个小药盒，说："这是钙片，这是复合维生素片。"

孔全说："先放那儿吧。"

小护士给他量血压，测心率，正常。

孔全听任小护士摆布，想着心事。今天上午，甄帅来找他，要求他投票时支持朱天佑出任光明集团董事长，他嘴上答应了。他内心纠结呀，他不想得罪丁香、甄帅、朱天佑中的任何一位。

孔全看见床头柜上小护士端来的药盒，有了主意，药片是单数，不去；双数，去。

孔全数了数药片，一、二、三。

"我头晕，天旋地转的。"孔全让小护士扶他在病床上躺下，"快叫医生。"

医生来了，两人是朋友。孔全朝医生挤挤眼睛。医生诊断后，宣布："收缩压二百五，病人需要绝对卧床静养，禁止任何人打扰。"

孔全要好好地睡上一觉。

病房门开，甄帅进来，推开拦阻的小护士，站到病床边。

孔全病恹恹地说："甄先生，我的高血压犯了，我就不起来陪你说话啦。"

甄帅话少，他掏出支票簿，撕下填好的一张，交到孔全手里。前两天，他答应借给孔全一笔装修齐鲁大酒楼的钱，不计利息，等孔全方便时再还。

孔全觉得这张支票烫手。

白色宝马轿车里，孔全坐在副驾驶位子，甄帅开车，开向温泉山庄。

孔全问："你的秘书威尔逊呢？"

甄帅说："他感冒发烧，请假了。"

车行半小时，温泉山庄前的石牌坊迎面而来。牌坊上有"濯心"二字，世人洗手洗脚洗脸，唯独不爱洗心；心有九窍，阳七阴二，最易藏污纳垢。

停车场上停满各式轿车，股东们都到了，无一缺席。

大会议室里，长桌两侧，清一色男性的股东们按照相互之间的亲疏关系，三两个凑在一起交头接耳，低声议论今天临时股东会的议题，推测可能的结果。

议题只有一个：重新选举集团董事长。

长桌一头，董事长座位空着，丁香未到。

高文明在秘书席上埋头整理会议文件。他暗自祈祷，虽然朱天佑是个王八蛋，但他当董事长总比丁香好得多，五百万的事大概率不了了之。

宋诚、娄长贵旁边有把空椅子。

孔全走过去，坐下就问："你们投票支持谁？"

娄长贵说："我要看五百万的调查结果。"

宋诚旗帜鲜明："我支持丁董事长。"他急于表示对丁香的忠心，这次临时股东会他是提议人之一，虽然丁香并未责备他，但他问心有愧。他问："老孔，你呢？"

孔全摸摸上衣口袋中的支票，言不由衷："我还没想好。"

斜对面，甄帅左右各有一位股东，三人以甄帅为首，结成同盟。甄帅黑黑的脸上平静如常，看不出他心里想什么。

股东们从各自利益出发，都已有了选择。

长桌另一头，朱天佑一人独坐，无人与他搭讪。他扫了一眼那些小股东，心说，等我成为董事长，你们就会抢着巴结我。他有些心焦，频频看表，吴良律师还没把变更后的工商注册登记材料送到。他到会议室外，打手机催问。

吴良律师说："正在办。"

朱天佑一急，骂出难听的粗话："误了我的大事，轻饶不了你。"他推算时间，即使现在办好，在山道上车速开到一百迈，材料也要二十五分钟后才能送到。

回到会议室，他看见钟人杰也来了，还坐在他的座位上。

朱天佑问："你来干什么？"

钟人杰不理不睬。

朱天佑要发作，一个给他擦了两年多皮鞋的人如此不恭，这还得了？！甄帅冲他微微摇了摇头，他忍住这口气，小不忍则乱大谋，等吴良律师送来变更的工商登记手续后再算这笔账。

孔全朝这边溜了一眼。

一位股东问："丁董事长还没到，高秘书，你催催。"

朱天佑嘴角绽出一丝阴冷的笑意。这会儿丁香可能躺在医院的急救室里，只剩下半条命了。

他与甄帅交换一下眼神，截杀丁香的主意是两人共谋的。

三点差一分。

会议室外的走廊上，响起女式高跟鞋发出的脚步声。

第十章

1. 紫色的花

轻快、稳定的脚步声由远及近。

丁香走进会议室，与平常一样，她面含淡淡的微笑，清澈的目光从每位股东脸上扫过。

她穿着一件淡紫色短袖旗袍，白色绲边，左胸处绣着一束紫丁香。紫丁香，属于绿色乔木，耐寒、耐旱，耐贫瘠土壤，喜爱阳光，生命力旺盛，顽强；花开繁茂，花色淡雅，香气清幽、悠远，紫色的花蕴含着谦虚、典雅、高贵的气质。

会议室里的男人们安静了。

丁香坐到董事长座椅上，她周身散发出越来越强大的气场，无形中给人以压迫感。

甄帅勉力抵抗这股压力。

朱天佑不自觉地放下跷着的二郎腿，收起挺着的胸脯，用椅背撑住后腰。他看不出丁香有一点点受伤的迹象。他难以相信，姜大虎一共八个人，八个凶名昭著的恶棍，败在一个女人手下？姜大虎那群混混会不会出卖他？

他与胖大汉通电话时，用的不是实名注册的手机号码，他对自己的聪明一向很满意。

丁香没有开场白，直接说："高秘书，分发选票。"

高文明将事先打印好的空白选票送到每位股东手中。

丁香说："娄监事，请你再宣布一遍选举规则。"

娄长贵站起来说："每位股东有权推荐一名候选人，股东投票权与持股比例相等，得票数超过全部股权百分之五十的候选人当选为光明集团董事长。"

朱天佑眼巴巴地望向窗外，不见吴良律师的影子，他在肚子里不停地用最肮脏、最恶毒的话咒骂。

丁香平平淡淡地说："选举开始之前，我有几句话要讲。原定本月底例行的股东会上，我要报告光明集团成立一年来的经营情况，重点是已经实现以及预期的利润，这关系到每个股东的切身利益。鉴于投票之后，我可能离开董事长这个位子，因此，今天我提前向各位简单汇报一下。"

甄帅当即反对："先选举吧，我要赶飞机，时间怕来不及。"

宋诚问："几点的航班？"

甄帅说："我还没订机票。"

宋诚说："航班最早是晚上八点的，现在不到三点半，你听完丁董事长的讲话，走着到机场都误不了。"

股东们纷纷附和宋诚的话，包括孔全在内。

甄帅以"超出临时股东会的议题范围"为由，固执己见。他担心丁香的报告可能将会议引到另一个方向。

朱天佑给他发来一条短信：青云公司法定代表人变更材料尚未送到。

甄帅看过短信，不动声色，他没有抱怨朱天佑办事不力，因为于事无补。他转变应对策略："既然时间充裕，请丁董事长说得尽可能详细一点，大家都很关心。"

丁香深知股东们心中所想,他们真正关心的事只有一件,即光明集团能给他们带来多少收益。这些股东们个个阅历丰富,几句漂亮话糊弄不了他们,他们要的是真金白银。丁香简明扼要地介绍了光明集团成立一年以来的业绩,当她讲到利润这一项时,全场响起一片惊叹声,每位股东都在盘算能分到多少红利。

丁香说完,会议室里爆发热烈的掌声。

风向变了,一边倒。如果现在投票,结果可想而知。朱天佑急得秃顶沁出一层油汗。

宋诚说:"我的选票填好了。"

甄帅提高音量:"丁董事长的报告讲得非常好。"他的声音一冷:"只是一件小事没有说到。"

按照事先商量好的,甄帅左边的高瘦股东跟上:"我要求丁董事长公布五百万公款被挪用一事的调查结果。"

甄帅右边的矮胖股东意有所指地说:"众所周知,财务总监肖芳是丁董事长一手提拔的心腹爱将。"

会议室里的气氛陡然逆转。

丁香问:"在这个会议上公布吗?"

甄帅说:"所有与会者都急于了解事情真相,公布调查结果也有利于股东们填写选票时作出正确的抉择。丁董事长,你感到为难吗?"

丁香踌躇不决。

吴良律师从窗口取出办好的变更工商注册登记材料。他给朱天佑发去一条短信:事已办妥,二十分钟后送达温泉山庄。

办公楼外,一个三十多岁、无业游民模样的人从吴良律师手里接过钱,他是吴良律师在大街上找来扮演钟人杰、假冒签字的人。无业游民说:"我学过表演。"

吴良律师拉开他新买不久的二手车的车门，上去，松手刹，发动车，踩下油门。

一只手猛地将无业游民推到车头前。

去路受阻。吴良律师急刹车，头伸出车窗："滚一边去，钱给你啦。"

无业游民缩起脖子，指指左边。

一位身材高大的老者冲着吴良律师怒目而视，身旁站着一个戴墨镜的小伙子。

吴良律师呆若木鸡。

2. 痴女

会议室里，当着全体股东的面，甄帅露骨地说："丁董事长不愿公开宣布五百万的调查结果，莫非有难言之隐？"

他的话说出部分股东的想法。

丁香说："好吧，既然甄先生一再要求，如你所愿。娄监事，请你带她来会议室。"

娄长贵走出会议室。带谁来？甄帅看到窗外的停车场上多出一辆警车，很快想到答案。不大一会儿，娄长贵回来，身后，两名女服务员扶着双腿绵软、身体虚弱的肖芳，她明显瘦多了，像五十岁的老女人。

高文明差点尿了裤子。

股东们有种白日见鬼的感觉。

娄长贵与甄帅对视一眼，娄长贵的眼神笑嘻嘻的。甄帅悟到，肖芳在临时股东会上出场是预先定好的事，因为与议题无关，需要借他的嘴说出来，他被丁香与娄长贵联手耍弄了。娄长贵这个表面冷硬的小老头以前的言行居然是在演戏，他是丁香的人。

丁香说："肖总监的身体没有恢复，高秘书，你给她搬把椅子。"

高文明哪里敢过去。

肖芳看着衣冠楚楚的他，眼睛里有幽怨、悲哀、阴郁，但没有恨。

娄长贵搬来椅子。肖芳没坐。娄长贵说："当着全体股东的面，你交代一下五百万是怎么回事。"

股东们倾听。

肖芳声如蚊蚋，语言凌乱，讲了挪用五百万跟一个叫段明的人合伙做玉石屏风生意的经过。她说："我只想用一个月就把钱还上。"

娄长贵问："谁是指使你的人，是不是丁董事长？"

肖芳回答："不是，跟丁董事长没有关系。"

李长贵问："那个人是谁？"

肖芳偏过头，目光投向高文明。

高文明心惊肉跳。

娄长贵温言开导："你说出那个人的名字，可以减轻你的罪过，你还年轻，不要替人背黑锅。"

肖芳嘴唇动了动。

高文明用乞怜的目光看着她，像伏在她脚下的一条狗。

肖芳被感化了，说："我一个人，没有同伙。"

高文明一身冷汗如冰。他逃过一劫，并无感激肖芳之心，只觉得这个女人傻得出奇，太容易受骗。

丁香也是这样想：肖芳，傻女人！昨晚，在肖芳家，丁香拉着肖芳的手，告诉她，高文明与一个叫珍珍的女人同居，以夫妻相称，并且正在筹备婚礼。肖芳根本不信，认为这是编的故事，她甚至以为丁香也喜欢上了高文明，蓄意挑拨。

丁香严正警告她，高文明对她没有真情，接近她的目的是骗取五百万公款。

肖芳说，她与高文明真心相爱，她与他纯洁的爱情中不掺杂世俗的金钱，她要与高文明携手走到人生的终点。

一语成谶。

肖芳在医院醒来，没有与爱人天上相会。接受小袁警官的询问时，她承认了挪用五百万公款的事实，却仍在处处维护高文明，将罪责揽到自己一个人的身上。

挪用公款五百万不能归还是重罪呀！肖芳真的这么糊涂吗？她是一个不愿梦醒的女人。

丁香对两位警官说，她能让肖芳说出实情，只是所用办法过于残酷。对于丁香的办法，小袁于心不忍，毕队长没有反对。

会议室里，丁香问："高秘书，你对肖芳有没有话要说？"

高文明脸扭向一边，不看肖芳，说："没有。"

肖芳体谅他的难处，不认为他绝情。想到二人今朝分别，相见无期，肖芳不禁悲从中来，泪水模糊双眼。为了伟大的爱情，肖芳甘愿作出牺牲，她心里对高文明说："别了，我的爱人。"

走廊上，响起一个年轻女人的声音："别拦我，我来找我的老公，我老公是光明集团的高总。"

3. 带血的泪

一个漂亮女人闯进会议室。

她是珍珍，穿件无袖露脐衫、包臀短裤，胸部高耸，两条光腿修长圆润，化着浓妆，的确是位令男人神魂颠倒的美女。她全然不顾众多男性的目光，过去抱住高文明，娇声道："老公，你今天真帅。"

这一声"老公"叫得高文明胆战心惊，他慌问："你怎么来了？"

珍珍说："一辆特气派的大林肯到家里接我，说是你让我来的，有好事。什么好事呀？"

高文明心中叫苦连天。

肖芳不错眼珠地看着这对男女。

丁香派车接来的珍珍，她要以此唤醒肖芳说出真相，揭穿高文明，最好能挖出高文明身后的主谋。会议室的两扇玻璃门没关，小袁站在走廊上，可以听到里面的对话。小袁不愿置身会场，她认为丁香的做法有失人道，这种残忍的打击将会切碎肖芳的心。

丁香是个无情的女人。

只听丁香问："你是珍珍？"

珍珍说："是呀。"

"你是高文明什么人？"

"我是他老婆，他是我老公。"

"没听他说起过，你们结婚啦？"

"我和我老公下个月去教堂举行婚礼，婚纱都准备好了。婚礼之后，我和我老公出国旅游，度蜜月。"她对在座的股东们说，"请你们都来参加我和我老公的婚礼。"

股东们无人响应，他们看出接下来有场大戏要唱。

这时，甄帅再次收到朱天佑发来的短信：青云公司法定代表人已变更为我，材料即送到。甄帅看后删除。事态逐渐向不利的方向转化，他拿不准丁香还有哪些更厉害的招数没有使出来，但是，他仍对重选董事长的投票结果持乐观态度。他是生意人，每一笔赚大钱的买卖都不是轻易到手的，经商十几年的不败经历给他以自信。

丁香又问："珍珍，你们在一起多长时间了？"

珍珍说："半年。"

"你们相爱吗？"

"我和我老公爱得死去活来的。我老公对我说，他的一颗心只给了我一个人，他要和我携手走到人生的终点，永不相负。"

"你信他的话？"

"信哪。"

丁香有意问的这些话是说给肖芳听的。肖芳心如刀绞，床笫之间、情迷意乱之时，高文明对她说过同样的话。

高文明急于把珍珍打发走："你快回家。"

珍珍撒娇："我不嘛。"

肖芳不用人扶，颤巍巍地走过去，站在高文明面前，她眼眶里的泪是红色的。高文明不敢与她正视。肖芳问："你的心还在吗？"

高文明说话的声音很小："姐，我也是没办法，珍珍说她怀孕了，我不得不娶她，我真爱的人是你。当着这么多人，说话不方便，明天我再给你解释。"

肖芳似乎看到一线希望。

珍珍耳朵好使，她不干了："你爱的是这个又老又丑的女人？我不理你了，我走。"她朝会议室外走去。

"珍珍。"高文明情不自禁地叫了一声，想去追。

他回望肖芳一眼。

在他的眼睛里，肖芳看到的是嫌弃，是厌烦，是憎恶，连一点点装出来的虚情假意都没有。霎时间，她看清这个男人的真面目，梦碎，梦醒。

肖芳恨极。她对娄长贵说："那个指使我挪用五百万公款的人就是他，高文明。"

会议室里一片肃静。

高文明声音尖锐："肖芳，你不要含血喷人，胡攀乱咬。"

娄长贵问："肖芳，你说高秘书与你是同谋，你有什么凭证？"

肖芳一时不知该怎样说。

高文明抓住机会，反攻："无凭无据，这是恶意诬陷！"他想，段明死了，合同冲进马桶，五百万支票是肖芳开具的，玉石屏风又存放在她家，再没人知道这件事的内幕，就算是号称神探的毕队长来了，也查不到他的头上。他面向全体股东，有恃无恐地说："我高文明问心无愧，这个女人是条咬人的疯狗！"

肖芳用手指着他，指尖颤抖。

高文明得意忘形："你这种监守自盗的犯罪分子必将受到法律的严惩。五百万，数额特别巨大，你去坐一辈子牢吧，公开宣判那天，我一定到法院旁听对你的判决。"

丁香始料不及，往日谦谦君子的高文明原来是厚颜无耻的小人，在对质中公然抵赖，还反咬一口。

肖芳无助地掩面而泣。

会议室外，凄惨的哭声传入小袁的耳朵，她听不下去，怒了。

一身警服的小袁出现在门口。

股东们又是一静。

小袁走到肖芳身边，问了一句话。

肖芳回答："有。"

有什么？众人欲知下文。

小袁问的是："签订玉石屏风合同时，在场的有没有其他人。"
肖芳说："有，合同是在齐鲁大酒楼签的，有个叫田彩云的女服务员站在旁边看着。"

小袁问："孔全先生，你是齐鲁大酒楼的老板？"

孔全说："我是。"

小袁问："酒楼的女服务员里有叫田彩云的吗？"

孔全说："有，刚提的领班。"

肖芳说："田彩云可以证明，高文明不仅在场，还是他在合同上签的字。"

小袁用手机给刑警队打电话："马上找到田彩云，请她接受询问。"小袁又对孔全说："酒楼应该有监控。"

孔全说："有有有，所有出入酒楼的客人都能拍到，我现在就让保安复制一份，送到刑警队。"

小袁干脆利落地解开一个死结。

高文明站不住了。

肖芳对他恨之入骨，说："是他骗我吃的安眠药。"

小袁说："丁董事长，请提供一间办公室，我要对高文明进行突审。"

丁香说："我亲自安排。"

高文明扑通跪下，膝行数步，去抱肖芳的腿："姐，看在往日的情分上，放过我吧。"

肖芳躲开。

珍珍双手叉腰，踢了高文明一脚："你是个大坏蛋，我瞎了眼啦。"她宣布："这人不是我老公，我跟他没结婚呢。"

4. 秘密协议

小袁警官带走死狗似的高文明。

丁香叫来司机，指示用黑色加长林肯轿车送珍珍去她想去的地方，她还可以坐车在市区兜兜风，再风光一下。丁香指令，开一间客房，扶肖芳去休息，派两名心细的老服务员二十四小时轮班看护，以免深受刺激的肖芳想不开，又做傻事。这些富有人情味儿的举措被股东们看在眼里。

丁香洗清被人泼在她身上的污水。

时间已近四点。

丁香手指轻敲桌面，好像这时才看见长桌另一头的朱天佑："朱先生，你怎么坐在这儿，我们开的是光明集团股东会。"

朱天佑早就等着她的这一问，底气十足地回答："我现在的身份是青云公司法定代表人，光明集团法人股东，持股份额与你一样，你说我该不该坐在这儿？"

"你有意参加光明集团董事长的竞选？"

"当然，而且志在必得。"

"变更的手续呢？"

"十分钟内送到。"

丁香与朱天佑问答之时，钟人杰旁听，不说话。

如果丁香以没有变更手续为由否认朱天佑的股东与候选人资格，甄帅将与坐在他左右的两个小股东同声抗议，拖延时间，直到变更手续送到。

他料错了。

丁香说："我可以等。正好利用这段时间，有件事向各位股东通报一下。娄监事，请将这份材料发给每位股东，人手一份。"

股东们人人拿到两张协议书的照片。

看后，他们的目光齐齐地投向朱天佑与甄帅。

众目睽睽之下，朱、甄二人强装镇定，难掩心中惶惑，他们两个签订的秘密协议怎么会落在丁香手上？甄帅闪电般地想到今天上午以感冒为由请假的威尔逊，想到昨晚在他冲澡的时候，协议书短暂不在身边，套间小客厅里的威尔逊有机会偷看、偷拍……丁香也干这种用钱收买证据的脏事？

协议书一页正文，一页附件。

正文基本内容：一、甄帅全力支持朱天佑成为光明集团董事长；二、朱天佑同意以光明集团整体资产为永泰公司的投资项目提供担保，签字人朱天佑、甄帅；签字日期为八月八日。

附件是一份向第三方出示的不可撤销的连带责任担保函，内容与主文第二条基本相同，签字人为光明集团董事长朱天佑，签字日期为今天，即八月九日下午十八时。

现在的时间是八月九日下午十六时零一分，朱天佑还不是光明集团董事长。显然，担保函是提前签的字，目的是防止朱天佑当选后反悔拒签。

股东们都是生意人，他们清楚这份秘密协议可能的后果，永泰公司若是投资失败造成巨额损失，将会由保证人光明集团承担连带赔偿责任，拖累光明集团坠入无底深渊，在座的各位都要血本无归。

丁香说："永泰公司注册在甄帅先生母亲的名下。"

宋诚说："知人知面不知心，甄先生，你是个……不能跟你做朋友的人。"

甄帅竭力辩解："我的投资万无一失，这不过是一个手续，走走形式。"

孔全说："天下有万无一失的事吗？"

众股东义愤填膺，纷纷指责，朱天佑与甄帅成为众矢之的。

娄长贵敲敲桌面，让大家安静，他说："对于甄帅先生的行为，集团章程中没有相应的惩戒条款，我建议，甄帅先生出让其所持股权，退出光明集团。"

股东们一致赞同，包括坐在甄帅左右的两个小股东。

甄帅说："请各位给我一个改过的机会。"

股东们无人为他说话，因为甄帅行为的性质十分恶劣，这份秘密协议严重伤害到他们的切身利益，不可原谅。

丁香面色柔和，她看着甄帅，就像猫看着利爪下的老鼠。

甄帅由猎手变为猎物。他想了一下，他在光明集团人心尽失，今后再无立足之地；光明集团正值蒸蒸日上之际，他的股权可以卖个好价钱；他输得起，说："我同意出让股权，退出光明。"

丁香唇角掠过一丝稍纵即逝的笑影。

眼见甄帅落得如此下场，朱天佑仍不死心，甄帅的股权出让之前，还有投票权。

朱天佑决心拼到底。他说："我请求休会半小时，变更手续正在送来的路上。"

丁香的笑容令他捉摸不透。

5. 完了

丁香无所谓地说："暂时休会，大家自由活动，半小时后股东会继续举行。"

丁香不经意的神态反而让朱天佑满腹狐疑。

朱天佑每分钟打一次电话，催问一次吴良律师，让他报告距离温泉山庄还有多远。吴良律师对这条山路不熟，说得不清不楚，一会儿说快到了，一会儿又说还得一刻钟。朱天佑心里冒出一股无名之火，豆粒大的汗珠从他的额头滚落，他属于脂溢性皮肤，急躁之下油脂分泌更加旺盛，引来嗡嗡叫的小虫子。

他忽地想到，丁香是不是也在等，等待对高文明的审讯结果？

温泉山庄经理室里，不用讯问，高文明主动交代出全部犯罪事实。他的第一句话是：

"我受朱天佑指使，坏事都是他让我干的。"

不愧是做了几年秘书的人，高文明对所涉案件的时间、地点、人物以及经过说得一清二楚，无一遗漏，有条有理。

高文明极力推卸责任，他说：八月四日晚，朱天佑答应借他五百万用于归还挪用的公款，交换条件是他送丁香回家后，不拔红旗车的车钥匙不锁车门，他并不知道朱天佑阴谋制造一起车祸，以为朱天佑只是想偷车；他奉朱天佑之命给牛伯安汇的款；朱天佑是骗子，指使段明用假玉石屏风骗了他；全怪肖芳贪心，是肖芳提出挪用公款，撺掇他与段明合伙倒卖玉石屏风的；他受到肖芳遗书的误导，所以诬指开车撞人的是丁董事长……

总之，他至多是个受蒙蔽的从犯。

除了一件事，他都交代了。

小袁问："昨天夜里你在哪儿？"

高文明答："在家。"

"没有外出？"

"没、没有。"

"珍珍还能给你作证吗？"

"……我在街上，散步，吃了点夜宵。"

"哪条街上散的步，哪儿吃的夜宵？"

"我记不起来了。"

小袁问："你去没去肖芳家？"

高文明答："我没……"

小袁说："肖芳家楼下有监控的刑警。"

高文明只得承认："我去了。"

"你去干什么？"

"还不上五百万，我想自杀，向肖芳告别。"

"你与肖芳都吃了安眠药？"

"我先吃的。肖芳见我吃了药，她说要和我一起死，以身殉情，从我手里抢过药放进嘴里，很快昏死过去。可能因为我长期失眠，入睡前有服用安眠药的习惯，所以安眠药对我作用不大，我没睡着。肖芳一动不动，我以为她死了，一害怕，就跑了。"

这些话不是高文明现编的，早有腹稿。

小袁说："刑警队有位特别棒的徐法医，她只要检测一下你的血液，就能查出你的体内有没有安眠药的成分，一滴血就够，取血时不痛。"

高文明慌了神。

小袁问："遗书是谁写的？"

高文明答得很快："不是我写的。"

"不是你，是谁？"

"应该是肖芳。"

"她当着你的面给你写的遗书？"

"可能是我走了以后她写的。"

小袁问："你刚才说，你从肖芳家走的时候，她一动不动，昏死过去，还能起来写遗书吗？"

高文明的舌头打了结。

小袁说："警方对肖芳家做了现场勘验，在留有遗书的电脑键盘上没有找到她的指纹。"

高文明说："她有用完电脑擦拭一遍的习惯，她爱干净。"

小袁说："警方在电脑键盘上发现微量的石墨，是用铅笔戳击键盘时遗留的，电脑旁的笔筒里有一支铅笔，铅笔上只有你的指纹。"

高文明面无人色。

小袁冷叱："遗书是谁写的？"

"我，是我。"高文明崩溃，"安眠药是肖芳自己要吃的，我拦了，没拦住，我、我没想杀她呀。"

他的身上散发出一股尿骚味儿，裤裆处湿了。

小袁打开门窗通风。

经理室里的哭叫声传出来。花坛旁，丁香赏花，她悠然地与花农闲谈。在附近散步的股东们听着高文明的阵阵哀号，个个都在想，这就是与丁董事长作对的下场。

半小时后，股东们三三两两地回到会议室，各归其位。

朱天佑快急疯了，变更手续还没送到。

丁香问他："还需要再等半小时吗？"

两辆小轿车驶入温泉山庄停车场，前面的是吴良律师的二手车，后面跟着黑色奔驰。

朱天佑像打了一针特效兴奋剂，笑出声。他对娄长贵说："娄监事，变更手续送到啦，请你查验我的股东资格证明，缺一样我爬出会议室。"

他只笑了两分钟。

三个人走进会议室，神情冷峻的雷律师与戴墨镜的司机小陆在两边，中间夹着蔫头耷脑的吴良律师。

甄帅意识到：完了，彻底的。

会议室外，走廊尽头，雷律师脸上阴云密布，他说："你吃了熊心豹子胆，敢违抗你爸爸的命令！"

朱天佑狡赖："我没有。"

雷律师从密码公文箱里取出两页纸，交给朱天佑。

这是一份悔过书，吴良律师写的，他将奉朱天佑之命，找了一个无业游民冒充钟人杰，欺骗政府工作人员变更青云公司法定代表人的经过全盘招供，洋洋洒洒千字之多。

朱天佑唰唰几下撕碎悔过书，手一扬，纸屑纷飞。

雷律师说："那是复印件。"

朱天佑辩称："找人冒名顶替，我没让吴良干这事。"

雷律师说："你与吴良的往来电话都有录音。"

"谁录的？"朱天佑问。

"我。"吴良律师说，"我录的，这事万一发作，我怕你不认账。"

朱天佑杀了他的心都有。

雷律师说："吴良，这份悔过书在我手里，你如果不想律师执业证被吊销，以后我让你做什么你就做什么。"

吴良律师大气不敢出，认尿。

会议室里，丁香与雷律师紧紧握手，尽在不言之中。

丁香说："今晚我到机场送行。"

雷律师说："有劳了。"他带走萎靡不振的朱天佑。

两辆小轿车驶出温泉山庄山门时，甄帅一下子觉悟过来，丁香之所以一再宽限朱天佑的时间，是因为她也在等，等雷律师带来的这个结果。丁香与雷律师何时联起手的？

娄长贵宣布："投票开始。"

股东们不再相互商议，经过近三个小时的会议，他们心中早已确定最合适的人选。

娄长贵收集选票，统计后，公布结果：

"丁香女士全票当选为光明集团董事长。"

热烈的掌声。

6. 入地无门

散会了。

股东们簇拥着丁香董事长走出会议室。

甄帅形单影只，一个人坐在长桌旁，没动。永泰投资公司的一个项目急需注入大量资金，出资方要求提供担保，由于具有较高风险，难以找到担保人，于是，他打起光明集团的主意。该项目万一失败，连带光明集团垮台，他这个只持有百分之六股份的小股东损失不大。他的这一做法无可厚非，很正常，他是商人。

高文明被戴上手铐，小袁押着他上了警车。警方通过对女服务员田彩云的询问，证明肖芳所述属实，再加上司机小陆的证言，高文明罪责难逃。

警车飞驰而去。

小袁开得很快，她从警方专用频道中得知，一家私人小诊所的医生报告，有个长着死人脸的家伙在他那儿治过伤，刚走，从外貌特征看此人就是在逃的姜大虎。刑警全体出动，毕队长带队前去抓捕。小袁着急赶回去参战。

路边小店，姜大虎买了酒肉。

他开着老式小轿车，来到一栋陈旧的红砖六层楼前。他将一只密码箱锁入后备厢，一瘸一拐地走进楼门。

六层，他打开一扇房门。一室一厅的小单元房里，没有家具，只有一张床垫。这是他的一处避难所，没人知道，极为隐秘。他坐到床垫上，吐出一口气。

他浑身是伤，一只眼睛肿得像个红艳艳的桃子；持刀的右臂桡骨骨折，用夹板固定，他没让打石膏绷带；左大腿筋腱受到强力击打，他只能拖着脚走，使不上劲；这些伤不是丁香赏给他的。

他与丁香并未交手。

胖大汉猜对了，丁香的确是在用话拖延时间，等待警察合围。就在姜大虎与丁香同时发动，展开搏杀的前一秒钟，警察犹如神兵天降，团团围住桥洞，胖大汉等七个混混束手就擒。胖大汉被戴上手铐时，对丁香叫道："你不讲江湖道义！"丁香冷冷一笑："跟你们这些人渣讲什么道义。"

姜大虎夺路而逃，与毕队长正面相遇，一个回合，他筋断骨折，侥幸落水逃脱。若不是毕队长要抓活的，他已是躺在地上的死人，根本逃不掉。

姜大虎全身无一处不痛。

他用牙撕开熟肉的包装袋，咬开白酒瓶盖，吃喝起来。

他的耳廓动了两下。

窗前，他向下看，一辆急停的灰色小轿车上下来几个人，当先的男人敏捷如豹，毕队长循迹追来了。他身后跟着女警官小袁，令街头混混们闻风丧胆的女煞星！

姜大虎扔掉酒瓶，冲出房门。

一层楼梯上响起咚咚脚步声，又急又快。

姜大虎掉头往回跑，从屋里提出一把折叠梯子，架在楼道里。他爬上去，推开一块一尺见方的木板，露出天窗口。他钻进天窗，拽上梯子，放回木板，这是他备好的逃生之路。楼顶天台上，有一条盘起的大绳，他发愁了，往日可以缘绳而下，逃之夭夭；今天不同，他的左腿、右臂受了重伤，抓不住绳子。

他叹息一声：上天无路。

遮住天窗口的木板被人推开，毕队长跃上天台，他看见躲在红砖砌成的通风道后的姜大虎，笑道："楼顶风大，你在这儿凉快呢？"

小袁从天窗口探出头。

姜大虎站到楼沿上。

毕队长说："别急着往下跳，咱们聊聊？"

小袁缩回头。

毕队长问："怎么称呼你，姜大虎，还是胡大江？"

姜大虎左手一拍胸脯："大丈夫行不更名，坐不改姓，我是胡大江。"

毕队长说："别吹了，这些年你更名改姓，叫姜大虎吧，你爸妈要是还活着，非打你的屁股。"

胡大江（姜大虎）赧然。

毕队长盘膝坐下，说："只有你我，问你几个问题，答完了你再跳楼，行不行？"

胡大江坐在楼沿上："问吧。"

"这些年你在什么地方藏身。"

"我没离开过本市。"

"谁帮的你？"

"恩人。"

"姓朱？"

"套我的话，别费心了。"

"这没别人，一会儿你跳楼死了，死无对证。"毕队长愤愤地说，"这么多年没能抓住你，一到清理积案的时候就挨上级批评，我想满足一下好奇心，帮你的绝对不是普通人。"

"能让毕队长为我挨批评，我真想喝一杯。"胡大江的死人脸上罕见地露出笑容，"是朱辰朱老先生。"

毕队长说："果然是他。"

胡大江回头朝楼下看看，没见人铺设气垫。

毕队长问："你的脸谁整的？"

胡大江说："一个刚出校门的兽医。"

"你的指纹呢？"

"我打死了人，扁担留在现场，上面有我的指纹。为了不被你们逮着，我一狠心，双手十指按在烧红的烙铁上，哧啦一声……"

"看样子你吃了不少苦？"

"还行，人生该享受的我应有尽有。"

毕队长说："我看你活得像只不敢见阳光的鬼，孤魂野鬼。"

胡大江脸色阴暗，说："这样的日子过够了，我早活腻了，我想去见我的爹娘。"

毕队长规劝："你当年的罪行不够死刑，你本性不坏，不想投案自首做个好人？"

胡大江说："来世吧。"

毕队长的手机嘟地响了一声。

毫无前兆，毕队长纵身跃起，扑向胡大江，伸手去抓。胡大江笑着向后倒去。毕队长一手抓空。

胡大江仰面朝天，向下坠落，他叫着："爹、娘，不孝子见你们来了。"

一声大响，胡大江摔到一辆刚好开来的满载纸箱的卡车上。

纸箱是空的。

胡大江躺在被他砸瘪的空纸箱堆里，活动四肢，没死？

小袁从卡车驾驶室里出来，跳上车厢，朝胡大江嘲弄地一笑。

胡大江怒吼："你们使诈！"他从腰间拔出一把匕首，刀尖向内，刺向他自己的心窝。

小袁一脚踢飞匕首，反剪他的左臂。

一天之内，他两次栽在女人手里。

7.求婚

胡大江落网。

在老式小轿车的后备厢里，小袁搜出密码箱，打开，箱子里装着满满的百元大钞。

经刑侦技术部门检验鉴定，这些纸币的冠字号与钱隆皇上雇人在 ATM 自助机提取纸币中的一部分冠字号对上了。更为重要的是，这些纸币其中的几张上留有朱天佑的指纹。

一家银行大堂，毕队长向值班经理出示搜查证。

位于地库的大号保管箱中，查获朱天佑秘存的大量现金，根据冠字号，证明这批现金就是钱隆皇上雇人在 ATM 自助机提取的那些钱。

这是朱天佑犯罪的直接证据，铁证如山。

医院病房，毕队长与小袁站在病床旁。涂三妹半躺半坐，靠着床头。

曹民与赵刚获准在场。

涂三妹说："我承认，八月四日晚上，开车撞人的是我。"

小袁问："你的犯罪动机？"

涂三妹说："姜哥（指胡大江）答应我，我撞人后抢到手袋，朱天佑就能借给我做肝移植的钱。"

小袁问："你为什么今天想到坦白了？"

涂三妹说："曹叔劝我不要做亏心事。"

曹民插话："我和赵刚一直在做三妹的思想工作，她今天终于想通啦。"

毕队长说："感谢你们的配合。"

曹民与赵刚说："应该的。"

真是曹、赵二人的劝说使得涂三妹幡然醒悟？据医院反映，爱心慈善基金会没有为涂三妹缴纳肝移植的后续费用，那位姓单的女士手机关机，联系不上了。

涂三妹急需救命钱。

警车里，小袁汇报："案情基本查清，本案并不复杂，警校没毕业的学员都可以查得明明白白。涂三妹、高文明、肖芳还有金山的供述，司机小陆、牛伯安的证言，银行保管箱里查获的大量现金，已经构成完整的证据链，足以证明，八月四日晚上交通肇事逃逸案以及牵扯出的一连串案子，幕后主使者都是朱天佑。抓不抓？"

毕队长收拢五指，又松开，说："这个案子还有更深的内幕，我们还没有搞清案子的全部真相。"

小袁认为案子已经彻底查清了，还要查下去，查什么？

毕队长说："突审胡大江，拿下他的口供，让朱天佑在外面再蹦跶几天。"

这时的朱天佑像霜打的茄子，蔫啦。

两天前，他是人敬人爱的少帅。世事如白云苍狗，转瞬之间，他成了人见人厌的落水狗。雷律师声称有事要办，半道上轰他下车。黑色奔驰轿车绝尘而去。

这是温泉山庄回城的山道，少有出租车。他徒步而行，心里想出一万种报复雷律师的恶毒办法。

他的手机嘟的一声，接到短信：我是你妈，这是我的新手机号码，你别不接。铃音响起，朱天佑接听。

妈妈白萍欢喜的声音："儿子，我签了跟你爸的离婚协议。"

朱天佑说："跟我有什么关系？"

"你爸爸答应办完离婚手续后给我一笔生活费，老家伙还算大方，给得不少，够我下半辈子花的啦。"

"你别让朱辰骗了。"

"不会吧，我给他生了儿子呀。"

"就这事儿？挂了。"

"别挂！儿子，妈租了一套小公寓，房子小，妈跟一个你不认识的叔叔同住，你来不方便。"

"我不会去的。"

朱天佑心乱如麻地挂断电话。

如今，他只剩一个亲人，苏小蝶。以前，他只玩过，没爱过，这次不一样。大丈夫能屈能伸，他决定正式娶苏小蝶为妻，等有了孩子，再回到爸爸朱辰的大庄园。朱辰即便是铁石心肠，见了他一家三口，也会软化。那时，他再想办法东山再起，扭转乾坤。

他总算拦住一辆出租车。

一家首饰店，他取走按苏小蝶无名指指围预订的钻戒。

大四合院外，朱天佑掏出钥匙，打开院门。

院中，他高声说："我回来啦。"

正房门帘挑起，走出苏小蝶，她美得像是一朵脱尘绝俗的花。

朱天佑心荡神迷。

苏小蝶没叫老公，她说："天佑，你的脸色特别不好，你听谁说什么啦？"

朱天佑单膝下跪。

苏小蝶向后退了一大步："你这是干吗？"

朱天佑从上衣口袋里掏出红色的小首饰盒，打开，露出盒里的钻戒，说："我正式向你求婚，嫁给我。"

苏小蝶说了一声："天佑……"

"叫我老公。"

"天佑，谢谢你向我求婚，可是……"

"可是什么？"

"我不能嫁给你。"

朱天佑跳起来："为什么？"

苏小蝶看着地面："你晚了一点，在你求婚之前，我答应嫁给别人了。"

"你不是跟我开玩笑吧？"

"不是，你看。"

苏小蝶亮出她的左手无名指，一粒大钻石闪着七彩虹光。

朱天佑狂怒："他是谁，我要杀了他！"

苏小蝶说："你不能杀他。"

"为什么？"

"因为他是你的爸爸。"

就像有人用垒球棒重重敲在朱天佑的脑门上，他身体大震，眼冒无数颗旋转的金星。

苏小蝶说："天佑，我是你的后妈了。"

"这是真的？"朱天佑问。他从苏小蝶的眼睛里看到肯定的回答。他面容狰狞可怖，步步逼近："我先杀了你这个后妈，再去杀了朱辰那个老王八蛋！"

他已丧失理智，形如狂兽。

他的肩膀被一只有力的手抓住，抓他的人是司机小陆。

在他身后，雷律师说："天佑，冷静点，不要胡来。"雷律师走到苏小蝶面前，说道："夫人，你受惊了。"

8. 送行

晚八时。机场咖啡厅，落地窗外，一架架翼尖闪烁着航灯的飞机频繁起降。

小桌旁，甄帅在一份文件上签字后，推给对面的丁香，他说："这是我在光明集团股权的转让协议，受让人是你。"

丁香略看一遍，在文件上签字。

没有香槟，两人举起咖啡杯。

丁香问："你的股权为什么转让给我？"

甄帅回答："你的出价最高。"

丁香说："我原本以为你会力争把股权转让给青云公司，让钟人杰的股权超过我，挑起光明集团新一轮内斗，以解你这次失败的心中之气。我判断错了。"

甄帅坦率地说："我是生意人，唯利是图，不做意气之争。"

咖啡厅又来了一位客人，滕飞。他背了一只双肩包，还是那副老样子。他坐到一个角落，要了一杯咖啡。

甄帅说："我与滕飞解除了聘任合同。丁董事长，你手段高明呀，你扔出一个再也画不出设计图的滕飞作为骨头，不仅挑起我与朱天佑之间的相互争夺、相互猜忌，你还省了一笔遣散费。我犯了兵家大忌，低估了你的实力。"

丁香笑靥如花："你们这些大男人哪，永远不要轻视女人。"

威尔逊拖着大拉杆箱，从两人身后走过，他像没看见甄帅，只冲丁香打个招呼。他坐到另一个角落，也要了一杯咖啡。

甄帅说："丁董事长，我有个问题。"

丁香说："我知道你要问什么。我没有收买威尔逊，他找的我，给了我那两张照片，没有要钱。"

"不要钱，这还是威尔逊吗？"

"威尔逊说有人暗中帮助我。"

"这个人是谁？我猜到了，是钟人杰，他过去与威尔逊是同事。"

"不是钟人杰。"

甄帅实在想不出还会有谁。

丁香说："没有这两张照片，我的胜利不会这么彻底。你留在光明集团，说不定什么时候又要兴风作浪，你不是一个习惯于居人之下的人。"

甄帅检讨："我错误地选择了朱天佑作为合伙人。"

两人像是在做一盘弈棋之后的复盘。

丁香问："我也有个问题，你怎么想到用 U 盘挑起我与朱天佑的争斗，你从中渔利的？"

甄帅回忆地说："我出生在祖国北方，从小喜欢斗蛐蛐，斗蛐蛐需要一支蛐蛐探子，引诱两只蛐蛐见面相斗。U盘就好比是我手中的蛐蛐探子。"

丁香皱了一下眉。

甄帅说："我把丁董事长与朱天佑比喻成两只蛐蛐，失敬、失敬。"

丁香问："这几天发生的事都是你预先设计好的？"

甄帅谦虚地说："我不是神仙，我只是挑起事端，静观事态的发展，因势利导，从中寻找可以利用的机会。"

丁香说："你想过吗，我、你与朱天佑三方争斗的结果是什么，没有一方得到实际的好处，我只是保住董事长的职位，你被迫退出光明集团，朱天佑最惨，他输光一切。自从你抛出U盘作为蛐蛐探子那一刻起，就有个隐形的人利用我们三方的争斗，一步一步地实现了那个人想要达到的目的。"

"什么目的？"

"除掉朱天佑。"

"我们三个都被人利用了？"甄帅如同醍醐灌顶，"我知道你说的那个人是谁了，把咱们三个玩弄于股掌之上，这样的心智厉害啊！"

丁香说："我一会儿要去见见那个人。"

一个没带行李的秃顶男人走进咖啡厅。

他毫不客气地在小桌旁坐下，要了一杯咖啡，说："你们绝对想不到，我被我的后妈苏小蝶赶出来了，我现在成了一条无家可归的野狗。我银行卡里的钱只够买一张机票，喂，你们两个谁肯收留我？"

朱天佑说的像是真话。

甄帅说："我无能为力，不能带你出国。"

丁香在纸巾上草草写下一个位于南方城市的地址及人名，说：

"你去找这个人，他会提供你的食宿，安排你暂做推销员。"

朱天佑收好纸巾，眼睛乜斜，问："你想利用我对付朱辰那个老混蛋吧？"

"你不愿意？"丁香问。

"我愿意！"朱天佑又问，"咱们三个到底是敌人，还是朋友？"

三人相互看看，都笑了，笑的内容各不相同。

扩音器里，一个柔和的女声通知登机。

四个男人同时一动。机缘巧合，甄帅、朱天佑、滕飞、威尔逊购买了同一次航班的机票。命运使他们同乘一架飞机，飞机落地后，他们将去不同的地方。

丁香从手袋里取出一只黄锦盒，交给甄帅，说："这是送给你太太孟艳的小礼物，请笑纳。"

甄帅打开盒盖，金丝绒上躺着两块半圆的羊脂白玉，一块刻凤，背面是阴文"美梦"；一块刻龙，背面是阳文"成真"；两块合起来成圆形，龙凤合一，文字合成"美梦成真"。这组玉璧既祝福甄帅、孟艳夫妇喜得龙凤双胎，又隐含二人姓氏，寓意孟艳美丽常在、甄帅事业有成，一家人团圆美满。

甄帅被打动了，他说："期待不久的将来能与丁董事长在生意上真诚合作。"

握手。

9. 女王

私人飞机即将起飞。

苏小蝶就要走了，去做皓发朱辰的新娘。舷梯旁，她与丁香依依惜别。雷律师与前来送行的钟人杰、司机小陆站在数米开外。

苏小蝶说："姐姐，对不起。"

丁香问："为什么说对不起？"

"介绍涂三妹到马太太家做保姆，让她找机会害你，是朱天佑逼我这样干的。"

"不用说对不起，当时你是为了自保，人都有不得已的时候。"

"姐姐，好姐姐，你这么一说，我心里松快多了。"

"再说，你还帮助过我。"

"帮你什么了？"苏小蝶问。

"视频，一群人围着朱天佑叫少帅的视频，是你发到朱辰的邮箱里的吧。"丁香眼里闪过智慧的光芒。

"是呀。好姐姐，钟人杰对我说了你给他的建议，姐姐的建议真高明耶。我就想，姐姐虽然没有明说，一定是让我把拍好的视频发给朱辰，我按照姐姐的意思做了呀。"苏小蝶的表情可爱极了。

两个女人心有灵犀一点通。

"你让威尔逊来找我的？"丁香问。

"是钟人杰跟他谈的。"

"钱是你出的。为了买下威尔逊偷拍的两张照片，你花了多少钱，我给你。"

"我不要姐姐的钱。"苏小蝶甜甜地说。

丁香欠下苏小蝶一份人情。她看看那边的三个男人，问："你将来有什么打算？"

苏小蝶像只依人小鸟："我是个小女人，随遇而安。"

丁香说："你不是过去那个只会哭的小女人了。"

苏小蝶傻傻地问："是吗？"

丁香不笑了。

苏小蝶说："姐姐，你怎么了，脸色好吓人。"

月光照在丁香清冷的脸上。她问：

"利用我、甄帅、朱天佑的争斗，达到除去朱天佑……可能还不仅仅是除去朱天佑的目的，幕后指挥这一切的人是你吧，我的好妹妹？"

"好姐姐，我听不懂你的话。"

"还用我再问一遍吗？"

"……不用了。雷律师察觉宛霞行为可疑，就派人监视她，发现她窃取了九鼎近五年的原始财务数据，是你让她这么做的。雷律师把这些告诉了我，问我怎么办。"

丁香说："于是，我们这些人就都成了你手中的提线玩偶！这个主意不会是你想出来的，替你出谋划策的是雷律师吧？"

苏小蝶的瞳孔收缩成一根针："是我一个人想出来的，雷律师、钟人杰、小陆按我说的去办。"

"你还是我认识的那个苏小蝶吗？"

"我还是我，女人心，海底针，女人的心思最难捉摸。好姐姐，你也是这样的女人哪。"

两个女人相互打量，像在照镜子。

苏小蝶问："你什么时候猜到的？"

丁香说："花盆，差点砸到我头上的花盆。"

"花盆是朱天佑派人放的，我拦不住，也不能拦。"

"当时，花盆掉下来的一刹那，我在你的眼睛里看到的是真正的惊恐，你是在用眼神不出声地警醒我。我因此断定，你与朱天佑同床异梦。"

"你早就知道我跟朱天佑的关系？"

"很容易查出来。"

"你怎么认为我想除掉朱天佑？"

"根据调查，你和钟人杰真心相爱，被朱天佑以阴谋诡计拆散了。钟人杰时常站在花店附近，与你远远地相互看上一眼，你们心中苦啊。"

苏小蝶心中五味杂陈，她说："好姐姐，我只是想摆脱朱天佑，我不想害人。"

丁香目光锐利："不仅如此吧，我能感觉到，你像一只正在蛹化的蝴蝶。"

"我叫小蝶呀。"

"你想成为九鼎的女王！"

苏小蝶问："我？女王？"

丁香说："雷律师是你的军师，钟人杰、小陆是你初选的文臣武将。你要小心，雷律师拥立新主，是为了延续他的权势地位；钟人杰聪明有余，不够坚强；小陆对你的忠诚没有经过考验。"

苏小蝶荏弱地说："我没有野心，我只想把握自己的命运，不再做男人的玩物。好姐姐，我需要你的帮助，我求你件事。"

丁香说："你求我放过朱辰？"

苏小蝶说："不！两个月内，你不要动朱辰，等我站稳脚跟后，我和你齐心合力，用那只U盘里的财务数据作为证据扳倒他，你报了仇，我也不想总陪着一个活死人。"

两个女人不谋而合。

丁香在想一个问题，U盘究竟是谁手中的蛐蛐探子？她伸出小手指，苏小蝶也伸出小手指。

两个女人拉钩。

雷律师过来："夫人，该走了。"

他对苏小蝶的态度毕恭毕敬。丁香分明看到，苏小蝶神情变冷，脸部有了棱角，目光坚韧，初具一位王者的雏形。

在丁香与钟人杰、小陆的目送下，私人飞机消失于茫茫夜空。

10. 小木子

T 型台上，木子出场。

她脱胎换骨，一身黑色职业套裙，黑色披肩长发，黑色睫毛，黑红色唇膏，宛如黑夜中的精灵。

乐声中，模特依次登台。

木子设计的二十余款女装大受国内外客商的好评，她喝了不止一杯红酒，有点醉了。

服装展示进行中。

为了促进本市经济的繁荣发展，在秘书陪同下，邬代市长亲临秋季服装展示会场视察、指导。丁香与他客气地握手，彬彬有礼，往日情意不复存在。

邬代市长笑得不自然，上级开始调查他与九鼎朱辰之间的政商关系、有无利益输送问题，他的仕途出现重大危机。

谁向上反映的？他急需与丁香重建良好关系。

丁香与曹民、赵刚谈话，她对于继续承担涂三妹肝移植费用的态度不再积极，她提出交换条件，即火化赵志遗体，终止申诉。曹、赵二人被迫同意，走了。

两位警官走进会场。

丁香迎上去。

毕队长说："我与小袁特地来通知你，撤销对你采取的取保候审的强制措施。"

丁香一眨眼睛，说："从今往后，我再也不是你的疑犯了？"

毕队长说："那要看你以后有没有违法行为。"

丁香一语双关："你不容易抓住我。"

小袁说："高文明已被刑事拘留，肖芳因为身体原因……"

丁香漠不关心："我不想听到这两个人的名字。高文明、肖芳的工作已经有更合适的人接替了。"

毕队长说："我要继续往下查八月四日交通肇事案的幕后隐情。"

丁香的笑容像深不见底的潭水。

来了几位新客人，她过去接待。

小袁说："毕队，你应该问问老保安卢汉章与丁香是什么关系。"

毕队长说："还用问吗？"

一位眼睛细长、非常年轻的姑娘给两位警官送来红酒。小袁问："你是……"这个稚气未脱的姑娘很爱说话："我是木子姐姐的助手，十八岁，刚从美术专科学校毕业。"

小袁问她："你叫什么名字？"

"丁阿姨叫我小木子。"

图书在版编目（CIP）数据

提线玩偶 / 李振平著. -- 北京：作家出版社，2022.5
ISBN 978-7-5212-1870-1

Ⅰ.①提… Ⅱ.①李… Ⅲ.①长篇小说 – 中国 –当代
Ⅳ.①I247.5

中国版本图书馆CIP数据核字（2022）第056110号

提线玩偶

作　　者：	李振平
责任编辑：	韩　星
装帧设计：	有品堂＿刘俊
插　　画：	朱清之
出版发行：	作家出版社有限公司

社　　址：北京农展馆南里10号　　邮　　编：100125
电话传真：86-10-65067186（发行中心及邮购部）
　　　　　　86-10-65004079（总编室）
E-mail:zuojia@zuojia.net.cn
http://www.zuojiachubanshe.com
印　　刷：唐山嘉德印刷有限公司
成品尺寸：145×210
字　　数：280千
印　　张：11.75
版　　次：2022年5月第1版
印　　次：2022年5月第1次印刷
ISBN　978-7-5212-1870-1
定　　价：42.00元